角川春樹事務所

目次

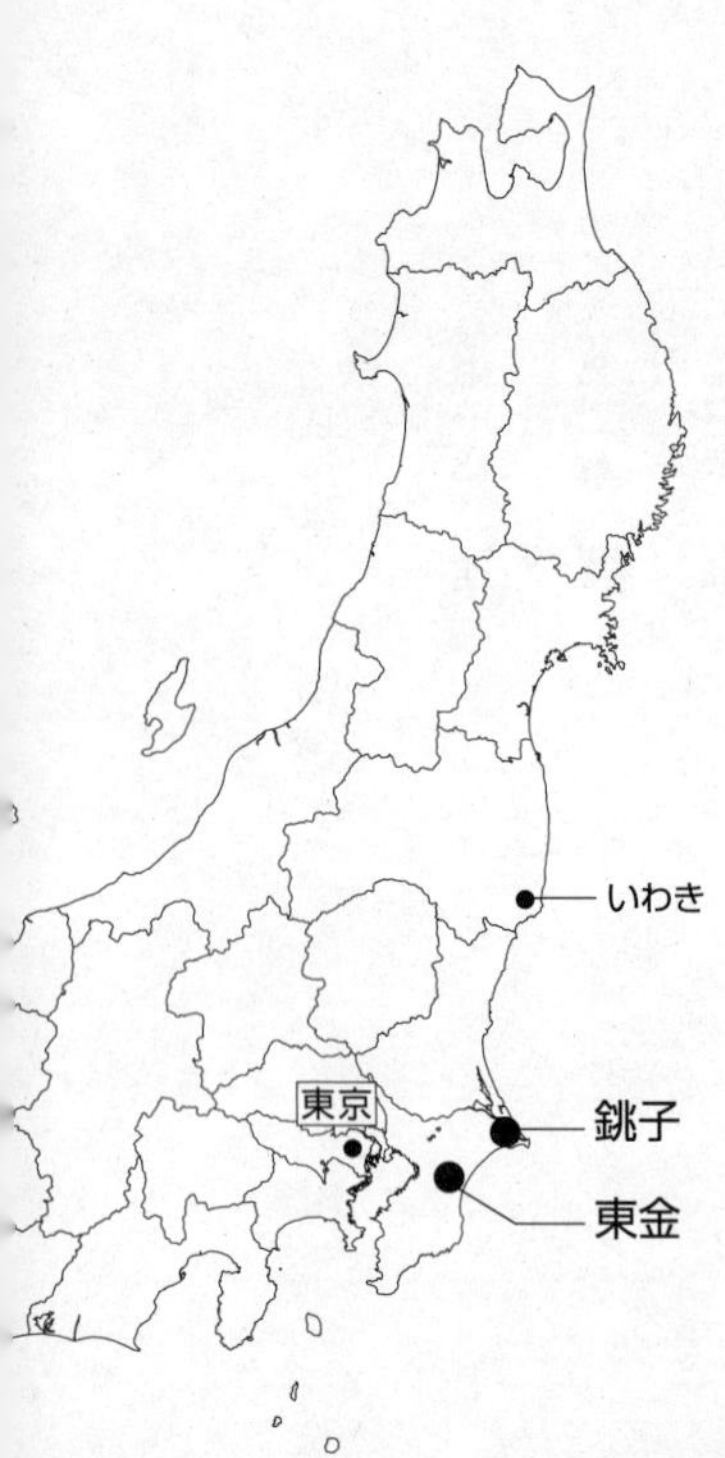

★関寛斎・あい夫婦の辿った道

東金→銚子→徳島→札幌→陸別（斗満）

★寛斎の丘・やちだもの家

関寛翁・あい軀埋葬の地・関農場跡地
北海道足寄郡陸別町字関

★関寛斎資料館・寛斎ひろば

北海道足寄郡陸別町字陸別原野基線69
〔総合案内〕陸別町教育委員会
TEL:0156-27-2123

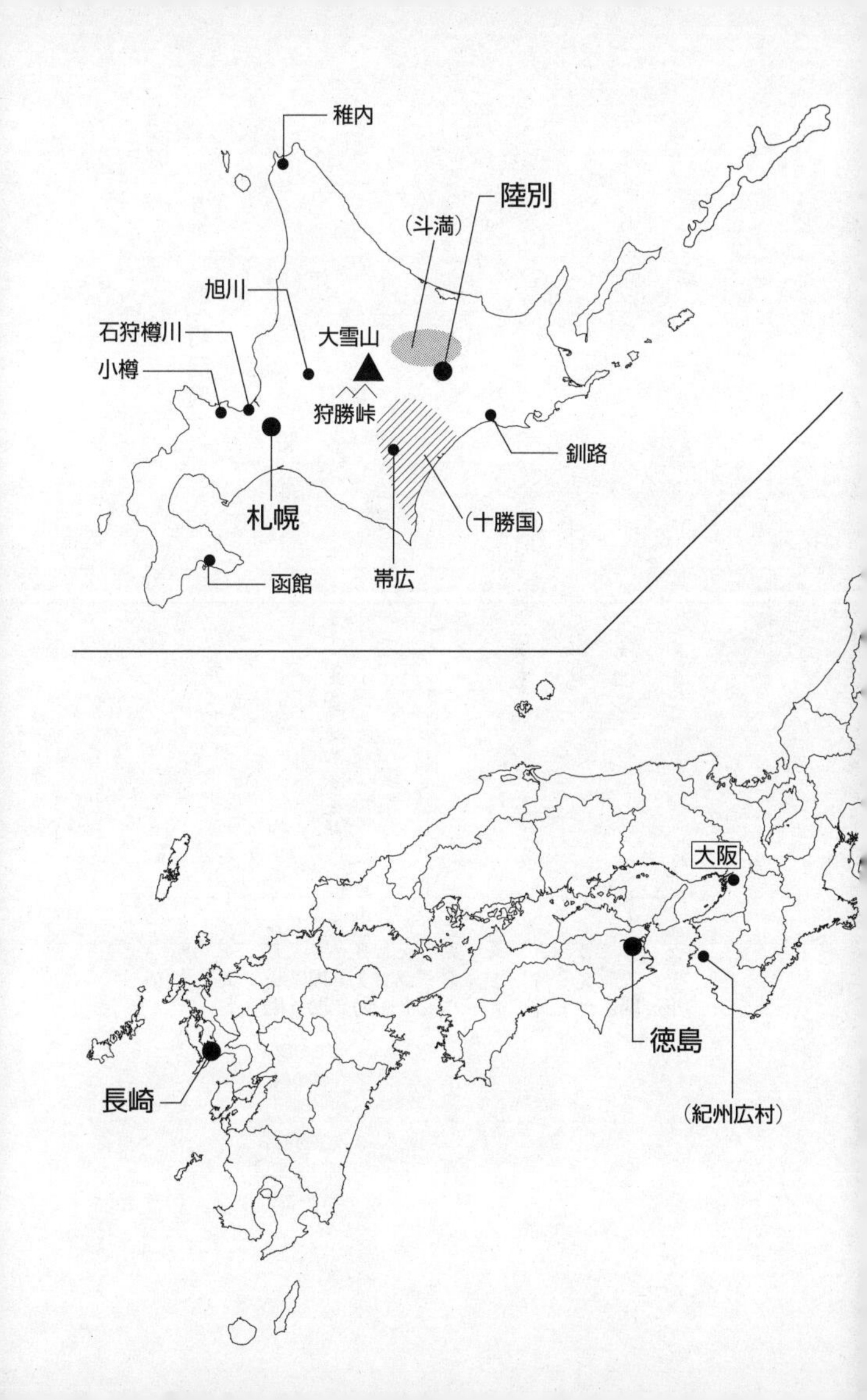
稚内
陸別
（斗満）
旭川
石狩樽川
大雪山
小樽
狩勝峠
釧路
札幌
（十勝国）
函館
帯広
大阪
徳島
長崎
（紀州広村）

【相関図】

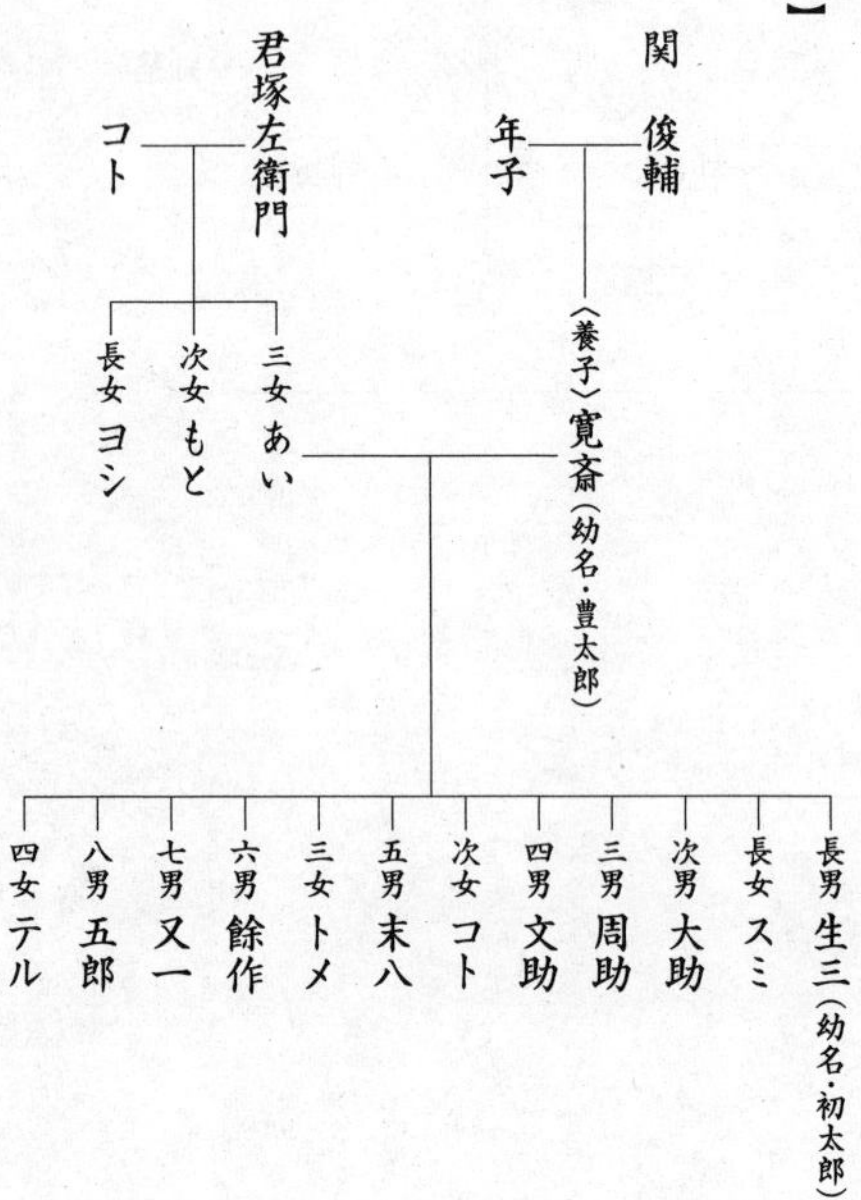
関
俊輔
年子
君塚左衛門
コト
〈養子〉寛斎（幼名・豊太郎）
三女 あい
次女 もと
長女 ヨシ
長男 生三（幼名・初太郎）
長女 スミ
次男 大助
三男 周助
四男 文助
次女 コト
五男 末八
三女 トメ
六男 餘作
七男 又一
八男 五郎
四女 テル

あい

永遠に在り

第一章　逢

ひとの記憶が何処まで遡れるのか、誰かに問うて確かめたことはない。ただ、齢五つの時に見た情景は、後々までもあいの胸に残り、折りに触れて思い出される。天保十年（一八三九年）、長く続いた大飢饉が漸く終息へ向かおうとしていた時のこと。季節は初冬、場所は上総国山辺郡前之内村の木立の中だった。

湿った土が朝の陽射しで温められて蒸気を放つ。それが思いがけず濃い霧となってあいの視界を奪っていた。熱があるのか、意識が朦朧として足もとがふらつき、土を踏む感触もない。両の耳は木綿で栓でもしたように詰まり、地鳴りに似た気味悪い響きを耳奥に感じるばかり。

ふた親は、姉たちは、何処に居るのか。

幼いあいは家族の姿を求め、細い腕を伸ばして霧を掻き分けていた。

その時だった。

霧の切れ目から、深緑の葉で覆われた梢が覗いた。

目を凝らしていると、徐々に霧は薄れ、樹形が顕になった。まだ若い樹なのだろう、すんなりと姿の良い山桃の樹だった。

あっ。

あいは、息を呑んで身を固くする。

その幹に、ひとりの少年が取り縋っているのだ。

幾つくらいだろうか。あいの目には四つ違いの姉ヨシよりも僅かに年長に映った。

少年は怒りをぶつけるように、握り拳で山桃の幹を強く、強く叩き続けている。

あいの位置からはその表情を読み取れない。ただ、そこにあるのは激しい怒りではない、ということだけは、幼いあいにも感じられた。

山桃の樹は、少年に叩かれる度に、まるで詫びでもするかのように、はらはらと緑の葉を落とす。辺りの木々や枯草までも、しんとして彼を見守り、音のない世界に、少年の測り知れぬ哀しみが溢れていく。

激しく上下する肩が、少年の慟哭を伝える。その哀しみに寄り添い、山桃は静かに葉を落とす。冬枯れの光景の中で、濃い緑色が、あいの目を射た。

そのあとの記憶がごっそりと抜けているのだが、少年の哀しみと山桃の姿があいの胸に刻まれ、消え去ることはなかった。

「あい、お前にはまだ無理だよ」

水田にそっと片足を差し入れるあいの姿を認めて、戻れ戻れ、と長姉のヨシが泥だらけの手を振った。

「そうさ、あいにはまだ無理さ」

腰まで泥に埋もれて、次姉のもとが鼻に皺を寄せて笑ってみせる。

「おらが十の時にはもう田に入れたけれど、あいは小さいから溺れてしまうよ」

小さい、と言われて、数えで十歳のあいはむきになり、一層深く、右足を土壌へ差し入れた。

この辺りの田はもとは沼だったため、恐ろしく深い。そろそろと足で探っても、爪先が底に触れることはなかった。それどころか、温かく重い泥が足に纏わりつき、あいを田の中へ引きずり込もうとする。重心を畝に置いたはずが、もんどりうって田へ落ちそうになった。

「危ない」

背後から腕が伸びて、あいの単衣の襟を摑む。勢い余って畝に尻餅をついたものの、あいはほっとして救いの主を見上げた。

「お母さん」

母コトが、眦を吊り上げて末娘を見下ろしている。田植えに先立って苗代から早苗を移して来たのだ。菅笠の下に挟んだ手拭いが汗を吸って肌に張りついている。

「お前、百姓にとっての田植えを何だと思ってる。足手まといになるなら、子盗りにやっちまうよ」

「そうさ、子盗りにやっちまうよ」

母親の口調をそっくり真似るもとのことを、ヨシは軽く睨む。

少し離れて田の様子を見ていた父左衛門が、ふいに腰を伸ばして天を仰いだ。

きゅいきゅい、きゅいきゅい、と鳴き声を上げながら、無数の鳥が低い空を通り過ぎる。夏の渡り鳥、小鯵刺の群飛だった。

小鯵刺はその名の通り、決して大きな鳥ではない。だが、蒼天の下、群れをなして白い腹を見せ懸命に羽ばたく姿は、何とも勇壮だった。この時期になると目にする光景ではあるが、つい手を止めてその雄姿を見送らずにはいられない。

「おらたち中須賀者に似てること」

娘を叱っていたのも忘れたようにコトがぼそりと呟いて、手拭いで顔の汗を拭った。

あいは立ち上がり、周囲をぐるりと見た。近隣の者が一斉に田へ出ていた。ごく当たり前に、人手のある家は、手の足りない家の田植えを助ける。

田作りとして条件の良い土地ではない。だからこそ、この辺りの集落ではひとは孤立せず、互いに力を寄せ合うことで難儀を乗り越えるしかなかった。各々に小さな不満や不服はあっても、それで諍っていては生きてはいけないのだ。皆が心を合わせ、同じ方向を向いて日々を過ごさねばならない。

その姿を母は小鰺刺の群飛に重ねたのだ。あいはそう気付いて、鳥影の消えた空を振り返った。

房総には九十九里浜、という名を与えられた南北に伸びる弓状の美しい海岸がある。海岸線に沿って、なだらかな平野が連なるのだが、あいの生まれ育った前之内村は、その九十九里平野の丁度中ほどに位置する。

前之内村を含む周辺一帯は「中須賀」と呼ばれ、古くは海岸線であった。点在する沼を開拓して新田としたものの、大きな河川を持たないため、稲作は天水に頼らざるを得ず、また水捌けも悪い。雨量が足らずば田は枯れ、多ければ稲は水に溺れる。収穫は常に不安定だが、年貢の取り立ては容赦ない。

それ故、一帯の百姓らは、米はおろか、豆や稗などの雑穀すらも滅多に口にはできず、外からは「八千石の蕪かじり」と揶揄されるほど貧しい暮らしを強いられていた。

ただ、温暖な土地柄で、海と山に近く、自然の恵みを得られる事情もあって、存外、悲愴な思いもせずに暮らすことができていた。

あいは、この地で代々農を営む「君塚」の家に生を受けた。通常、百姓が姓を名乗ることは公には許されていない。しかし、農作業は家同士の結びつきが不可欠であるため、どの百姓も家の名としての苗字を持ってはいた。君塚家は読み書きに明るい当主が続き、百姓代として村の運営にも関わったため、前之内村では一目置かれる存在だった。だからといって、村内で抜きん出て暮らし向きが良いわけではない。一家五人、終日身を粉にして働いて、辛うじて食べていける、その程度の豊かさだった。

「ほう」

一日の仕事を終えて、囲炉裏端へごろりと横になった左衛門は、ふと、あいの姿に目を留めた。

板敷の隅に糸車を置き、魚油の薄暗い灯りを頼りに、綿打ちした木綿から器用に糸を紡いでいる。右手でからからと糸車を回し、絶妙の力加減で綿を手にした左腕を引く。身体が小さい分、糸車がやたらと大きく見えるのだが、子供ながら見事な腕前だった。

「巧いもんだな」

左衛門の独り言に、土間で山独活の皮を剝いていたコトが顔を上げる。亭主の目が末娘に注がれているのを見て、コトは、本当に、と頷いた。

「おらだってあんなに巧くできないよ。亡くなったお姑さんの血かねぇ」

母親のことを言われて、左衛門は、懐かしそうに目を細めた。

「お袋は随分とあいを可愛がったからな。そう言やぁ、五年ほど前だったか、あいのやつが居なくなって、半狂乱になって探し回っていたお袋の姿が忘れられない」

よく覚えてますよ、とコトは苦く笑った。

「熱があるのに勝手に家を抜け出して……。まだ言葉もよく喋れないし、本当に子盗りに攫われちまったのか、と大騒ぎになったんだよねぇ。今日も今日で勝手に田へ入ろうとするし」

全く、あいには心配ばかりさせられる、とコトは軽く首を振ってみせた。

そんな両親の会話も、あいの耳には届いていない。糸車に向かう時は、何時もそうだった。

綿の実を摘み、乾かして種を取り、綿打ちして丁寧に解す。そうした紡ぐまでの手間と苦労とを決して無駄にするまい、と思う。無心に糸車を操って掌一杯の綿を糸にするのに、あいの手では丸一日かかる。冬に収穫した綿を、この時期になって漸く使い切るのだ。

この辺りは百姓泣かせの土地ながら、温暖な気候が幸いし、木綿と藍葉がよく育った。殊に木綿は種を蒔けば律儀に芽を出し、白い実を弾けさせる。それを糸にし、機織りで反物にすれば、東金の木綿問屋が買い取ってくれて銭になった。無論、向こうの言い値に従うので、手間や技からすれば割に合わない手仕事ではあったが、燕かじりの身としてはそれでも充分にありがたい。

君塚家では、一台の機を母とふたりの姉とが交互に使った。田畑で終日くたくたになって働き、夜には機仕事をする母らを見るにつけ、あいは早く色々と手伝いたい、と願うのだが、今はまだ身体も小さく、できることは限られている。せめて良い糸を紡ごう、と懸命に糸車を動かすのだった。

「この糸は……」

紡ぎ玉から長めに糸を手繰ってみて、ヨシは考え込んだ。

自分のした仕事を姉が気に入らないのか、と顔を曇らせるあいに気付いて、ヨシは軽く頭を払う。そして、お母さん、とコトを呼ぶと、紡ぎ玉を示した。

「撚り具合も綺麗だし、おまけに強いし、こんな良い糸、あたしが使うのは勿体ないよ」

　どれ、と糸に触れてみて、コトも感嘆の声を洩らした。

「とてもとても十やそこらの子が紡いだものとは思えない。腕の良い織り手にかかれば、さぞや良い反物になろううねえ」

　思案顔になったコトが、そうだ、と小膝を打った。

「あい、お前は明日これを持って、年子伯母さんとこへ行ってきな」

「年子伯母さん？」

　あいは不安そうに姉と母とを交互に見た。

　父の左衛門には、俊輔という兄が居り、年子はその妻だった。あいからみて俊輔と年子は、伯父伯母の関係にあたる。その住まいは、君塚の家から大分と離れてはいても、同じ前之内村にある。だから密な関わりがありそうだが、実はそうではなかった。

　俊輔は、ただの百姓ではない。幼い頃から周囲が瞠目するほど利発で、置かれた環境にもかかわらず学ぶことを諦めず、それがために長子でありながら君塚の家を出て、他家の養子となり、「関俊輔」を名乗った。今は製錦堂という私塾を開き、子弟に読み書きを始めとする学問を教えている。

　男女の別を始め、厳しい指導で知られる俊輔のことを、あいたちは近寄り難く感じており、伯父だからと親しく接したりはしなかった。その妻の年子についても、遠くから姿を見たことはあるものの、言葉を交わした記憶はあいにはない。

「あいはまだ赤ん坊だったから覚えてないだろうけど、昔は年子伯母さん、年に何度か、ここへ来ていたよ。あたし、遊んでもらった覚えがある」

ヨシが言えば、コトは、そうそう、と身を乗り出した。

「年子伯母さんは子供好きなのに、子宝に恵まれなくてね。あいだって赤ん坊の頃は二、三度、抱いてもらったこともあったはずさ」

「おらは年子伯母さん、苦手だったなあ。子供好きだなんて信じられないよ」

もとが三人の会話に割って入った。

「俊輔伯父さんとそっくりでさ。おらが転んで泣いてても、抱き上げもしないんだ」

そうだった、そうだった、とコトは楽しそうに声を上げて笑う。

「ふたりとも、意地でも子供を甘やかさない、ってひとたちだからね」

そんな恐ろしいひとのところへ使いに行くのか、とあいは悲愴な顔になる。

その様子を認めて、コトは笑いを収めた。

「お母さんは年子伯母さんを昔っからよく知ってるんだ。本性は優しくて、菩薩のようなひとさ。それがいつの間にか、般若のお面を被らないといけなくなった」

子供にどう伝えれば良いのか、コトは言葉を選びながらゆっくりと話し続ける。

「男には男の枷、女には女の枷がある。一家を構えて家族を養うのが男の枷なら、子を生み育て、血を絶やさぬようにするのが女の枷。この枷が、沢山の女を苦しめることにもなるんだよ」

母の言わんとすることは、あいには少し難しい。ヨシともとは真剣な表情でコトの話に聞き入っている。

「他人に厳しいけれど、自分にはもっと厳しい。般若のお面の下に、菩薩の顔が隠れている。年子伯母さんというのは、そういうひとなんだよ。豊坊だって、そういうひとに引き取られて、本当に幸せだとお母さんは思う」

豊坊、というのは、年子の妹幸子の忘れ形見の豊太郎のことだ。

幸子が嫁ぎ先で幼子を残して夭折したため、祖父母のもとに引き取られた豊太郎を、六年前に年子が手もとに引き取って養育するようになった。年子の足が君塚から遠のき、あいたちとの関わりが断ち切れたのもその頃からだ。

豊太郎のことを、暫くはただの預かり子として扱っていた俊輔も、昨年、漸く正式に養子としている。

「俊輔伯父さんに認めさせるために、年子伯母さんは、まだ小さい豊坊に随分と厳しく接したと思うよ。豊坊もよく応(こた)えたことだ。まだ夜も明けないうち、遠くまでひとりで使いに出されていた姿を、おらはよく覚えてるもの」

　コトは、しんみりした口調で語り終えると、あいの方へ向き直った。

「あい、お前だって、もう十歳。ひとりで挨拶(あいさつ)くらいできるだろう。明日、お前が紡いだこの糸を見てもらいに、関の家へ行くんだよ」

　年子伯母さんは機織り名人だからね、お前の糸を使ってもらえたら嬉(うれ)しいことだ、と母は話を結んだ。

　伯父、俊輔の家は君塚の家からは離れていて、あいの足だとなお遠く感じられる。

　黒々とした早苗田に、朝焼けの残る空が映り込んでいる。行儀よく並ぶ淡緑の苗が、暁天(ぎょうてん)に浮かんでいるようで、あいは少しの間、立ち止まった。

　稲が無事に育ちますように。

　あいは東の空に手を合わせ、目を閉じる。

　祈りを終え、懐(ふところ)に手を入れて紡ぎ玉を確かめると、砂地の道を再び歩き始めた。関家が近付くにつれ、道が美しくなっているのに気付く。周辺の雑草は抜かれ、箒(ほうき)で掃き清められているのだ。

見れば、石作りの塀の前で、十代の少年らが三人、清掃に励んでいた。製錦堂の子弟たちに違いなかった。せっかくの箒の筋目を踏み潰してしまうのが申し訳なくて、あいはなるたけ端の方を小走りで急ぐ。

母屋とは別棟の製錦堂の建物からは、早くも書を読み上げる声が響いていた。ちらりと覗いたところ、十四、五人は居るだろうか。目立たぬように、小さな背を一層低くしてその前を走り抜けると、あいは母屋の入口に立った。

風を入れるためだろう、障子や襖が外されていて、大きく取った土間からずっと奥まで見通せた。奥の一角にのみ天井が張られ、中二階とそれに続く幅の狭い階段が設けられている。あいの暮らす君塚の家に比して屋根も高く、梁も太く、随分と立派な造りだ。ただ、どちらの家も粗末な調度ばかりで、これといった家財のないところは同じだった。

背伸びして奥を覗いていたあいの背後から、鋭い声が飛んだ。

「覗き見かい」

不意を突かれて、あいは飛び上がった。心の臓が口から飛び出しそうになるのを堪えて振り向くと、母コトよりも年長の、馬面で口の曲がった女が立っていた。

上総木綿、と呼ばれるこの辺り特有の木綿織りは随分とくたびれて、木肌のままの棗の櫛のほか、身を飾るものはない。倹しい身なりだが、清々しい立ち姿だ。

「感心しないね、そんなのは盗人のすることだ」

年子伯母さんだ、とわかっているものの、あいは相手の不機嫌を知り、言葉が出ない。口を歪めてあいを眺めていた年子だが、おや、という表情になった。

「目もとがうちの先生にそっくりだ」

そう呟いて、思い出すように視線を空へと泳がせた。

「左衛門さんのところの一番末の子、そう、確か、あいと言った」

あいに視線を戻すと、そうなのかい、とよく通る声で問う。それで漸く、あいはこっくりと頷くことができた。

「ちゃんと名乗りなさい」

伯母の厳しい声にすくみ上がりながらも、挨拶ぐらいできる、との母の言葉を思い返し、あいは手を両の膝頭に置いた。

「君塚あいです。お母さんに言いつけられて、お使いに来ました」

言い終えて、頭を深く下げると、

「よろしい。次からは言われる前になさい」

との声が投げつけられた。

ついて来なさい、という年子のあとに続いて、奥の間へと入る。

縁側から覗く庭に、山桃の樹が一本あって、濃い緑の葉が陽射しを和らげていた。

畳のない板敷の部屋には、大きな機が一台。織りかけの布は濃い藍色の縞木綿だった。

年子があいの糸を吟味する間、あいはずっと機を眺めていた。君塚の家にあるものと形が幾分違う。母や姉たちは板敷に座り込んで織るのだが、こちらの機には腰を掛ける台のようなものが据えてある。材質は何かわからないが、よく使い込まれて艶やかな飴色の肌をしていた。また、先染めの糸を用いた織物は、遠目にも目が詰まり、美しい織り上がりであることがわかる。

「この糸は、誰の仕事だい？」

問われて、あいは、あたしが、と小さく答えた。

年子は軽く双眸を見開き、再度、手の中の糸に目を落とす。

「紡ぎ五年、と言われるほど、木綿から糸を紡ぐのは難しい。お前、年は十だったね」

こっくりと頷くと、

「返事はきちんと声に出しなさい」

と、叱られた。

糸のできを褒められたのか、そうでないのか、あいにはわからなかった。

曾子曰
吾日三省吾身
爲人謀而不忠乎
與朋友交而不信乎
傳不習乎

年子に送られて庭を横切っていたら、製錦堂から書を読み上げる声が重なって響いてきた。立ち止まって覗き見れば、子弟の間を難しい表情で歩いて回る俊輔の姿がある。姿勢の悪い者を見つけると手にした木の尺で容赦なく叩き、音読の声が小さいと「曾子いわく、吾、日に」と大声で手本を示した。

読み上げる書の内容がよくわからずに、あいは、小首を傾げる。

俊輔伯父には敵わぬまでも、父左衛門もひとから頼まれて代書などをする。だが、君塚へ嫁いできた母のコトは読み書きができない。姉妹は農作業の合間に、左衛門から文字を習っているのだが、専ら易しい言葉で綴られた往来物を書き写すばかりだった。

「あれは『論語』だよ。海の向こうから渡ってきた、ひとの道を説いた書さ」

あいの考えている事がわかったのだろう、年子は難しい顔で室内に目をやった。

「蕪かじりの百姓の倅どもに論語など教えても無駄——中須賀の外からはそんな声も聞こえる。けれど学問は、ここと」

年子はまず、自身の頭に右手を置き、それに、と今度は胸に左の手を置いた。

「ここに、宝を築くことになる。この見えない宝が一等大切なんだよ」

あいの知る限り、百姓家の女は手習いへは行かず、田畑へ出れば男並みに働き、仕事を終えれば家の中のことや家族の世話で手一杯。頭にも心にも宝を築く余裕などない。

子供なのでそれを巧く伝えられず、あいは戸惑った顔を伯母に向けるばかりだ。

年子は口を歪めたまま、深く頷いた。

「女は、殊に百姓家に生まれた女は、学問から一番遠いところにいる。けれど、学ぶ機会は与えられずとも、自身の中に宝を築けるのが、中須賀の、殊にこの前之内村の女の強みだよ」

その意味するところが明確にわかったわけではないけれど、年子の台詞はあいの胸に残った。

「糸ができたら、またおいでなさい」

別れ際、年子は懐紙に包んだものをあいの手の中に握らせた。中身が銭だと察して、あいの胸は躍る。君塚の家にとって、多寡を問わず銭が入ることがどれほどありがたいか、幼いあいにもわかっていた。

丁寧にお辞儀をすると、弾む足取りで来た道を戻る。

俊輔伯父さんはただの百姓ではない、あんなに大きな家に住み、ああして私塾を開いているのだから、きっと沢山の実入りがあるのだ、と小さな懐紙の包みを掌の中に握り締める。途中で振り返ると、年子はまだ道の真ん中に出て、あいのことを見送っていた。


「どうして受け取ったりしたんだい」

板敷に置いた懐紙に目を落とし、コトが怒りを堪えた口調で問うた。

「どうしてって」

あいは涙の溜まった目で母を見やった。

「年子伯母さんが持たせてくれたから……」

コトの背後で、ヨシともとがはらはらと成り行きを窺っている。

あいには母の怒りの理由がわからなかった。

この地で農に従事する者は、銭を手に入れることが滅多とない。作物を育て、年貢を納め、残ったもので食い繋ぐ、という図式から外れることは難しい。そこから抜け出すために、中須賀の女は、綿を育てて糸を紡ぎ、どうにか機を手に入れて、木綿の反物を織り上げる。母コトとて、例外ではない。

東金の木綿問屋の手代が、一戸、一戸と回って反物を買い集めるのだが、彼からお代を受け取る時、コトは安堵の表情をみせる。田で育てた稲も、畑で育てた雑穀の多くも、あらかた年貢で搦め取られてしまう身。銭が入ることは即ち、一家が生き延びられることでもある。

「お母さんはお前に言ったはずだ、機織り名人の年子伯母さんにお前の糸を使ってもらえたら嬉しい、と」

娘が紡いだ美しい糸を、そういう形で生かしたいと、母は願ったのだと言う。

そんなはずはない、本当はこの銭が欲しいはずなのに、とあいは些かむきになった。

「俊輔伯父さんは製錦堂であれだけの子弟を教えているし、伯母さんも随分と反物を織っていたもの。それくらいもらっても」

「あい」

大きな声で名を呼んで、コトは娘の言葉を遮った。あい、ともう一度その名を呼び、娘の手をぎゅっと握り締める。

「お前、いつからそんなさもしい心ばえになったんだ。第一、お前の眼は節穴かい。年子伯母さんの着るものはどうだった。櫛や簪はどうだった。懐にたんと銭が入っているような形や暮らしぶりだったのか」

言われて初めて、あいは年子の姿を思い返して、唇を引き結んだ。

「俊輔さんは、貧しい家の子から束脩を一文たりとも取らないんだよ。前之内は皆が皆、揃って貧しいから、結局、殆ど実入りはないのさ。それどころか、腹を空かせた子弟に食わせるために、年子さんは反物を売った銭を持ち出しているくらいだ」

滅多とできることじゃないよ、とコトは首を振った。

母の言葉に、あいはしゅんと肩を落とす。明日、返しに行く約束をして、漸くあいは許された。

土間の窓から、湿り気を帯びた夜風が忍んでくる。梅雨も近いのだろう、蛙の鳴き声が一層、賑やかになった。その鳴き声に、左衛門とコトの鼾が交互に紛れ込む。

あいは寝付かれず、莚から目だけを出して息を詰めていた。寝返りを打てば少しは気が紛れるだろうが、両隣りで眠るヨシともとに、まだ起きていることを悟られたくなかった。

「姉ちゃん、もう寝たか？」

右側から、ぼそりともとの声がした。

「起きてるよ」

末の妹を慮って、ヨシは低い声で応じる。

「厠に行きたいのかい、もと」

闇の中で頭を振る気配があった。

「あいがもらってきた銭、お母さんは本当に欲しくないんだろうか」

「欲しいに決まってるさ。喉から手が出るほど欲しいに決まってるじゃないか」

ヨシの言葉に、もとは莚を捲って身を起こした。

「だったら素直にもらっておけば良いじゃないか。あの銭はあいにやったんじゃない、お母さんに渡るべき銭だし。それを、どうして返したりするんだよ」

「し、あいが起きるよ」

低い声で言って、ヨシも闇の中で半身を起こした。

「銭を受け取らないのは、伯父さんのとこの暮らし向きのこともあるけど、あたしらの……殊に、あいのためだと思うんだ」

自分の名が出たので、あいは身体を強張らせて、長姉の言葉を待った。

「あたしの反物が初めて売れた時に、お母さんに言われたんだ。銭ってのは厄介だ、なまじ味を覚えると、もっともっと欲しくなる。それが叶えられないと、性根がさもしくなる、って。百姓が楽して銭の味を覚えて、良いことなんて何もない、ってね」

さもしくならないためには、銭の値打ちを正しく知るよりない。あいはまだ十歳、簡単に銭が手に入る、と思わせたくなかったんだよ、とヨシは話した。

「お母さんは偉いなあ」

もとが太い息を吐いた。

「おらだって、あいと一緒だ。銭をもらうのに躊躇いはないよ。けど、そんな容易く銭が手に入れば、きっとお母さんの言う通り、勝手に他人の懐勘定したり、あてにしたり、さもしいことを考えるようになっちまうんだろうな」

お母さんは本当に偉いなあ、ともとが繰り返すのを聞いているうち、あいの耳の奥に、年子の声が蘇ってきた。

――学ぶ機会は与えられずとも、自身の中に宝を築けるのが、前之内村の女の強み

だよ
文字を読めず、書けない母。けれど、母の中には、何より尊い宝がある。
そう悟った途端、あいは泣きそうになって、姉たちに気付かれぬように莚の中へと潜った。

皐月は、別名を早苗月ともいう。

前之内ではどの田も無事に田植えを終え、田の神を無事に送った。今はまだ心もとない早苗だが、日を追うごとに丈が伸び、株も増えていくだろう。少しでも手を抜けば田にはたちまち雑草が蔓延るから、収穫までは除草で忙しい。

畑では、種を蒔いておいた木綿が、上機嫌に双葉を広げていた。これからの季節、こちらも草抜きで忙しくなる。田に入れないあいも、畑仕事は姉たちと一緒にできるので、嬉しくてならない。

根気よく雑草を引いていたもとが、そう言えば、と顔を上げた。

「俊輔伯父さんとこの豊坊は、おらたちの従兄になるんだよね？」

そうだよ、と手を休めずにヨシは頷いた。

「けど、『豊坊』は変だよ。会ったことはないけれど、あたしより上のはずだから、

『豊太郎さん』て呼びな」

年子の妹、幸子の忘れ形見の豊太郎のことを、あいたち三姉妹は、よく知らない。

もともと男女の別に厳しい俊輔は、子弟に女子と親しむことを許さず、それは相手が姪たちとて例外ではなかった。従兄妹同士とはいえ、これまでろくに顔も知らずにきたのである。この先も、そう親しく交わる機会もないように思われた。

ただ、父の左衛門は俊輔と兄弟仲が良いため、豊太郎のことはよく知っており、

「あれは利発な上に精進を怠らず、辛抱強い。一生を百姓で終わらすのは、あまりに勿体ない」

などと、母コトに話すのを耳にしてはいた。

「年子伯母さんから、関の家へ来るように言われているのよね？　あい」

ヨシの問いかけに、あいは返事の代わりに重い吐息をひとつ、ついた。

コトに諭された翌日、あいは早速と関家を訪ねた。戻された銭を手に、年子は何やら満足げに頷いていた。「思った通りだ」と独り言を洩らしたあと、こんな提案をしたのだ。

「それなら、糸のお代の替わりに機織りを教えてあげよう。良い糸が紡げたら、それで布を織ってみると良い」

実家に使わずに置かれている機があるので、折りを見てこちらに運んでもらうようにしよう、と年子は言った。それは提案というよりは命令のようだった。

「それなら、豊坊……豊太郎さんと顔を合わせる機会もあるよ。だからどう、ってことはないいんだけどさ」

さほど興味のない振りで、もとはぶちぶちと雑草を抜く。

常日頃、左衛門は娘ばかりで息子の居ないことを嘆いていたから、三姉妹は男兄弟というものに憧憬の念を抱いている。もとの気持ちを察して、

「もしも会えたら、どんなひとか、しっかり見ておくね」

と、あいは小さく応えた。

ふと、関家の縁側から見えた山桃の樹を思い出す。

山桃の赤い実はそれはそれは甘酸っぱくて美味しい。あいも姉たちも大好物なのだ。雌木と雄木があって、当然ながら雌木にしか実はならない。雄木は黄みがかった赤い目立つ花を咲かせ、雌木は地味な小さい紅色の花を咲かせる。関家の山桃は、すでに花を落としており、遠目には雌雄の別はわからなかった。

あれが雌木なら、そろそろ実を付ける頃だ。そうしたら、熟すのを待って、こっそり食べられるかも知れない。

想像しただけで、口の中に甘い味が蘇る。ごくん、と唾を飲んだ途端、般若の形相の年子が思い浮かび、あいは身を竦めるのだった。

年子のもとへ行く機会は、ほどなく訪れた。

季節は梅雨へと突入し、雨に濡れての農作業が続いていた。親や姉たちに悪い、と思いつつ、皆から行くように強く言われて、あいは紡ぎ玉を懐に、とぼとぼと関家へと向かった。

製錦堂の前を過ぎ、そのまま縁側の方へと進むと、あいは山桃の樹に駆け寄った。枝から枝へと目を凝らすも、がっくりと肩を落とす。せめてもの楽しみだった果実をひとつも見つけられなかった。この樹は雄木だったのだ。

「良いところへ来ました」

あいの姿を認めて、年子が部屋から顔を覗かせる。会うのはこれで三度目だが、笑うと損、と言わんばかりの顰め面なのは相変わらずである。

落胆したまま、縁側から上がろうとするあいに、鋭い叱責が飛んだ。

「大したお行儀だ。ちゃんと向こうの入口からお入り」

言われた通りにあいが奥の間へ入っていくと、年子は、宜しい、と頷いてみせた。

「あれをご覧。昨日、こちらに届いたんだよ」

年子の視線を辿って、あっ、とあいは小さな声を洩らす。

先日見た機の隣りに、全く同じ作りの機がもう一台。幾分、色が薄いのは、年子の機ほど使い込まれていないからだろう。

「亡くなった妹のものだよ。親が私ら姉妹のために揃えで誂えてくれた思い出の品だから、無理を言って嫁ぎ先から実家へ戻してもらったのさ。でも、実家では織り手が居なくて、結局、埃を被っていたから良い折りだった」

誰かに使ってもらうことで、幸子もきっと喜ぶだろうからね、と年子は機を撫でた。

年子に教わって初めて知ったのだが、君塚の家にある機はごく一般的な地機、ここにある二台は大工の手で改良を加えられた地機なのだという。

「最近では、もっと便利な高機、というのがあるけれど、地機ほどは柔らかな織り上がりにならないのさ」

上総木綿は肌に添うことがとても大事だからね、と説きながら、年子は機の準備を整えていく。一台の機を布が織れるまで用意するのにも、気が遠くなるほど手がかかる。年子を真似て、あいは、糊づけされてごわついた糸を順に縦に通していった。

全てが整うと、台に腰を掛け、年子の手ほどきを受けながら、生まれて初めて、経糸に緯糸を通していく。

足も用いて経糸を上下させたり、力加減で糸を引いたり、緩めたり。気を張り詰めての作業なので、全身から汗が噴き出した。年子は脇についてあいの様子を見守っていたが、誉めも貶しもしない。ただ黙って眺めているだけだった。

結局この日は、機の準備を整えて数段織っただけで、あいは帰された。外へ出ると、辺りは薄暗くなろうとしていた。

「また来なさい。機は間を置かずに触った方が良い」

年子はそれだけを言うと、今度はあいを見送らずにさっさと中へ入ってしまった。


上総木綿は決して高価な品ではない。だが、何より丈夫で持ちが良く、肌に馴染んで手頃な値段ゆえ、江戸っ子たちから絶大な支持を得ていた。

ただし、綿や藍を育てる者、糸に紡ぐ者、反物に仕立てる者たちは、そうした事実を全く知らされておらず、対価としてはあまりに少ないものを受け取るばかりなのだ。その少ない実入りで、しかし皆、何とか息をつける。

君塚の家でも、あいが年子の手ほどきを受けて上総木綿の織り手となることを、皆が大層喜んだ。初めのうちは渋々、年子のもとへ通っていたあいだが、自身の手で少しずつ織物ができていく様子に、何時しか喜びを覚えるようになった。

季節は、冬を迎えようとしていた。

「初めてにしては、まずまずだ」

生成り一色であいが織り上げた生地を手に取ると、年子は手で撫でたり、光の当たる位置を変えたりして、熱心に眺めたあと、顔を上げてあいを見た。

「あとは糊を抜いて乾燥させて反物にするのだが、それはまた追い追い教えるとしよう」

まだ売り物にはならないが、自分のものでも仕立ててみるか、と問われて、あいは少し考えた。こういう時、母コトならどうするだろう、と思案する。

「あたしは、お母さんの織ってくれた今の着物で充分です。伯母さんに教わって、この機で織ったものですから、伯母さんのお役に立ててください」

あいの答えは年子を満足させたらしい。宜しい、と大きく頷くと、年子はあいの使っている機に目をやった。

「ならば、これは着物に仕立てて豊太郎に着せるとしようか。あれの母親の機で織った上総木綿、何より幸子の供養になる」

年子の言葉に、あいは改めて自身の織ったものをじっと眺めた。年子の織るものと随分違う。糊が落ちていない事を差し引いても、目が不揃いで歪(いびつ)な織り上がりだった。なるほど、木綿問屋も買わない不良品に違いない。

まだ一度も顔を合わせたことのない豊太郎だが、こんな拙(つたな)い織物を着せられるとしたら気の毒だ、とあいは小さく肩を落とした。

その年の師走(しわす)二日、元号が天保から弘化(こうか)へと変わった。ただし、前之内では誰もそのことに興味がなかった。その年の収穫は可もなく不可もなく、年貢の取り立ては相変わらず厳しい。どのみち、村人は粗衣粗食に耐えて生き延びるしかない。農閑期(のうかんき)の今は、山へ入って燃料用の枯れ枝や茅(かや)を集めるのに忙しかった。

元号が変わった翌日、あいは関家での機仕事を終えて、家路を急いでいた。家族はこの時期は家に居て、収穫した木綿から種を取る作業にかかっている。早く戻って手伝おう、とあいは小さな身体を弾ませた。

常は水田を横に見ながら踏み均(なら)された道を通るのだが、急いでいたので、脇道に入る。脇道はやがて二股(ふたまた)に分かれ、片方の道は君塚の家のほうへ、もう片方の道を行けばそのまま木立の中へと続く。あいはここを通る度、何とも不思議な気持ちになるのだ。それはおそらく、幼い頃に熱のある身体でこの辺りを彷徨(さまよ)った記憶があるからだと思う。

枝分かれする道の間に自生の柿の木が一本あり、太い枝に隠れて、実がひとつ取り残されていた。夕陽に映えて、艶々と橙色に輝いて見える。ぐうう、とお腹が盛大に鳴った。

採れるかしら。

あいは落ちていた木の枝を手に、精一杯伸びをしたのだが、まるで届かない。勢いをつけて飛び上がってみたものの、派手に転んで尻餅をついてしまった。

諦めきれずに座り込んだまま柿の実を見上げていた時、背後にひとが立つ気配を感じて、あいは振り返った。

生成りの上総木綿の綿入れを着た、十四、五歳の少年がそこに立っていた。

あっ。

その着物地に、あいの目が釘付けになる。不揃いで歪な織。あいが生まれて初めて織った木綿地に違いなかった。

それを着ている、ということは。

顔を見れば、前之内ではあまり見ない、鼻筋の通った、整った顔立ちをしている。何処となく気丈な雰囲気が、年子伯母に似てもいた。

「あれは木守りだ」

少年は、あいの動揺には気付かぬまま、ひとつ残った柿の実を指差した。

「沢山実をつけてくれた礼に、ああしてひとつだけ残しておく」

年子伯母さんなら、そんな恰好でひとの話を聞くな、と叱るだろう。そう思い至って、あいは慌てて立ち上がる。

立ってみると、あいの背は少年の胸の下までしかなかった。少年はあいを見下ろして、随分と小さいな、と呟いた。童女が腹を空かせている、と思ったのだろう。両腕を伸ばして枝を摑み、ひとつ残った実を捥ぎ取った。

「ほら」

差し出された柿を前に、あいは、名乗った方が良いのか、名乗らぬのが良いのか、戸惑って俯いた。遠慮している、と見たのだろう。少年は手を伸ばして、あいの掌を開かせる。

「木守りだが、どのみち鳥に食われてしまう。だから構わない」

少女の開いた掌に柿の実を置くと、

「気を付けて帰りなさい」

と言い残して、足早に立ち去った。

あれが従兄の豊太郎さんか、と少年が消えた方を見やりながら、あいは柿の皮を手で擦った。歯をあてて、ひと口、齧る。

「うあ」

忽ち、顔中がくしゃくしゃになった。

せっかくの木守りは、どうしようもない渋柿だったのだ。


「あい、それ、どうしたんだい？」

目ざといもとが、妹の持ち帰った渋柿に早速と目を留める。豊太郎とのことを話そうとして、あいは何となく思い止まった。

「帰り道で見つけて、我慢できなくなったの。でも、口が曲がるほど渋くて」

妹たちの会話を傍らで聞いていたヨシは、あいの答えに、呆れた、と声を上げた。

「木守りなんて取るから、罰が当たったんだよ。ほら、貸してみな」

ヨシは台所から包丁を取ってくると、あいから柿を取り上げる。へたを残して、器用にくるくると皮を剝いた。手ごろな藁を見つけて、柿のへたに巻きつける。姉の手もとを見守るうち、もととあいは眼差しを交えて笑顔になった。

軒に吊るすのを、ふたりして手伝う。

「十日くらいかな」

「半月は干さないと」

干し柿にすれば渋も抜けて美味しく食べられる。その代わり、嵩は減り、皆で分けるにはあまりにも乏しい。それでも三姉妹は、軒下に揺れる柿を見上げて、幸福そうに笑いあった。

あいはもとふざけて肩をぶつけながら、ふと、この幸せがずっと続けば良いなあ、と思うのだった。


あいが初めて豊太郎と言葉を交わした日から四年が過ぎ、元号も弘化から嘉永へと変わった。

あいは十四歳になっていた。

背は随分と伸びたが、身体は姉たちに比べると、やはり小さい。それでも、思慮深そうな黒目がちの瞳や、いつもきゅっと結ばれている唇が何とも可憐で、

「君塚の末娘、あれは将来、とんでもない別嬪になる」

と、噂されるほどだった。

四年の間に、君塚の家でも大きな変化があった。覚蔵という気の良い男がヨシと祝

言を挙げ、君塚の家に入って一家を支えることとなった。囲炉裏端、家長の座る横座とその妻が座る嬶座を娘夫婦に譲って、左衛門とコトは安堵のあまりか大分と老けた。続いて、次姉のもとが川島家の豊蔵という百姓に嫁いだ。軒先に吊るした柿を見上げていた日々はもう遠くなったが、それぞれが別の形の幸せを手に入れたのは何よりだった。

　あいは相変わらず、くるくるとよく働いた。農繁期は誰よりも早く起きて田へ行き、農閑期は年子のもとへ通って機を織る。この四年で随分と腕を上げていた。

　やがて酷暑の夏が過ぎ、朝夕の風の中に肌寒いものを感じるようになった。

「これからは、あいの織った反物が売れれば、全て君塚の家の実入りになさい」

　あいの織り終えた生地を暫く眺めたあと、年子は言って、広げた風呂敷の上へ置いた。

　年子からそう言われて、あいは織り手としての腕を初めて認めてもらえたようで、ほっと安堵した。

「どれ、少し休むとしよう」

　年子の声の掠れからその疲労を悟って、あいはさっと立ち上がり、火鉢に置かれた鉄瓶を手に取った。火鉢にまだ火はなく、鉄瓶の中身は湯冷ましである。それを湯飲みに注ぎながら、あいは、伯母の老いを感じていた。

思えば関家へ通うこの四年の間に、あいはごく自然にこの家の変容を目にしてきた。豊太郎は齢十九、頑丈な体軀の青年へと成長していた。長じてみれば年子にはまるで似ておらず、鷹を思わせる鋭い目が殊に印象に残る。

俊輔の営む製錦堂は、ますますその評判が高くなり、佐倉の方から通う生徒も居る。佐倉と言えば、五年前、そこに蘭方の医学校ができて大層な評判になっていた。その佐倉順天堂という医学校に豊太郎が進学する、と年子から聞かされたのは、つい最近のことだった。

年子は噂話を嫌い、機織りの最中も無駄な話を一切しない。ただ、あいが長じたのもあって、機から離れた時、ごく稀に家の中のことを話すようになっていた。

俊輔が勧めたのか。はたまた豊太郎自身が希望したのか。年子はそのあたりには触れないのだが、いずれにせよ、今年、豊太郎が前之内を出て、勉学のため佐倉へ移る、というのだけは確かなようだった。

「関寛斎、というのだよ」

あいの入れた湯冷ましを飲む手を止めて、唐突に年子は言った。

「せきかんさい？」

その意味がわからず、あいは怪訝な顔を伯母に向ける。

年子は空に指で「寛斎」と書いてみせたのだが、画数が多すぎて、あいには即座には理解できなかった。

「医学校へ進学するのに、いつまでも豊太郎という幼名では駄目だから、と。それで名前を変えるのさ」

年子は湯飲みを放すと、部屋の隅に置かれていた文箱を引き寄せる。蓋を外して、畳んだ半紙を取り出し、開いてあいに示した。

「寛は、ひととしての器量の大きいこと。斎は、神に仕えるという意味だよ」

あいは半紙を受け取って、書かれた文字を読み上げる。

「関寛斎」

なるほどこういう名前なのか、とあいは漸く理解した。

その風貌を重ね合わせれば、関寛斎、というのは実によく似合う名だと思った。

蕪かじりの寒村から、医の道を志す者が現れる。それも、長崎仕込の蘭方医が教える学校で学ぶという——その一事は、前之内村を始め、中須賀一帯の住人からは驚きを持って受け止められた。

佐倉順天堂で医学を修得するのに、年におよそ六両かかる。六両といえば、この辺りで一反歩の広さの水田が手に入る大金であった。

それまで前之内では、皆が皆、平等に貧しいので、心を合わせて暮らすことができた。だが、その中に年六両出せる者が混じると、どうなるのか。

製錦堂で学ぶ子弟らは別として、関わりを持たない百姓の中には、俊輔が陰で何か悪さをして私腹を肥やしているのではないか、と疑う者も多い。東金の木綿問屋との癒着も取沙汰されて、年子までもが白い目で見られるようになっていた。

ただ、俊輔も年子も、そうした世間の風評には一切心を乱されず、あいが感心するほどに常に毅然としていた。

「言いたい者には好きに言わせておくが良いさ」

佐倉へ立つ息子に持たせてやるのだろう、藍縞の木綿生地を袷に仕立てながら、年子は平らかな声で言う。

「豊太郎、否、寛斎にしたところで、ただ勉学に専念できる優雅な身分でないのは覚悟の上さ。医学校の掃除やら雑用、師の家の手伝いまで全部こなして、その分、学費を幾らか免除してもらうことになっている。けれど、そんな事情をいちいち他人に説明する必要もないからね」

医学校に最初に納める六両は、寛斎の生家である吉井家と、関家とで折半して用意した。いずれも、駆けずり回り、頭を下げ、血を吐く思いで掻き集めたものだ。どう逆立ちしたところでそれ以上の支援はできない。医学の修得に何年かかるかはわからないが、あとは寛斎自身が自力で何とかするよりないのだ、という。

「苦労するのは目に見えているけれど、まあ、自分でどうにかするだろう」

突き放した物言いながら、息子への信頼と愛情が滲んでいた。

着物を仕立てる年子の手もとを見れば、擦り切れ易い袖口部分に藍染木綿を重ね合わせて補強してある。それに目を留めて、あいは密かに頬を緩めた。最初の頃はきつい口調に騙されて、年子伯母の持つ慈愛になかなか気付くことができなかった。

いつぞや、母のコトが年子を評して「般若のお面の下に、菩薩の顔が隠れている」と言った、その意味が、今になって漸く理解できるのだった。

寒露には、中須賀一帯で稲刈りが始まった。だが、今年も決して豊作とは言えず、天日干しのために稲架に積まれた稲の量はごく僅か。それでも今年もまた検見取りで、不当な年貢をむしり取られるのだろう。

稲が刈られたあとの寒々とした田や、稲架に干された稲の姿に、あいは暗い気持ちになる。

少しでも暮らし向きが良くなるように、と皆が歯を食いしばって田を起こし、苗を植え、育てる。その苦労の報われた例がないことが切なかった。

田の傍を通るのを避けて、あいは脇道に入る。紅葉の兆しが辺りに満ちていた。昔、豊太郎に木守りを取ってもらった柿の木の葉も色づき始めている。

空は蒼く澄み、降り注ぐ陽は温かい。美しい情景でありながら、この自然が何故、前之内に充分な実りをもたらしてくれないのだろうか。

考えても仕方のないことを、あいは考えてしまう。首を振って、気持ちを変えようとした時、視界の端に、藍縞の着物姿を捉えた。

上背のある男が、木立を縫うように歩いていく。

明日、佐倉へ発つ予定の寛斎だったのだ。

あいはその必要もないのに、思わず木の陰に隠れて寛斎の姿を見守った。見られているのに気付くこともなく、青年はゆっくりと木々の幹に触れながら、木立の中を散策している。あいは、音を立てぬように、そっとあとに続いた。

やがて、一本の樹の前で寛斎は立ち止まった。高さ十二、三尺（約三・六〜四メートル）の山桃の樹だった。樹齢は二十年ほどだろうか、幹はさほど太くはなく、寛斎の身幅で隠れてしまう。

寛斎は樹を見上げると、その幹を撫でて慈(いつく)しみ、機嫌を尋ねるように優しく、軽く叩いた。すると、それに応えるように、常緑の山桃は青々とした葉をはらはらと落とした。

あいは、木立ちの陰で息を詰める。

これに似た光景に、覚えがあった。

音の無い中、山桃に縋(すが)っていた少年。

夢現(ゆめうつつ)に見た情景を今に重ねて、あいは、微(かす)かに頭(かぶり)を振る。違う、あれは違う、と。

恵まれた体軀と風貌とを持ち、医学校への進学を前に、胸のうちに希望の灯を高く掲げているのだろう寛斎。その寛斎の中に、あの日の少年の面影はおろか、片鱗(へんりん)すら見出(みいだ)すことはできなかった。

みっしりと茂った細長い葉の間で、陽射しが弾け、乱舞している。その煌(きら)めきに暫(しばら)く見入ったあと、寛斎は、別れを惜しむように、じっと山桃の幹に掌を置いて動かない。

もしかしたら、との思いを払って、あいは寛斎の別れの刻(とき)を邪魔せぬよう静かにその場を離れた。

「こういうのを食うと、慰められる」

囲炉裏を囲んでの夕餉時、箸を持つ手を止めて、左衛門がつくづくと言った。粗末な椀の中身は、田螺と牛蒡を味噌で煮たものである。

確かに、と覚蔵も疲れの滲む顔で頷いた。

終日身体に鞭打って働いても、さして望みを繋げないことに疲弊していたところへ、湯気の立つ温かい汁は頃合いの慰めを与える。

「たんと食べてくださいよ。田螺なら幾らでも採ってくるから」

コトは玉杓子で鍋の中身を掬うと、ふたりの男の椀に少しずつ足した。

そう言えば、と左衛門が顔を上げた。

「豊太郎が佐倉へ発つのは今日だったんだな。今朝早く、風呂敷包みひとつ持って出て行くのを見た」

まあ、とコトは顔を曇らせる。

「誰の見送りもなかったのかねぇ」

「当たり前だ。あれを医学校にやることで、関の家がどれほど白い目で見られているか。俊輔兄も年子姉さんもよくわかってるから、晴れがましいのは避けたんだ」

左衛門は軽く頭を振り、感嘆の声で続ける。

「豊太郎は幸せ者だ。あのふたりは素晴らしい師匠だからな。ひととしての筋の通し方を心得て、正しい道へと導いてくれる」

あいは、ひとりでここを発った寛斎の背中を思い浮かべて、しんと寂しくなった。

会話が止み、代わりに、りーんりーん、と表の鈴虫の音が大きく聞こえて、囲炉裏端の沈黙を清らかに埋めていた。

そうだろうか、と覚蔵が独り言のように呟いたので、皆が一斉に横座の彼を見た。

四人の目が自身に注がれているのに気付いて、覚蔵は弱ったように、箸を持つ手で頭を掻いた。

「ひととして正しいことは大事だよ。けども、正しいばかりが親なら、子は不幸だ」

椀を置いて、覚蔵は続けた。

「おらの親は学もないし、ひとに誇れるようなとこは少しもねぇよ。子を守るために世間に歯を剝く真似だってしかねない愚か者だ。けど、そんな掛け値なしの情が、子にとっての救いになることもある」

その言わんとするところは、あいにも何となく理解できた。コトもヨシもそうなのだろう、共感の表情で頷き合っている。

おらなら、とコトは吐息混じりに呟く。

「村外れまで送って、見えなくなるまで手を振ってやるだろうか。親しか味方になってやれないもの」

「だからお前は駄目なんだ」

左衛門は即座に吐き捨てた。

「豊太郎は百姓で終わる器ではない。甘えを許さず、厳しく育てたからこそ、性根が据わって、これから先を自分の力で生きていく底力がついたんだ。おらやお前が育てたら、ああはならなかった」

左衛門の声は徐々に大きくなる。

「あれはきっと大人物になる。関寛斎、という名で天下を取るに違いない」

中須賀者の無念を晴らしてくれるのは、あれしかいない、と左衛門は頬を紅潮させて締め括った。

暖かい上総も、本格的な冬の訪れを迎えた。前之内村の畑には一面に霜柱が立ち、田に溜まった天水は氷と化した。頭上には、今にも雪がちらついてきそうな曇天が広がっている。

寛斎が前之内村を旅立ってから、既に二年の歳月が流れていた。

ざくざくと音をさせて霜柱を踏み拉きながら、あいは先を急ぐ。空の色に比して、あいの心は晴れやかで、ともすれば幸せな笑い声を上げてしまいそうになる。

嫁いだ姉、もとに今朝方、子が生まれたのだ。あいもお産を手伝い、一睡もしないまま朝を迎えた。初産であったがお産はそう重くもなく、ありがたいことに、母子ともに健やかだった。あいは、眠気も忘れるほどに新しく生まれた命に夢中になった。

小さな小さな指に、ちゃんと爪の生えている不思議。真っ赤になって泣いている顔に、頰を寄せると甘い匂いがする。いつまで眺めていても見飽きることがなかった。

気付けば、年子のもとへ行く刻限をとうに過ぎてしまっていた。

「遅い」

関家の母屋の入口に立つなり、年子の叱責の声が飛んだ。

「済みませんでした」

あいは年子の目を見て詫び、丁寧に頭を下げる。そうしながらも、つい、頰が緩んでしまう。

「何ですか、にやにやと。薄気味の悪い」

さらに叱責されて、あいはきゅっと首を竦める。何があったか、と問われて、あいは年子に満面の笑みを向けた。

「姉に子が生まれたのです。とてもとても可愛い女の子です」

年子は表情を変えないまま、そうかい、と応える。

「親子とも、元気なんだね」

はい、とあいが頷くのをみると、

「それは何よりだ。食い扶持が増えて親は大変だろうが」

とだけ言って、年子はくるりと背を向けた。

柔らかな心に爪を立てられた思いがして、あいは唇を噛む。だがすぐに、年子の言う通りなのだ、と気付いた。

自分は呑気に喜んでいるが、もとや夫の豊蔵は、これからあの子を守り、育てねばならないのだ。この貧しい中須賀で。

萎れてしまった娘を振り返り、年子は、僅かに口もとを綻ばせた。

「あいの取柄は、苦労が骨の髄まで浸みていないとこだね。闇の中に居てもそれと気付かない。いつも物ごとの明るい面だけを見ているのは、時折り羨ましくなる。ふた親から充分に情を受けて育った強みだよ」

私はそうはできなかった、と年子は低い声で言い添えた。

伯母の言葉に、掛け値なしの情が子にとっての救いになることもある、という覚蔵の声が重なり、あいは黙って俯いた。

「早く上がりなさい。遅れた分を取り返さないとね」

口調を違(たが)えて、年子はあいを急(せ)かした。

火鉢ひとつきりの板敷は、寒さが底から這(は)い上がってくるようだ。表に目を向ければ、何時(いつ)の間にか雪になっていた。白く埋もれていく景色の中で、山桃の常緑だけが色を残す。

あいは両の手に息を吹きかけ、擦り合わせてから機に向かった。今、織っているのは、先染めの糸を使った縞木綿である。

「この間の、あいの織った縞木綿の評判がまた大層良くてね」

珍しく、機を織りながら年子が話しかける。

「藍染めの糸の出来も良かったから、随分と良い値が付いた。ありがたいこと」

寛斎が家を出た寂しさもあったのだろう、年子はこの二年、あいに熱心に機を教えた。複雑な縞の織り方は、年子に手取り足取り教わらなければ習得は難しい。そうやって覚えた織り方に、赤く染めた色糸を挟むなど、あいは自分なりの工夫を凝らすようになった。

あいの織る若々しい縞は、木綿問屋の間でも評判になり、遠方からじかに買い付けに来る者も現れた。それまで取引していた東金の問屋は慌てて買い値を引き上げ、最初の頃に比べると、遥かに高い値が付くようになっていた。身に過ぎる分は無理を言って年子に受け取ってもらっている。関家と君塚家、双方の暮らし向きが少しでも良くなれば、あいは嬉しかったのだ。

砂利を踏む音がして、縁側から俊輔が中を覗いた。

「おお、あい、来ていたのか」

はい、とあいは応えて伯父に会釈をする。

以前の俊輔なら、こんな風にあいに声をかけることなどなかった。俊輔は、常に別棟の製錦堂に居て、あいと庭で出くわしてさえ、話しかけたりはしなかったのだ。

俊輔にしても年子にしても、寛斎を手放して、寂しさが募っているのだろう。それならば、互いに情をかけあうことで、心の隙間は埋められそうなものなのだが、傍から見ている限り、夫婦の間にそうした温もりは感じられなかった。

「今日は冷える」

俊輔は縁側にどっしりと腰を下ろす。

「あい、湯をくれ」

途中で機を離れることに躊躇い(ためら)を覚えて、あいは年子を見た。年子は唇を歪めたものの、仕方ない、というように首を振っている。

はい、と応じて、あいは腰板を身体から外した。

畳んだ手拭いで鉄瓶の柄(え)を挟み、沸騰している湯を大ぶりの湯飲み茶碗(ちゃわん)に注ぐ。

差し出された湯飲みを両の掌で包み込むと、俊輔は、ずずっと飲んだ。

「うむ、旨(うま)い」

ただの湯を旨そうに飲みながら、俊輔は製錦堂の建物に目を向ける。

雪花の幕越し、火の気のない室内で勉学に勤(いそ)しむ子弟らの姿が見えた。

その様子を眺める俊輔の髪が真っ白になっている。俊輔は還暦まであと四、五年を残す。概して、食の乏しい中須賀者は老いるのも早い。加えて、俊輔は私塾主宰者(しゅさいしゃ)として気苦労も多いのだろう。伯父の老いを知り、あいは妙に切なくなった。

「あいは、幾つになった」

視線は製錦堂に向けたまま、俊輔は問う。

「十六です」

あいが答えると、そうか、もう十六か、と俊輔は繰り返した。

「そろそろ嫁入りの口を考えねばな。門弟の家からも、良い話が幾つか届いておる」

あいは戸惑い、背後の年子を振り返った。

「まだ早いですよ」

年子は機を織る手を止め、硬い声で応える。

「あいはまだ、私のもとで習うことが沢山ありますからね」

しかし、と俊輔は湯飲みを持つ手を膝に置き、身体を捩じって妻を見た。

「十六ならば少しも早くはあるまい。娘三人のうち、上は婿を取り、下は余所へ片付いた。何時までもあそこに居ては、あいも肩身が狭かろう」

「狭いもんですか」

年子の声が尖っている。

「あいの機織りの腕があればこそ、君塚の家だって大分と助かっているはずですよ。焦って出て行く必要などありゃしません」

それに私にも思うところが、と言いかけて、差し出口と思ったのか、年子は口を噤んだ。

「やはりそうは行くまいて」

俊輔は湯飲みを放して、ゆっくりと立ち上がる。

「男と違い、女は嫁いで子を生んで一人前。早く嫁げば、子を授かる機会も増えるだろうからな」

一瞬、年子を取り巻く空気が冷えたように、あいには感じられた。年子は無言のまま、機織りを再開させた。それを折りに俊輔は製錦堂へと戻り、あいも機につく。

とんとん、と刀杼を用いて糸を手前に寄せながら、あいは隣りの機を窺った。

年子もまた、とんとん、と渋い音をさせて糸を打ち込んでいる。険しかった年子の表情が、少しずつ解れていくのがわかった。

「機は良いね」

一日分を織り終えて、あいが暇を告げた時に、年子はぽつりとひと言、呟いた。

あいの胸に年子の寂寥が染み入る。

家を支え、夫を支え、豊太郎を引き取り、懸命に育てた。それでもなお、子を生まねば一人前ではない、と言われてしまう理不尽を思う。

あいはそれを慰める言葉を持たず、黙って頭を下げて家を出た。


九十九里の海で取れるものに、波葉と呼ばれる海草がある。薄く広げて乾燥させたものは浅草海苔に似るが、うっすらと塩味がして、何とも味わい深い。前之内では、正月の雑煮にこの波葉を炙って揉み、青のりと鰹節とを合わせて、どっさりかけて食するのが何よりのご馳走であった。

嘉永四年（一八五一年）、元日。

君塚家では、五人がささやかな祝いの席についた。

「これだ、これ」

入り婿の覚蔵が椀の中を覗いて、歓声を上げる。

「正月に、この波葉をかけた雑煮を食えるのが、おらぁ何より嬉しい」

「波葉だけに、誰はばからず、ってな」

珍しく左衛門も軽口を叩いた。

正月に餅の入った雑煮を口にできる。それだけで心が浮き立つほど喜ばしいのだ。

コトとヨシ、それにあいは、互いに視線を交えて、笑みを零した。

今年こそ、豊作になりますように。

家族揃って健やかに過ごせますように。

一家はそれぞれ手を合わせて祈り、それからゆっくりと箸を取った。

皆が美味しそうに食べる様子を眺めていたコトだが、ふと眉を曇らせる。

「豊太郎、いえ、寛斎は三年前に前之内を出て行ったきり、一度も戻らないとか。せめて正月くらい親に顔を見せたって、罰は当たらないだろうに」

「男が志を立てた以上、そう易々と戻れるもんでもあるまいよ」

これは伏せていたことだが、と前置きの上で、左衛門は切り出した。

「聞いた話だと、向こうで『乞食寛斎』と呼ばれて、随分と苦労しているらしい」

佐倉順天堂には、西洋の医学を学ぶため、全国から生徒が集まっている。その多くが裕福な武家や医師の子息だ。年六両を支払えない寛斎は、玄関脇の一室に寝起きし、屋敷内の清掃から師の家族の世話まで一手に引き受け、その合間に医学の手ほどきを受けるのだという。

「佐藤泰然、とかいう師匠の末の子を背負って用足しに出かける姿なんぞ、何とも哀れだ、と。昔、製錦堂で学んだことのあるやつが、佐倉へ行った折りに偶然見かけたそうな」

それがひとの口の端に上り、俊輔や年子へ向けられていた偏見や妬みが和らいだのは幸いだった、と左衛門は話した。

「そう、そんなことが……」

辛そうに、コトは口を結んだ。

「今の話、俊輔伯父さんや年子伯母さんは知っているのかしら？」

ヨシが傍らのあいに問う。

あいは一旦は首を横に振り、思い直して頷いてみせた。

その噂話を、俊輔や年子の耳に入れる者は居ないだろう。だが、ふたりとも息子の苦労を察しているに違いなかった。

あいは、木立の中で見た寛斎を思い出す。年子が持たせた藍縞の袷は、おそらく一度も洗い張りされることもなく、着たきり雀のままの三年なのだろう。

「乞食寛斎だなんて、あんまりよ」

あいが言いたかった台詞を、ヨシはやりきれないように洩らした。

働き者で知られる前之内の百姓も、正月三が日だけは、ゆっくりと身体を休める。女たちは、夜なべ仕事も内職も休んで束の間の骨休めを堪能する。年頭に力を蓄えるからこそ、過酷な一年を乗り切れもするのだ。

「あい、今日は足を延ばして熊野神社へ初詣に行こうか」

コトに誘われて、あいは履物を揃える。

着古した粗末な上総木綿を纏っている娘を見咎めて、コトは、

「せっかくの初詣だよ、お前が織った反物で、お母さんが拵えてやった綿入れがあったろう。あれを着な」

と、諭した。

贅沢に慣れない身、それにコト自身も擦り切れた着物を着ているのに。

それでも、ほらほら、とコトに急かされて、仕方なく、あいは帯を解いた。

「ほう」

着替えたあいを見て、左衛門が目を細める。

真新しい着物は深い藍色で、あいによく映り、この上なく清楚に見せていた。常は玉結びにしている髪も、コトとヨシの手で丁寧に結われた。

「せめて簪があれば良いのに」

自分も持っていないのに、ヨシは妹のために残念がる。

コトは嬉しそうに娘と連れ立って家を出た。自生の梅花か、柔らかな香りが何処からともなく漂って、見慣れた風景ながら初春らしい寿ぎをもたらす。踏み均された道を行くひとびとの表情も珍しく華やいでいた。

「あれあれ、あいちゃん、きれいになって。見違えたよ」

顔見知りの女たちが、年始の挨拶のあと、口を揃える。

「歳は十七だろ？　一番、良い時じゃないか。今年は君塚の家に、慶び事がありそうだねぇ、おコトさん」

コトは上機嫌で相槌を打っている。

何人かが、あいの着る上総木綿を触って、織りの美しさを褒めた。だが、褒められれば褒められるほど、「乞食寛斎」という言葉が思い起こされて、あいは身の置き所がなくなる。

本人の思いを余所に、熊野神社への行き帰り、あいの秀麗な姿は耳目を集め、ことに年頃の息子を持った親たちが、足を止めてじっと見入っていた。


初詣の時のあいの清楚な美しさが評判となり、小正月が過ぎた辺りから左衛門のもとへ、あいの縁談が幾つも持ち込まれた。相手の大半が農を生業とする百姓である。他方、俊輔のもとにも、是非あいを、との話が数多く寄せられた。こちらは東金の木綿問屋や、佐倉の材木商、江戸の呉服商、と多様であった。如月も半ばを過ぎると、それらは矢の催促となる。

左衛門とコトは思い悩み、あいを連れて俊輔のもとへ相談に向かった。

「同じ前之内の百姓なら、暮らしぶりもよくわかっているし、こちらも付き合い易い。けれど、蕪かじりで苦労は尽きないのが何とも」

左衛門が言い、

「商家の嫁なら泥まみれになることもないですよ。けど、先祖の代から中須賀の前之内村暮らし、遠くに嫁がせるのは心配で」

と、コトが言う。

「製錦堂の門弟からの話ならば安心だとは思うが、さてどうしたものか」

俊輔も我がことのように頭を抱えている。

その中にあって、まるで悩んでいない者がふたり居た。

あいは先刻より、庭の山桃に見入っていた。

何処の誰に嫁ぐか、決めるのはあいではない。左衛門とコトが娘のために、と熟慮の上で選んだ男と、あいは添うことになる。そこに疑問を抱く余地はないのだ。遡れば、ヨシもともと、そうやって一緒になった相手と、仲睦まじく暮らしている。

左衛門とコトもそうやって結ばれたのだし、その前の代も恐らく同じだろう。

山桃の樹を眺めていて、あいは、それが雄木だったことを思い出す。同時に、女は嫁いで子を生んで一人前、との俊輔の言葉が耳元に帰ってきた。

子を授かる、授からぬ、は人知の及ぶところではないのでは、とあいは思う。

子を授からなかった年子伯母が、実のならないこの樹をどんな気持ちで眺めてきたのか、と思うと、どうにもやりきれなくなった。

ふと、年子を見れば、湯飲み茶碗を手に、庭の方に顔を向けている。その口もとが綻(ほころ)んでいるのを、あいは認めた。思いがけない伯母の微笑に、あいは軽く目を見張る。先刻からあいの縁談のことで悩み抜いている俊輔ら三人とは対照的だった。視線を感じたのだろう、年子は、あいを見返した。そうして、あいと同じく山桃に目をやって、再び、あいに微笑(ほほえ)んでみせた。

その様子を怪訝に思ったのだろう、コトが年子ににじり寄る。

「年子姉さん、姉さんはどう思われますか?」

「そうだ、姉さんの意見も聞かせてください」

脇から左衛門も、身を乗り出した。

俊輔は、と見れば、難しい顔で腕を組んだまま動かない。

「うちの先生は、石女(うまずめ)に意見を聞く必要はない、とお考えのようですがね」

年子は、湯飲みをゆっくりと盆に戻して、俊輔へと向き直った。

「どの話もいけません。あいを安売りされては困りますよ」

心外だ、と言わんばかりに俊輔は怒りを顕(あらわ)にし、左衛門とコトは困惑して互いに顔を見合わせている。年子は、俊輔、左衛門、コト、と順番に見回すと、徐(おもむろ)に膝に手を置いた。

「あいは寛斎の嫁に。私は、端からそう決めています」

あいは声を失って、呆然と年子を見た。左衛門とコトも口を「あ」の形に開いたまま、動きを止めている。

「いや、しかしそれは」

俊輔は腕組みを解いて、頭を振った。

「寛斎の医学修業がどれほど続くかわからんのだ。今はまだ、嫁取りなど考える時ではない」

我に返ったのだろう、左衛門も早口で応える。

「寛斎は世に出るひとだ。あとになって、『もっと良いところから嫁をもらえば良かった』と思われたら、あいだって不憫だ」

男ふたりの言い分は聞き流して、おコトさん、と年子はあいの母親を呼んだ。

「お前さんはどうお思いだい？」

問われてコトは、じっと考え込む。周囲がじりじりし始めた頃、漸く唇を解いた。

「寛斎さんに嫁いだなら、俊輔兄さん、年子姉さんがあいの舅さま、姑さま。これほど安心なことはないですよ」

「それはこちらにしても同じだよ。君塚はうちの先生の生家だし、気心も知れているからね」

　コトと年子の遣(や)り取(と)りに、ふたりの男は再度、ううむ、と考え込んだ。

　俊輔にとって、あいは姪であり、その人となりも充分にわかっている。左衛門にしても、寛斎ならばあいの相手としてこれほど望ましい者は居ないのだ。

「何を愚図愚図(ぐずぐず)と」

　年子は呆れたように頭を振っている。

「残る問題は、寛斎の医師修業がどれほど続くのか、のみのはず。あれは佐藤泰然先生のもとで存分に学ぶべきだし、それにはこの先も随分とかかるでしょうよ。あい、お前さんは寛斎が修業を終えて前之内に戻ってくるまで待てるかい？　否(いや)、待ってくれるだろうか」

　縁組の当事者であるあいは、初めてその意思を問われた。年子の気遣いを、あいは心からありがたい、と思う。

　脳裡(のうり)に、佐倉へ発つ前日、木立の中に入り、樹々に触れて別れを惜しんでいた寛斎の姿が蘇った。乞食寛斎、と蔑(さげす)まれても意志を曲げず、医学の道で精進するそのひとを想(おも)う。

　あいは板敷に両の手をつくと、俊輔伯父、父、母、そして年子伯母の順に視線を巡らせて、はっきりと答えた。

「はい、お待ちいたします」

　君塚家のあいに縁談を持ち込んだ者は、おしなべて、左衛門と俊輔を通して丁寧に断られた。それを不服とする者も、あいが寛斎のもとへ嫁ぐことが決まった、と聞かされると、ならば仕方ない、と納得した。俊輔の姪のあいと、養子の寛斎との縁組は、それほど自然な流れとして受け止められた。こうして、あいを巡る騒動は、収まるところに収まった。


「あい、こちらへ来なさい」

　無事にその年の田植えも済み、明日から水無月、という朝。常のように製錦堂の前を抜けて母屋へ行こうとしたあいを、俊輔が呼び止めた。

　はい、と応えたが、あいが私塾の方へ通されるのはこれが初めてだった。

　生徒はまだ外の清掃にかかりきりで、室内には年子と俊輔と、それにもうひとり。その褪せた藍縞の背中を見た途端、あいは、軽く息を呑んだ。こちらへ、と俊輔があいを自分の傍らに座らせる。ちょうど、その人物と向かい合う形になった。

鷹に似た目を持つ精悍な顔立ちの青年は、やはり、関寛斎そのひとだった。目を伏せるのが女の嗜み、とわかっていながら、あいは顔を上げて寛斎をじっと見つめた。乞食寛斎、と呼ばれ相当な苦労をしているだろうに、それが風貌に滲んでいない。あいは控えめに息を吐いた。

「寛斎、お前の嫁になる娘だ」

父に言われて、寛斎はあいをじっと見た。その目に熱はない。

「承知しました」

抑揚のない声で応えると、寛斎は両親に軽く頭を下げた。親の決めた縁談を断ることなどできないのだ。ましてや寛斎は実子ではなく、養子なのだから。

言葉を交わしたことはなくとも、長く関家に通い、機を織る娘を、寛斎も見知っているはずだと、あいは勝手に思い込んでいた。だが、この熱のなさはどうだろう。初めて正式に寛斎に引き合わされたのに、深々と寂しさが胸に迫る。

では私はこれで、とあいは三人に礼をして、製錦堂をあとにした。背後では、修業の見込みについての話し合いが続いているようだった。

母屋の奥の間で、何時ものように機に向かう。隙間なく張った経糸に緯糸を通し、とんとん、と糸を整えていく。段が重なるごとに、波立っていた心が次第に滑らかになっていくのがわかる。

　ふと気付くと、寛斎が縁側に腰を掛け、あいの手もとを眺めていた。

　手を止めて慌てて腰板を外そうとするあいに、寛斎は、そのままで、と声をかける。

「それは、亡くなった実母の機です」

　先よりは幾分、情の籠る男の声だった。

「ええ。使わせて頂いています」

　応えるあいに、寛斎は身体ごと向き直る。

「昔、私が着ていた生成りの上総木綿は、あなたがこの機で織ったものだ、と先ほど養母から聞きました」

　はい、とあいが頷くと、寛斎は懐かしそうな表情を見せた。

「養母が織るものと比べて、目が不揃いで肌に添わず、随分な着心地でした」

　けれど、と寛斎は静かな声で続ける。

「とても気に入っていました」

　その言葉に、申し訳なさと嬉しさとが綯い交ぜになって、あいは俯いた。視線を下げた先に、山桃の葉が一枚、落ちている。寛斎もそれに気付いたのだろう、腕を伸ばして、葉を拾い上げ、庭に落とした。

会話は途切れ、妙に緊張する沈黙が続いた。話の糸口を見つけようとして、あいは山桃に目をやった。

「これは雄木なんですね。近くに雌木があれば寂しくないのでしょうけれど」

「山桃の雄木の花粉は、風に乗って驚くほど遠くまで飛ぶのです」

視線を空に転じて、寛斎は目を細める。

「前之内に自生する山桃の雌木は、案外この樹から花粉をもらって実を結んでいるのかも知れません」

寛斎の想い描く樹に、あいは察しがついた。

寛斎、寛斎、と製錦堂から、俊輔が息子を呼んでいる。

「では、私はこれで」

律儀に一礼すると、寛斎は別棟の建物の中に消えた。そして、三年ぶりの帰省であるにもかかわらず、養父母との話し合いが終わると、それ以上座を温めることなく、寛斎は佐倉へと取って返したのだった。

狭い空に、黄昏(たそがれ)の気配が忍び寄る。

熱を孕(はら)んでいた陽射しも樹々で濾過(ろか)されて、今は肌に心地よい。幾重(いくえ)にも重なった腐葉土を踏んで、あいは木立の中をゆっくりと歩いた。

一歩、一歩、愛おしむように歩いて、一本の山桃の樹に辿り着いた。

美しい樹形の山桃は、その枝に丸くて赤い粒々した実を鈴生りにして、あいを迎える。実が熟して赤黒くなれば、前之内村の子供たちや小鳥に食べ尽くされてしまうのだけれど、今はまだ無事のようだ。

あいは腕を伸ばして、山桃の幹に掌を当てた。何時かの日、あのひとがそうしたように。そして今日もおそらく、そうしたように。

一陣の風が密集した葉を鳴らし、実を揺らして、あいの頭上を抜けていく。

この村に生まれ、貧しいながら慎ましく生き、親の決めた男と添い、子を生し、年老いて、やがてここの土に返る――前之内の女たちは、脈々とそうした生き方を繋いできた。

中には、親の決めた相手と心が添わず、苦しみの中に生きた女もいるだろう。どれほど夫となった者に尽くしても報われず、ただの働き手としてしか扱われなかった女もいるだろう。

あいは、少し苦しくなって、幹に身体を預けた。ざらついた木肌に額をつけ、暫く息を詰めてじっと考える。

少女の日、木守り柿をもらった時から、あのひとを気にかけていた。佐倉へ発つ前日、この樹に触れる姿を見て、切なくてならなかった。気付けば、心の中にいつもあのひとが居続けるようになっていた。この感情を何と呼べば良いのか、わからない。その相手と添えるというのに、この息苦しさは何だろうか。

寛斎の、熱のない眼差し(まなざし)を思う。

亡母に纏(まつ)わることを除けば、寛斎は嫁にする女に、ほとんど関心を持たないのだろう。祝言を挙げ、ともに暮らすようになって、あいへの情を育(はぐく)んでくれれば良いが、そうでなければどうすれば良いのか。

どうにもならないことを思い悩む娘を、山桃の樹は、ただ黙って見下ろしている。

佐倉順天堂で医学を学んで三年。尋常ならざる努力で、寛斎は師の佐藤泰然に一目も二目も置かれ、泰然が日本初の膀胱穿刺術(ぼうこうせんしじゅつ)を行う際もその手術助手を務めるまでになっていた。寛斎が記した、手術に関する詳細な事例は、ともに学ぶ医学生の間で手本として回覧されているという。

「腕を上げるのは良いことだが、あちらで重宝され過ぎたら、なかなか前之内には戻れないかも知れないねえ」

　年子は、寛斎が置かれた立場をあいに話したあと、そんな風に零した。機織りの手を休め、ふたりして縁側に座り、ひと息入れていた時のことであった。

　紅葉が終わり、ここから見える景色も、寒々としたものへと変わっている。月が替われば、雪の便りが届くかも知れない。ふたりの座る縁側に、山桃が葉を一枚、はらりと落とした。

　製錦堂からは書を読み上げる子弟らの声が変わらず響いている。

「うちの先生は、師匠としては欠けるところはないが、女の気持ちには頓着しないひとさ。昔はそれが辛くて、こんな私でも隠れて泣いたもんだよ」

　落ち葉を摘み上げて、年子は指先でくるくると回す。

　あいは、どう応じて良いかわからず、黙って年子の湯飲みに湯冷ましを注ぐ。

「もしも、お前が寛斎との子をなかなか授からねば、あのひとはそれを責めるだろう。けれど、気にすることはない」

　年子は湯冷ましをひと口飲むと、山桃の樹を眩しそうに仰ぎ見た。

「お前が添う寛斎は、うちの先生とは違う。あれは母親の幸子のことも、そして私のことも、実によく見て育ったからね。大丈夫、きっと大切にしてもらえるよ」

　年子の言葉を聞いて、あいは自身の抱える不安を読み取られていたことに気付く。

雄木の山桃は、初老の女を慰めるように、緑の葉を優しく鳴らしていた。

息子と姪の縁組が定まったことで、俊輔は一日も早く祝言を挙げさせるのが家長の務め、と考えたようだった。とにもかくにも佐倉を引き上げ、この前之内で医院を開業するよう矢継ぎ早に文（ふみ）を送るのだが、寛斎からは思うような返事は来ない。

寛斎にしてみれば、苦学の末に漸く恩師の信頼を得て、手術を任されるようになったばかりなのだ。今、佐倉順天堂を離れたくない、と思うのは無理もないことだった。

翌、嘉永五年（一八五二年）の半ばを過ぎても、寛斎からの文には「帰郷」の文字が記されることはなく、老いて頑迷になった俊輔を激怒させた。

「『孝悌（こうてい）忠信』を忘れたのか、この恩知らず——そんな文を送ったんだよ。まるで脅しだよ」

年子は、あいに一連の経緯を話しながら、やれやれ、と頭を振った。

あいは、まあ、と言ったきり二の句が継げない。

俊輔が好んで使う「孝悌忠信」という言葉は、父母に孝養を尽くし、偽りなく生きることを意味する。養父からそんな文が届けば、寛斎はさぞや驚いただろう。

「あの子は人一倍、責任感が強いからね。医学を学びたい、という気持ちよりも養子としての務めの方を優先させるだろうよ」

可哀想に、と年子は吐息交じりに言った。

果たして年子の言葉通り、寛斎は俊輔からのその文で腹を括った。恩師である佐藤泰然の許しを得て佐倉順天堂での医学修業を終え、養父の希望通り、その年の師走に郷里前之内に戻ったのだった。


年明けまで待つ必要などない、年内に済ませるものを済ませるべきだ、との俊輔の言葉を受け、寛斎とあいの祝言は、師走二十五日に慌ただしく執り行われる運びとなった。

大寒は過ぎたものの、厳しい寒さの朝である。軒には太い氷柱が下がり、道から畑から真っ白な雪で埋まっていた。

姉ヨシが織り、母コトが仕立てた生成りの綿入れを纏って、あいの装いは整った。村で共同飼いしている馬を借り、あいをそれに乗せて、覚蔵が手綱を取る。左衛門、コト、ヨシが続き、慎ましい花嫁行列は雪原の中を関家へと進んだ。

夕べは緊張のあまり、一睡もできなかった。加えて、生まれて初めて馬の背で揺られ、あいは戻しそうになっていた。それを悟ったのだろう、ヨシが目立たぬように馬

の傍へ来て、

「あい、顔を上げて周りを見てごらん」

と、囁いた。

「いつもと景色が違って見えるだろう？」

姉に言われて、あいは顔を上げ、周囲を見回した。

常は黒々とした田も、そして畑も、真綿を広げた如くふっくらと白い。綿帽子を被った百姓家の前にひとが出て、花嫁行列を笑顔で見送っていた。会釈して目を転じれば、彼方の杉山も濃い緑に雪化粧を施して見える。

普段、決して目にする事のない高さから眺める郷里前之内村を、あいは美しい、と思った。心から美しい、と。そう思った途端、じわじわと視界が潤み始めた。

あい、とコトが周囲を憚って呼びかける。

「花嫁はそんなに顔を上げるものではないよ。酔わない程度に、俯いてなさい」

母の忠告を幸い、あいは俯いて涙を堪えた。

新郎、関寛斎、齢二十三。

新婦、君塚あい、同十八。

両家の祝言は、関家の客間と奥の間を一続きにして、執り行われた。寛斎の生家の吉井家と、君塚家、それに関家に連なる者が祝いに駆けつけ、座敷に入りきれず庭にまで溢れる賑わいとなった。

新郎と新婦は斜めに向かい合うようにして座るため、互いのことも、それにお客たちの様子も、ごく自然に眺められた。

寛斎は、同じく生成りの綿入れ羽織を着込み、背筋を伸ばして座っている。去年、この家で引き合わされて以来だが、幾分、頰がこけて見えた。今月初めに前之内に戻ってから、この地に医院を開業するための準備に奔走(ほんそう)している、と聞く。ろくに休んでいないのだろう。あいは、ひとり気を揉んだ。

祝言の振る舞い飯は、雑穀の混じらない真っ白な飯と、小豆(あずき)を混ぜ込んだ小豆飯の二種。米も酒も、俊輔と左衛門が、苦労して手を回したものだ。背黒鰯(せぐろいわし)の熟(な)れ寿司(ずし)に胡麻(ごま)漬(づ)けなど浜の味も並び、祝い客を大いに感激させた。

呑めや歌えの祝宴は延々と続き、寛斎のもとへは酒を注(つ)ぎに来るものが絶えない。

何も口にせず、白湯さえも喉を通らず、ただそこに座り続けるうちに、あいは目の前がふっと暗くなるように感じた。狼狽(うろた)えて、膝に置いていた手を畳に付けて何とか耐える。

その様子に気付いたのだろう、もとがそっと脇に来て、小声で、大丈夫か、と尋ねた。大丈夫、と答えようとしたあいだが、ふいに胃の腑から苦いものが突き上げて、口から溢れそうになった。両の手で口を押さえるのだが、間に合わなかった。胃は空のはずなのに、思いがけず多量の胃液が溢れ出たのだ。

真っ青になるあいを認めて、コトがさっと駆け寄り、手拭いで汚れを覆い隠した。

大丈夫だよ、と母はその背を優しく撫でる。

幸い、周囲のものは飲食に夢中で気付いていない。コトが、もととふたり、何とかあいを目立たぬように控えの部屋へ連れて行こうとした時だった。

それまで客との歓談に応じていた寛斎が、こちらの様子に気付いたのだ。

寛斎は客の視線からあいを隠すように前へ回り、コトの手拭いを取り上げて吐いたものを確認した。堂々たる体軀の寛斎が動けば、当然ひと目を惹く。皆が何事かとその様子を注視した。

「上で休ませましょう」

コトにそう言うと、寛斎はあいに背中を向け、負ぶさるように命じた。躊躇うコトともとに、鋭い一瞥を投げ、早く、と急かす。

「寛斎、何をしておる」

俊輔が、嫁を背負った息子を見咎めて、声を荒らげた。

「祝言の席でそんな無様な恰好を」

「私は医師です」

間髪を容れず、寛斎は父を振り返って応え、コトを従えて座敷を出た。祝いの席に、何とも気不味い空気が流れかけた時だった。

「患者は医者に任せて、皆さんはしっかり食べて、呑んでくださいよ」

年子が大鉢を抱えて、声を張る。

「名物の金山寺味噌を頂戴しましたからね。握り飯に塗ってよし、そのまま舐めてよし、色々とお試しあれ」

常の仏頂面からは想像もできない朗らかな年子の様子に、沈みかけていたその場がさっと祓われる。

コトは、あいを気遣いながらも、背後の様子に安堵し、ありがたいこと、と呟いた。

遠くに海鳴りが聞こえている。

高く、低く、海の謡う音を聞きながら、明日は吹雪かしら、とあいは夢現に瞳を開いた。薄い行灯の明かりに照らされて、低い屋根裏が見えた。見知らぬ部屋だ。首を捩じって辺りを窺うと、隣りにもう一組、布団が敷かれていた。

あっ。

低く声を洩らして、あいは弾かれたように飛び起きる。

我が身を見れば、素肌に襦袢（じゅばん）を纏うのみ。

瞬（また）く間に、祝言の席で倒れ、寛斎に背負われてこの中二階に運ばれたことを思い出した。寝かされて帯を解かれ、診察のために胸をはだけられた羞恥（しゅうち）も確かに覚えている。朝から白湯さえ喉を通らなかった、とのコトの話を聞き、抱き起こされて寛斎の手で水を飲まされたことも思い出せる。

随分と眠ってしまったのだろう。息を詰めて耳を澄ませてみるものの、階下にひとの気配を感じることはできない。宴は終わり、家の者はすでに眠りについたと察せられた。

大事な祝言の日に。

あいは襟をきつく掻き合わせ、がたがたと震えだした。

「目覚めたのか」

低い声がして、襖がすっと開いた。

灯明皿（とうみょう）を手にした、寛斎だった。

「申し訳ありません」

あいは膝行し、寛斎の足もとに平伏して詫びる。

「取り返しのつかないことをしてしまい」

気にすることはない、と寛斎はあいの言葉を途中で遮った。

「客は鱈腹、白い飯が食えて上機嫌だし、そのほかのことも双方の母親が上手く取り成してくれた。それよりも」

寛斎は身を屈めて、その顔を覗き込んだ。

「加減はどうだ。苦しくはないか」

「はい」

頷きながらも、寛斎の言葉遣いが以前のものと違うことに、あいは戸惑う。

勘の良い寛斎はすぐに気付いて、

「祝言を挙げたら、もう夫婦だ。これからは堅苦しいのは無しにしたい」

と、極めて真面目な顔で言った。

それで漸く、あいは母から教えられた挨拶を思い出して、両の掌を揃えて畳に置いた。

「不束者ですが、どうぞ末永く添わせてくださいませ」

挨拶を受けて、寛斎もまた居住まいを正す。

「縁あって、夫婦となった。宜しく頼む」

ともに挨拶を終えると、ふたりして口を噤む。

大丈夫、旦那さんに任せておきなさい――母コトにも、姉たちにもそう教わった。あいは目を伏せ、緊張に耐える。灯明の芯の燃える、じじじっという音さえ、あいの耳には恐ろしく大きく響いた。

寛斎の両の腕があいの身体に回され、そっと抱き寄せられた。頬に、厚い胸板が触れて、あいは身体を強張らせる。

何が始まるのか、あいは恐ろしくてならず、意図しないのに噛み締めた歯ががちと鳴った。それに気付いて、寛斎は、あい、とその名を呼んだ。

「怖がらなくて良い。今夜はただ、こうしているだけだ」

それでも、あいの身体の震えは収まらない。

寛斎は腕を解き、少し身を引いて苦笑する。

「そこまで怯えられては、何もできん」

鋭い鷹を思わせる目が、今はとても温かだ。

済みません、とあいは掠れた声で詫び、襦袢の襟をぎゅっと握り締める。再びの沈黙が続いた。

ふいに、階下から轟々と、何か得体の知れない音が響いてきて、あいは恐る恐る寛斎を見た。

寛斎は、ふっと口もとを緩める。

「親父殿の鼾だ。鼻が悪いので、あんな賑やかな音になるのだ」

鼾、とあいは繰り返し、ああ、と寛斎は頷く。僅かに部屋が暖まったように感じられた。

「あいも知っての通り、私はこの家の養子だ。養父も養母も躾は厳しいが、心の奥底に情の泉が湧いているひとたちだ。大事に育ててもらい、感謝している。ただ、子供の頃は」

あいの身体が冷えていくのを案じたのだろう、寛斎は夜着を引き寄せて、あいの身体にかける。冷気が入らぬように夜着を整えてから、話を続けた。

「子供の頃は、養父母の心根がわからず、ただ厳しくされるばかりだと思い込んでいた。祖父母から引き離され、こちらに来て一年ほどが過ぎた時だったか、どうにも寂しくて悲しくて、居たたまれず、黙って家を飛び出したことがあった」

飛び出してはみたものの、実父は後添いをもらい、子も次々に生している。祖父母を頼れば迷惑をかける。最早、戻る場所などなかった。行くあてもなく、前之内の木立の中を彷徨い歩いたという。

「不思議なことに、木立の中に亡き母の姿を見たのだ。母親がこう、両腕を広げて立っているような。嬉しくて駆け寄って見れば、何のことはない、山桃の樹だった」

霧の濃い日だったから、見間違えたのだろう、と寛斎は淡々と言い添えた。

音の無い世界。

霧の中の濃い緑。

山桃の樹に縋っていた少年。

あいの脳裡に、あの日の記憶――何時しか朧になっていた記憶が、鮮やかな色彩を伴って立ち上がってくる。

あいの動揺に気付くことなく、寛斎は自身の拳に握った手に視線を落とした。

「あまりに腹立たしくて、その樹の幹に拳を打ちつけて泣いたのだ。ここへ引き取られて初めて、大声を上げて泣いた。後にも先にも、あそこまで泣いたことは、ただ一度きりだ」

あいの耳に、木立を渡る風の音が聞こえてきた。

無数の枝を、葉を、鳴らす風の音。

少年の拳が山桃の幹を打つ音。

山桃の葉の舞い落ちる音。

そして少年の慟哭。

無音だった記憶に、次々と音が重なり溢れ、あいはあの日の情景の中へ戻っていく。

あの、哀しみ溢れる情景の中へ。

「あい、どうした」

両手で顔を覆った妻を見て、寛斎は怪訝そうに尋ねた。

あいは顔を覆ったまま、小さく頭を振る。

このような偶然があることを、一体、誰が信じるだろう。廻(めぐ)り合わせは神仏の御意思だろうか。もしそうならば、誰にも話すべきではない。たとえ、あの時の少年にさえも。

そう心に決めて、あいは漸く顔を上げ、くぐもった声で答えた。

「何でもありません。ただ……」

妻の目尻に涙が滲むのを見て、寛斎は手を伸ばし、指の腹でそっと拭った。そのまま掌を広げて妻の片頬に添え、低く問いかける。

「ただ、どうした？」

問いに答える替わりに、あいは、左頬に添えられた夫の手に、自身の手を重ね合わせた。

あいは、心を込めて祈る。

あなたの心に封じ込められている哀しみを、拭い去れますように。

寂しさに凍える心を、暖め溶かす光になれますように。

あいの無言の祈りは、掌を通じて夫の心に伝わったようだった。

「あい」

寛斎は妻の名を呼び、その柔らかな身体をもう一度抱き寄せる。あいはおずおずとその広い背中に両の手を回し、静かに瞳を閉じた。

閉じた瞼の奥に、霧の情景が広がる。

慟哭する少年に駆け寄るあい自身の姿が見えた。

第二章　藍

嘉永六年（一八五三年）、水無月。

江戸湾の浦賀沖に、ペリー率いる黒船が四隻姿を現して、日本は新たな歴史の渦に呑み込まれようとしていた。ただし、大半の者は、その事実を知りようもなく、常と変わらぬ夏の日々を淡々と過ごすのみである。ここ前之内村とてもその例外ではない。田植えからひと月、油断すると田は雑草で埋め尽くされるため、百姓たちは草引きに余念がなかった。

「あい、もうそれくらいで良いからさ」

畝を隔てて草をむしっていた姉ヨシが、あいに声をかける。

「関の家に嫁いだのに、こんなにこき使っては寛斎さんに申し訳が立たないよ」

「気にしないで、ヨシ姉さん」

あいは草引きの手を止めずに明るく応える。

「むしろ先生は、実家を大事にするよう仰っているし」

それに私も気が紛れるから、との台詞は声には出さず、あいは額から滴り落ちる汗を手の甲で払って顔を上げた。

彼方に見える一本道には、今日も人通りはない。あいは小さく息を吐いた。その道を真っ直ぐに行けば、あいの夫が営む関医院へと辿り着くのだ。

佐倉順天堂にて修業を重ね、蘭方医となった関寛斎が郷里前之内に医院を開業したのは、昨年暮れのこと。無医村だった前之内にできた初めての医院である。さぞや患者が詰めかけるだろう、との当初の予測を裏切って、身内以外で訪れる者はひとりとしてなかった。ほぼ半年かけてひとりの来院もない、という事実はやはり途方もなく重い。

「中須賀者は昔から、新しいことには臆病なんだよ」

妹の心情を汲んだのだろう、ヨシは慰める口調で続ける。

「病を得れば、薬草を煎じて飲むか、神仏に縋るか……南玉の滝まで打たれに行くって人も多い。ここでは皆、そうやって過ごしてきたからね。漢方ならまだしも、悪いところを切り取るだの、針と糸で縫い綴じるだの、そんな話を聞いたら恐ろしくてならないのさ」

でもきっと風向きが変わる時が来るさ、とヨシは言って笑ってみせた。

茅葺屋根の多い前之内にあって、関医院は板葺。もとは厩だったものに手を入れて、診療所と居宅とを兼ねた家へと造り替えたのだ。診察室は通りに面しており、見た目は質素だが、普請に使った杉材の良い香りがして清潔な医院となっていた。

初めの頃は、急な患者にもすぐに対応できるよう寛斎は常に診察室に詰めた。だが、待てど暮らせど患者が来ないので、近頃では度々家を空けるようになっていた。佐倉順天堂まで足を延ばし、様々な外科手術に立ち会い、あるいは師に代わって執刀し、充実した顔で舞い戻る。あとは診察室に籠って「順天堂外科実験」なる記録を認めて過ごした。あまりに静寂なので、あいは時折り部屋を覗くのだが、熱心に筆を走らせる夫の姿を見るばかりで、気を抜いた様子は皆無だった。

あれほどまでに精進なさっているのに。

夜、勝手口で蚊遣りを焚きながら、あいは唇を噛む。

先達て姉が言っていた通り、前之内では病に罹っても医師を頼る習慣はない。ここに居る限り、寛斎の精進は報われることはないのではないか。詮無いことを考えだすと、こめかみがずきずきと疼いて、あいは掌を額に置いた。このところ、妙に頭が痛んで仕方ない。

「機織りの音がしないと思ったら、ここに居たのか」

　何時の間にか、寛斎があいの脇に立っていた。足もとの蚊遣火はとうに燃え尽きて、替わりに中天の月が夫婦を密やかに照らしている。円みを帯びた優しい姿の月だ。

　蹲ったままの妻の様子を気にかけて、寛斎は腰を落とし、その顔を覗き込んだ。

「どうかしたのか、あい」

　何でも、とあいは無理にも微笑んでみせるのだが、寛斎は眉根を寄せ、そのまま土に座り込む。

「暮らし向きの算段で苦労をかけ、辛い思いをさせていること、よく承知している」

　寛斎はあいの視線を避け、抑揚のない声で続ける。

「機織りの腕ひとつで今の暮らしを支えているのだ、不満を抱いて当然だ」

「まあ」

　思いがけない夫の言葉に、あいは驚いて瞳を見開いた。月影のもと、夫の横顔が妙に強張っている。

　先生、と静かに呼びかけて、あいはきっぱりとした口調で続けた。

「暮らし向きの算段など、苦労のうちに入りません。機織りの腕ひとつで今の暮らしを支えているとしたら本望です。そのことを不満に思っている、と誤解されることの方が、私は遥かに不満です」

何、と寛斎は驚いた顔を妻に向けた。

「では、一体何を思って塞ぎ込んでいるのか。このところずっと、食も細く、夜もよく眠れていないだろう」

「よく見ておいでなのですね」

あいは思わず頬を緩めた。

医学にしか関心がないものとばかり思い込んでいたが、ともに暮らすあいにもちゃんと気を払っていることが嬉しかった。

「二、三日前から頭痛まで加わりました」

「頭痛?」

寛斎は立ち上がると、あいの両腕を摑んで立たせた。

「どのように痛むのか」

「こめかみの辺りがずきずきと脈打つように痛みます」

脈打つように、と繰り返し、寛斎はじっと考え込んだ。

「あい、月のものは遅れていまいか」

問われてあいは、そう言えば、と思案顔になる。先月の田植え以後、月のものを見ない。

「一回、抜けているかも知れません」

そう答えて初めて、あいは、ああ、と気付いた。

寛斎のあいを見る眼差しが柔らかい。

「先生、もしや、私に子が？」

おずおずと問いかける妻に、夫は、どうだろうか、と首を振った。

「今暫く様子を見ねば断定はできない」

ぬか喜びさせたくないし、したくない。そんな思いが寛斎を慎重にさせているのだろう。

あいは自身のお腹にそっと掌を置いた。

そこに新たな命が宿るのか否か、あいにもわからない。だが、あいの中に言い知れぬ力が湧いてきた。

先生、と呼んで、あいは寛斎を見上げた。

「私は医学のことは何ひとつ知りません。けれど、医師として精進を怠らない先生の姿はよく知っています。前之内でそれが活かされないことが残念で、ずっと気が塞いでいたのです」

寛斎は唇を引き結んで、妻の言葉にじっと耳を傾けている。

「暮らし向きがどうとか、もう仰らないでください。先祖の代から蕪かじりの身、贅沢をしたいなどと思ったことはありません。それよりも、これまでそうだったように、これから先も、先生の信じる道をひた向きに進んで頂きたいのです。私はどこまでも添うて参りますから」

聞き終えて、暫く寛斎は黙り込んだ。漸く口を開いて何か言おうとするのだが、上手く声が出ないのか、幾度か咳払いをした。

あい、と掠れた声で妻を呼ぶと、寛斎はただひと言、

「私は果報者だ」

と、呻くように洩らした。

静かに、そして豊かに心が満たされて、あいは夫の胸に頰を寄せた。あいの方からそうした仕草をすることは初めてだった。寛斎は両の腕を妻の華奢な身体に回して包み込み、その肩口に顔を埋めた。

「昨日、寛斎から聞きましたよ、あい」

秋も深まった或る日の午後、あいの姿を認めるなり、年子は縁側から降りて足を縺れさせながら駆け寄った。

「産み月は、来年睦月の終わりか、如月の初めだそうだね」

まさにその報告のために久々に関家を訪れたあいだった。はい、と頷く嫁の手を、年子はぎゅっと握り締める。

「無事に身ふたつになるまで、身体を厭うのだよ。良いね」

わかったね、と年子は幾度も念を押す。

庭の山桃の樹は蒼天に向かって枝を伸ばし、ふたりの女の頭上で優しく緑の葉を鳴らした。

　今年もまた稲刈りの時期を迎えたが、前之内村の収穫は例年通り芳しくはなかった。

そして関医院もまた、患者の来ないまま、機を織る音ばかりが響いていた。

機に詳しいものなら、その音を聞いて、織り手が子を宿しているのを知る。地機では、お腹の子をつい庇うために緯糸の打ち込みが甘くなるのだ。

「申し訳ないが、これは引き取れません」

せっかく織り上げた反物を突き返されて、あいは一刻落胆した。

確かに、緯糸の打ち込みの甘い生地は、こしがなく心もとない肌触りだ。けれどふと、目は揃わないものの柔らかな仕上がりは赤子に良いかも知れない、と思い直す。

「あい、何をしている」

布を裁ち台に置き、裁ち包丁を入れ始めた妻を見て、寛斎は首を捻った。売り物にならない反物を産着に仕立てる、と聞いて、寛斎は珍しく声を上げて笑った。五日ほど前に佐倉から戻って以来、何処かしら沈んだ様子だったので、漸く家の中に陽が差したように感じられる。

「先生、何がそんなに面白いのですか？」

生地を裁断しながらあいがにこやかに問うと、寛斎は手にしていた書物を置いて、妻の傍まで膝行し胡坐をかいた。

「何時までもくよくよと悔やまないところが、あいの良さだな」

「そうでしょうか」

あいは裁ち包丁を持つ手を止めて、夫を見やった。

「ふたりの姉も、母も、それにおそらくお姑さんも……前之内村の、否、中須賀の女たちは皆、そうした性質かと思います」

毎年、田植えの季節には豊作を祈願するが、稲作に不向きな土地では、収穫の秋にその願いが叶うことは稀だった。だからと言って、負の感情を何時までも引き摺っていてはこの地で百姓として生きていくことは難しい。

あいの生家では、凶作に落胆し望みを失う左衛門を支え励ますのは、コトの役割だった。検見取りのあと、首でも括りかねない左衛門に寄り添い、来年こそは、と希望の種をその胸に蒔く。そうやって人生を重ねている。

「なるほどなあ」

妻の話を聞き終えると、寛斎はそう洩らして腕を組み、両の目を閉じた。

沈思している夫の邪魔をしないよう、あいは黙って反物の裁断を再開した。夕映えが障子の外を赤く染める。灯りが要らないうちに終えてしまおう、と小さな包丁を動かしていく。

これから先、身ふたつになるまでは、機織りで生計を立てることは難しいだろう。

そう思った途端、刃が震え出した。裁ち包丁を置いて、呼吸をひとつ試みる。

そうだ、そろそろ木綿の収穫が始まる。糸紡ぎならお腹に子が居ようが居まいが関係がない。心当たりをあたって糸を紡ぐ仕事をもらおう。糸染めまですれば、僅かでも手間賃を弾んでもらえるかも知れない。

大丈夫だわ、と安堵の息を吐いた時だった。

組んでいた腕を解き、寛斎が双眸を開いた。

「私は己が恥ずかしい」

両の手を膝に置くと、寛斎はつくづくと洩らす。あいは裁ち包丁に伸ばしかけた手を引いて、問いかける眼差しを夫に向けた。

寛斎は妻の視線を避け、板敷に目を落とす。

「四年の間、佐倉順天堂で懸命に学んだが、到底、恩師である佐藤泰然先生の足もとにも及ばない。精々が助手どまりなのだ。前之内でこうして開業したものの、師は私のことを決して認めてはおられぬ。そのことは重々、承知していた」

寛斎にしてみれば、まだまだ佐倉順天堂で学びたいことが数多くあった。志半ばで郷里に舞い戻ったのは、養父、関俊輔の強い要請があればこそ。

あいは切ない思いで夫の告白を聞いていた。

寛斎は妻から視線を外したまま、先を続ける。

「だが、今夏のことだ。私は師に代わって佐倉順天堂で腹水——腹に水が溜まることだ、それを取り除く手術を行い、師に初めて褒めて頂いた」

「あの時……」

あいにも覚えがあった。

確か、皐月の初め頃、寛斎は佐倉で十日ほどを過ごし、疲労を感じさせない足取りで帰宅した。常は滞在中の出来事など一切話さぬはずが、その時だけは違っていた。腹水で苦しむ、年子ほどの年齢の女性の腹から七升もの水を抜いた、という。治療が功を奏して身体の浮腫みも取れた、と晴れやかな顔で寛斎は語っていた。人の身体にそれほど大量の水が溜まるのか、と仰天したこともあり、あいの胸に強く残った。

「師に褒められて、いささか有頂天になったのは確かだ。同時に、ひとりの患者も訪れることのないここでの暮らしに、やりきれなさを抱いていたのもまた事実。そしてつい先達て、佐倉順天堂へ足を運んだ際、こんなことがあった」

馬に蹴られて鼻を折った農夫が、駆け込んできた。同僚とふたり、手術にかかり、無事に終えてほっとしていた時のこと。その同僚が唐突に、来年、長崎へ留学するつもりだ、と切り出した。

長崎は蘭方医を目指す者にとって憧憬の地である。たとえばシーボルトが長崎に開いた鳴滝塾は、それまで書物で学ぶしかなかった者に、実際に診察や治療の様子を見せながら最新の蘭方医学を教えたことで知られている。蘭方医学を学ぶ者にとり長崎は特別なところ、という意識が強く、その地で学ぶことを「留学」と呼んだ。

佐倉順天堂の門弟は裕福な家の子息が殆どで、長崎留学自体はさほど珍しいことではない。これまで幾人もそうした者を見送ってきたし、置かれた立場の違いを承知していた。だが同僚は、むしろ寛斎の側に近く、その口から留学の話を聞くとは思いもよらなかった。

医学は日進月歩、佐倉順天堂での教えもいつかは古くなる。力のあるうちに存分に新しいことを身につけておきたい、と語る同僚の言葉が、寛斎の胸を射抜いたのだという。

「新しい、と言われる佐倉順天堂の医療もいつかは古くなる。それは止むを得ないし、医師であれば常に高みを目指したい、と願うものだ。前之内に居て、時折り佐倉へ通うことで満足していた我が身と引き比べ、友の前途は何と洋々としたものか、と。初めて明かすが、前之内で開業したことを心底悔やんだ」

両の膝頭を握り締め、寛斎は声を絞った。

あいは無言で夫ににじり寄り、夫の視界の中へと入った。

「あい、お前の夫はつくづく情けない男だ。ここ数日、悔いの海で溺れかけていた」

先生、とあいは低く呼び、膨らみが目立つお腹に掌をあてた。

「私とこの子が先生の枷に」

「そうではない。違うのだ、あい」

あいの言葉を遮って、寛斎はその両腕をぐいと摑んだ。

「あいの先のひと言が、私の目を覚ましてくれた。巡り合わせで前之内で開業することになったが、それを悔いてばかり居られない。そう思いきることができるのも、あいと、そしてこれから生まれる子が居ればこそだ」

これからは佐倉順天堂での代診を増やし、家族の基盤を整える工夫もする。何よりも、師の佐藤泰然に一人前の医師として認めてもらえるよう、さらに精進を重ねる。

「そうして時を待てば、きっと道も開けるだろう。あいが傍に居ればこそ、私はそれを信じられるのだ」

あいは、柔らかく夫の腕から逃れ、替わりに自ら手を伸ばしてその手を取った。先生、と温かな声で呼びかける。

陽は落ち、薄闇が部屋を包み始めていたが、倹しい住まいに仄かな希望の灯が点った。

翌年の如月六日に、あいの生家、君塚の家で夜半、男の子が元気な産声を上げた。

あいにとって初産だったため、兆しがあってから半日以上も苦しみ続けた末の出産だった。連絡を受けて、関家で待機していた寛斎と俊輔とがすぐさま駆けつけた。

「関家の総領息子じゃ。あい、ようやった、ようやった」

寛斎を押し退けて先に孫を抱き、俊輔は感慨深そうに頷いている。思えばこの君塚の家で、俊輔も、それにあいも生まれたのだ。

「関の家に初めて生まれた男だから、名は初太郎だ」

「先生、大概にしてくださいよ」

遅れて姿を現した年子が、俊輔から赤ん坊を奪い取った。

「常々、子育ては女の仕事、と仰っているでしょう。それに子の名は親が決めるもの。出過ぎた年寄りは嫌われますよ」

年子がここまで俊輔に強く出るのは珍しい。若い夫婦への配慮が感じられて、寛斎とあいは言葉にしないまでも、感謝の眼差しで年子を見た。

だが年子の言葉など耳に入らぬのか、俊輔は、初太郎、初太郎、と呼び続けるばかりだった。

祖父俊輔の希望通りに初太郎と名付けられた関家の長男は、よく乳を飲みよく眠り、初めての子育てに不安を抱いていたあいが拍子抜けするほど、育て易い赤子だった。

その初太郎が二歳になった安政二年（一八五五年）、神無月二日の深夜のことだ。

　初太郎に添い寝をしていたあいは、不気味な地鳴りを聞いた。ごごご、という音のあと、どんと突き上げられたかと思うと、家中がぐらぐらと揺れ始めた。板葺の屋根や板壁の裂ける音が不気味に響く。これほどまでに大きな揺れを経験したことはない。あいは咄嗟に初太郎を胸に抱え、そのまま裸足で表へと逃げた。

　あいにく寛斎は佐倉へ出かけたきりである。火が点いたように泣き始めた初太郎をあやして、あいは震えながら闇に目を凝らす。暫くすると、夜の帳の奥で火の玉のようなものがふたつ、みっつと浮かび始める。村人の点す松明の火だった。あいはそれで方向を見定めて、闇を駆けた。

　のちに安政江戸地震、と呼ばれたこの地震は、荒川河口付近を震源地とし、ことに江戸東部に広がる下町を直撃、諸々の死者は一万人を超えた。

「この辺りは田畑ばかりだからまだ良いが、佐倉は大丈夫かのう」

　あいが初太郎とともに身を寄せた関家では、俊輔が不安を口にして、出たり入ったりを繰り返す。

「大丈夫さ、寛斎のことだ、順天堂に押し寄せた怪我人の治療に当たっているに違いないよ」

初太郎を胸に抱き、必死で不安を押し殺しているあいに、年子はきっぱりと断言した。姑の言葉に、あいは震えつつも頷いてみせた。

寛斎が戻ったのは翌日のこと。果たして、年子の推測通り、佐倉で怪我人の治療に専心していたのだった。

「初太郎、よく母さんを守った」

息子をあやす夫の姿に、あいはもう二度と離れ離れになるのは嫌だ、と思う。今後もしも佐倉へ行くのならば、初太郎とふたりして付いていきたい、という台詞を、しかし、あいはぐっと呑み込んだ。だが、図らずもこの地震がきっかけとなり、あいの希望は叶えられることとなる。

幾日かのち、前之内の関医院へ佐藤泰然から呼び出しの文が届き、寛斎は何事だろうか、と首を傾げつつ出かけて行った。

その夜、初太郎を寝かしつけ、夜なべに機を織っていたあいは、自身を呼ぶ声を聴いた。

「あい、あい」

確かに夫の声だった。通りから大声で妻の名を連呼しながら家へと急いでいるのだ。

「先生、どうなさいました？」

日頃沈着冷静な寛斎には珍しい様子に、あいは慌てて戸口へと急ぐ。月下、妻の姿を認めるなり、寛斎は両腕を大きく広げてみせた。

「あい、銚子へ行くぞ。親子三人、銚子で暮らすことに決めた」

「銚子？」

ああ、と寛斎は息を弾ませながら頷いた。

「今日、佐藤泰然先生から直々に勧められたのだ。寛斎は医師としての技量も度胸も身に備わった、ついては銚子で開業せよ、と」

かつて銚子には泰然門下の医師が開業し、地元の信頼を集めていたが、十年前、泰然の推挙で佐倉藩の藩医となって医院を畳んだ。以来、地元の求めに応じて、泰然たちが時折り出張診療をしてきたのだが、先日の地震で怪我人が溢れ、町は大混乱に陥った。

たまに往診に訪れる医師ではなく、誰かこの地に根付いて開業してくれる人を、と懇願された泰然が、寛斎に白羽の矢を立てたのだという。

「恩師に認められ、必要とされる場所で開業できる。これほどの喜びはない」

夫の話を聞きながら、あいは、嗚咽を洩らすまい、と着物の袂で口を覆った。

地震による混乱も少しばかり落ち着いた、翌年の如月十五日。

父俊輔の説得にも成功し、寛斎一家は銚子の荒野村へと移り住み、医院を開業する運びとなった。寛斎二十七歳、あいは二十二歳になっていた。

親潮と黒潮とがぶつかる恵み豊かな海を控え、醬油醸造で大いに賑わう上、利根川を利用して大量の物資が運ばれる港町、銚子。「江戸の台所」と称されるほど豊かな町は、稼ぎを求める人で溢れている。前之内から外へ出たことのないあいには、毎日が驚きの連続であった。

長閑な前之内と異なり、この町の喧噪はどうだ。人々は忙しなく歩き、大声で話す。店には見たことのない品がふんだんに並び、懐豊かな者が買い求めていく。慣れない現状に気後れするばかりだが、そんな中でもあいの心を捉えたのは、町に満ちる醬油の匂いだった。

家を一歩出ると、潮風に紛れて、そこはかとなく醬油の芳しい匂いが漂う。目を転じれば正保二年（一六四五年）創業の老舗、ヤマサ印醬油醸造の大きな建物があった。店主は代々、濱口儀兵衛を名乗る。今は七代目儀兵衛で、自らは濱口梧陵と号している。あいたちが暮らす診療所兼居宅は、この梧陵の家作だった。以前も開業医が住んでいたらしく、診察室が設けてあり、小さな縁側と贅沢にも内風呂がついていた。

家の表に「関医院」の看板をかけたその日から、待ってました、とばかりに次から次へと患者が訪れる。土地の気風か喧嘩による怪我人も多く、前之内の頃が夢かと感じられるほどの忙しさに見舞われることとなった。

「あい、お前は良いから」

あまりの慌ただしさを見かねて、何か手伝おうと診察室を覗いた妻を、寛斎はぴしゃりと拒んだ。医学的知識のない者にうろうろされるのは迷惑なのだ、と悟り、あいは裏方に徹することにした。

傷口の手当てに使えるように、大量の晒しを、使い勝手の良い大きさに切り揃えて用意する。喧嘩による怪我などは節季払いにせず、その場で治療費を受け取ることとして、きちんと帳簿を付けた。三歳の初太郎は可愛い盛りで、母親の脇にぴったりと付いて歩き回り、その愛らしい姿が患者の気持ちを和ませるのに役立った。

こうして最初のふた月ほどは無我夢中のうちに過ぎ、新緑の美しい季節を迎えようとしていた。

初太郎の健やかな寝息のほかに、何か聞こえた気がしてあいは枕から頭を外した。こあっこあっ、と鳴くのは、夜の狩りを終えて巣へ帰る五位鷺だろうか。関家の寝間にも、微かに朝の気配が忍び込もうとしていた。あいは、夫と息子とを起こさぬよう、静かに床を離れて身支度を整える。

台所で飯を炊き、蒸らす間に、竹箒を手に表へ出た。

すでに日の出の刻を迎えて、東天は曙色に染まり、建ち並ぶ家々の瓦屋根を輝かせている。漁に出るのだろう、港の方から威勢の良い声が響いていた。郷里前之内とはまた異なる朝の光景に、あいは箒を手にしたまま、うっとりと見入った。深く息を吸うと、潮と醤油の香りが胸一杯に流れ込む。

「ああ、良い香り」

つい、声が洩れた。

ふと、脇に人の気配を感じて視線を向ければ、面長の穏やかな風貌の男が微笑みながらあいを眺めていた。

「確かに、深く吸い込みたくなる良い香りですな」

寛斎より十ほど年長だろうか。藍色の上田紬の袷がよく映る。

藍染めは海水や潮風に強く、海の傍に暮らす者の味方として、あいの心に近い。それだけに倹しい者のための染という思いがあるのだが、どこぞの大店の主という風格の男に、不思議とよく映った。

独り言を聞かれた気恥ずかしさで、頬を染めるあいに、男は、関医院のかたですか、と問いかけた。あいは頷き、もしや寛斎に用だろうか、と気付く。

「先生を呼びましょうか」

あいの申し出に、それには及びません、と男は緩やかに頭を振った。

「濱口梧陵と言います」

濱口梧陵、と口の中で繰り返し、はて、何処かで聞いた名だ、とあいは考え込んだ。男はさり気なく視線を醤油醸造所へと向けた。それで漸く、あいは男の正体に思い至った。

「大変失礼しました」

あいは箒を手放すと、両手を揃えて深く一礼した。

「家作をお借りしています、関寛斎の女房でございます」

礼を終えて顔を上げると、梧陵の目が笑っていた。鷹に似た夫の鋭い目とはまた異なり、馬を思わせる黒目がちの優しい双眸だ。

「ご亭主の評判は色々と耳に届いています。是非とも、一度ゆっくり話がしたい。暫くは銚子に居ますから、診察を終えたあとにでも家の方へお運び頂くようにお伝えください」

あの家です、と梧陵はあいに四軒ほど先の邸宅の屋根を指し示した。

「挨拶に来い、と言うのか」

食べ終えた朝餉の膳を押し遣って、寛斎は眉根を寄せた。

「さすが御大尽だな。誰でも呼べば飛んでくる、と思っているのか」

梧陵からの伝言を早く伝えた方が良い、と判断したものの、診察前に寛斎の機嫌を損ねたことを知り、あいはしまった、と思う。

製錦堂を主宰する舅の俊輔は、貧者や弱い立場の者には優しく、逆に富やら権威やらを笠に着る者には徹底してはむかう性質であった。目の前の夫も、俊輔とそっくり同じなのだ。

あいは、梧陵の馬に似た穏やかな目を思う。寛斎が親しく交わったとしても、決して誤りのない人物に違いない。

「お出でにならないのですか？」

「必要はないだろう。用があるなら向こうから来るべきだ」

案の定の返答に、あいは口もとを緩める。

「あのかたは、決して驕った人には見えませんでした。せっかくのご縁を、思い込みだけで捨ててしまうのは、あまりに勿体ないように思います」

俊輔と寛斎、実によく似たふたりだが、養父の俊輔と違うのは、寛斎が妻の助言に傾ける耳を持っていることだった。寛斎は思案顔で立ち上がり、診察室へと向かった。

その日は幸い急患が少なく、馴染みになった患者が続き、夕方にはそれも途絶えた。

「ちょっと出てくる」

使い終えた晒しを洗っている妻に、寛斎は声をかける。

「濱口梧陵という人は、どうやらただの御大尽ではなさそうだ。患者のひとりから聞いた話では、二年前に紀州を大津波が襲った際、身を挺して稲むらに火を放ち、闇を照らして高台へ逃げる道筋を示し、千人からの命を救ったらしい。俄然、会っておきたくなった」

診察で汚れた着物のまま出て行こうとする夫を、あいは慌てて止めた。

「でしたら、着替えていってください」

小ざっぱりした袷を出して、寛斎の着替えを手伝う。急患が来たら直ぐに呼んでくれ、と言い残して、寛斎は同じ通りの梧陵の家へと出かけて行った。

日が暮れてから、雨になった。

夕餉の支度を終えて、寛斎の帰りを今か今かと待ち侘びるのだが、戻る気配はない。

よほど話が弾んでいるのだろう、と見当はつくのだが、あいは落ち着かなかった。

膳の上には、今が旬の鯵の塩焼きと、雑穀米、海苔の佃煮、三つ葉のお浸し、味噌汁が並ぶ。雑穀が混じるとはいえ、贅沢なものを口にできるようになった。初太郎は先刻から鯵の皿を食い入るように眺めて、涎を垂らしている。主が居ないからといって、幼子にこれ以上、我慢をさせるのは酷に思われた。

御免下さい、と誰かが勝手口の方で案内を乞うている。はい、と返事をして、あいは居間を抜けて台所へと向かった。

「濱口の使いで参りました。関先生から、先に食事を済ませて休むように、との伝言です」

四十代の番頭然とした男が、如才なく言って立ち去りかけた。こちらへ向けた背中には、山笠にサの字の紋が染め抜かれている。

あの、と思わずあいは呼び止めた。

「何かあったのでしょうか。そんなに長居をさせて頂いたのでは、ご迷惑では」

いいえ、と男は即座に向き直った。

「手前どもの主が関先生のお人柄に感銘を受け、まだまだ話し足りない、と。ご迷惑をおかけしているのは手前どもの方です」

そう言って深く腰を折ると、引き上げた。

初太郎に夕餉を食べさせ、湯へ入れ、添い寝をして休ませる。息子が寝入ったのを確かめると、あいは縁側へ出た。

雨が縁側を濡らしている。座るのを断念して、あいは柱にもたれ、ぼんやりと外を眺めた。闇で視界は利かず、ただ弱い雨音が間断なく続いている。

銚子に移ってふた月、無我夢中で過ごして、機に触れる余裕もなかった。内職をせずとも生計が成り立つようになったのは良かったけれど、やはり機を織っていたい。何とか刻を見つけて、と思案していた時、微かに揺れる提灯の明かりを認めた。雨粒が傘を叩く軽い音がする。

先生、と呼びかけると、

「まだ起きていたのか」

と、低く応える夫の声がした。

着替えを手伝う時、仄かに酒の匂いがした。

「あいの言う通りだった。濱口さまとのご縁を自ら捨ててしまわずに本当に良かった。この地で開業できたことを、今日ほどありがたく思ったことはない」

気持ちが高揚しているらしく、妻を相手に饒舌になっている。着物を衣桁に掛けながら、あいはにこにこと夫の話に耳を傾けた。

医学のこと、政のこと、西洋のこと、等々、梧陵との話題は多岐に亘り、尽きることがなかったという。

「大津波の話を聞こうとしたが、あっさりかわされた。己の手柄話は一切しない人だ。十しか違わないのに、大した人物だ」

床に入ってもまだ続く寛斎の話を聞きながら、あいは思う。

関俊輔にしろ、佐藤泰然にしろ、寛斎よりも遥かに年配で、師として仰ぎ見る存在だった。しかし梧陵は三十七歳と若く、寛容で柔軟。寛斎にしてみれば、より近しく思われるのかも知れない。いずれにしろ、移り住んだ町で良い出会いに恵まれたことを、あいは深く感謝して目を閉じた。

翌未明、熟睡している寛斎と初太郎の脇をそろりと抜けて、あいは常の如く朝の仕度にかかった。朝餉の段取りを整えてから、表の掃き掃除に向かう。

昨夜の雨で洗われて、街並みが清々しい。明け方の菫色の空が一層美しく映る。あいは箒を置いて、朝の空気を深く胸に吸い込んだ。

「今朝も良い匂いですかな」

背後から、朗らかな声がした。

振り返ると、梧陵が昨日と同じ姿でにこやかに立っていた。

ええ、と笑顔を向けて、あいは姿勢を改め、昨夜の礼を丁重に述べる。

梧陵は鷹揚に頷き、

「こちらの方こそ、実に愉快でした。裏表のない実直な人柄はまことに好ましい。いやぁ、久々に肩肘張らない楽しい刻を過ごしました」

と、目を細めた。

船が漁に出るのか、港の方が随分と賑やかだ。あいと梧陵は揃ってそちらを見た。

「鰹の美味い時季になりましたな。銚子の鰹は絶品ですよ」

もう食べてみましたか、と問われて、あいは、いいえ、と首を横に振った。

前之内に居た頃は、鰯ばかり食べていた。九十九里の浜では、漁網から零れ落ちた鰯を子供が拾うのは咎められなかったので、姉たちと競い合って拾い集めたものだ。鰹のような贅沢品を口にしたことはないし、この銚子でも買い求める気になれない。

口を噤んだあいの心を察したのか、梧陵は長閑な声で続けた。

「一本買いした鰹を捌くと、捨てる粗が出ますが、腹の皮の部分はハラスと言って、塩漬けしてから炙って食べると病みつきになります。私など、このハラスが大好物でしてね。銚子のおかみさんたちは、馴染みの魚屋でハラスを安く分けてもらって旬の味を膳に載せるのです。試してご覧なさい」

その土地の味に愛着が持てれば、物事は思いがけず上手く運ぶものですよ、と言い添えて、梧陵は足取りも軽く立ち去った。その藍染めの袷の背中を見送りながら、あいは温かな気持ちになる。

濱口梧陵という人は、紀州広村に拠点を置き、銚子に醤油醸造所、江戸に販売店を持つ大富豪と聞いている。けれども、自らは慎ましく、また、倹しい者の暮らし向きにも理解が深く、眼差しが優しい。ああいう人も居るのだ、とあいはつくづくと思うのだった。

「これは……」

一日の診療を終えて、夕餉の席に着いた寛斎は、膳のひと品を怪訝そうに眺める。

「魚の粗だと思うが、あい、これは何か」

御櫃からご飯を装って夫の膳に置くと、あいは笑顔で答えた。

「鰹のお腹の皮で、銚子ではハラスと呼ぶそうですよ。今朝、濱口さまに教わりました」

あのあと、近所のおかみさんたちにハラスのことを尋ねて回り、調達方法から調理法まで親切に教えてもらうことができた。それまで田舎者の引け目もあって、親しく交わることを控えていたが、とても良い機会になった。

その土地の味に愛着が持てれば、物事は思いがけず上手く運ぶもの、という梧陵の言葉をあいから聞かされて、寛斎は箸を手に取った。塩をして炙ったハラスをゆっくりと口に運ぶ。

「旨い」

感嘆の声が洩れた。

父の様子を見ていた初太郎が、あいの袖をぐいと引っ張って懸命に訴える。

「坊も、坊も」

はいはい、とあいは笑いながら、食べ易く解したものを息子の口へ入れてやる。

初太郎の蕩けそうな顔を見て、夫婦は穏やかに視線を合わせた。梧陵の言った通りに、物事が上手く運ぶ予感がしていた。

銚子に移ってからは、佐倉順天堂は気安く通える距離ではなくなった。銚子から佐倉までおよそ十四里（約五十五キロメートル）。前之内から佐倉まで六里（約二十三キロメートル）ほどなのと比べれば、その遠さは歴然。それでも治療に疑問を覚えると、寛斎は躊躇うことなく佐倉まで足を運び、恩師泰然を始め諸先輩に教えを乞う手間を厭わなかった。

そうした寛斎の医療に対する誠実な姿勢は、患者の信頼をさらに厚いものとし、関医院は銚子の町にしっかりと根をおろしつつあった。

一方、あいはあいの方法で、この地に溶け込んでいた。ひとつはハラスをきっかけに、近隣の女性たちと親しく交わるようになったことだった。そして、今ひとつ。

暁天のもと、北側に利根川の河口が開き、港の賑わいと夏鳥のさえずりが朝の到来を告げる。周辺の家々も既に目覚めて、じきに動き始めるのだろうが、まだ通りに人の姿を見ない。

そろそろだわ、とあいは日課の掃除の手を止める。

南側からゆっくりと通りを歩いてくる人物を認めて、あいは手にした箒を足もとに置く。

「お早うございます」

「やあ、お早う」

藍の単衣を纏った濱口梧陵が、にこやかに近付いてくる。

ふたり並んで、軽く腕を広げ、深く息を吸う。

「今朝も醬油の良い匂いだ」

「はい、良い匂いです」

それだけを交わすと、梧陵は邸宅へ、あいは掃除の続きを、とそれぞれの一日へ向かう。

銚子に居る間は早朝の散歩を欠かさない梧陵と、あいは日々、淡い交わりを重ねていた。


銚子に移り住んで翌年の夏、あいが第二子を宿していることが判明し、寛斎は医院を手伝う者を雇い入れた。

ゆくゆくは医師になりたい、と佐倉順天堂への入学を希望する青年だった。

「先生、あの患者は節季に支払いをしたことがありませんよ」

他の患者へ示しがつかないから、次回からは診察をすべきでない、と青年が進言した途端、馬鹿者、と寛斎の怒声が飛んだ。

「貧しい者が病を得れば、一層貧しくなるのだ。そう簡単に薬礼など払えまい。医師がそれを理由に治療を拒めばその患者はどうなるか、よく考えろ」

あまりの大声に、何事か、と通りから廊下から、皆が耳を欹(そばだ)てた。医療を金儲(かねもう)けの道具にするな、と強く叱責(しっせき)されて、翌日、青年は荷物をまとめて姿を消した。

寛斎に薬礼を待ってもらっている者は、それを人には洩らさない。そして寛斎も殊更(ことさら)口外しない。この一件があって、寛斎の人となりは広く知られるようになった。

貧しい者からは薬礼を取らず、自分たち夫婦はというと質素な着物を纏い、雑穀混じりの飯を口にして暮らしている。夫は終日患者を診(み)、妻は一切の裏方を引き受けた上に、とんとんと機まで織る。関寛斎・あい夫妻の質実剛健な生き方は、銚子の人々に感動を持って受け止められた。

以来、格別な理由もなく節季払いを怠るものは無くなり、喧嘩による怪我等の治療費をそのまま踏み倒そうとする者が居れば、誰かが胸ぐらを捉(つか)まえて、正しく支払わせた。こうした話は皆、奉公人を経て濱口梧陵の耳にも届けられたのだった。

十三代将軍、徳川家定は嗣子(しし)に恵まれず、また病弱であったため、その継嗣を巡って幕府内は大きく割れていた。江戸から離れた銚子の街で皆が面白おかしく噂(うわさ)しあったけれども、結局、決着のつかぬまま年を越した。その安政五年（一八五八年）、如月十六日のこと。

よく晴れた美しい朝、寛斎とあいの間に娘が生まれた。

齢五つになった初太郎は、妹の小さな指に、小さな小さな爪が生えていることが不思議でならないらしい。あいの隣りに寝かされている妹を覗いては、その指をじっと眺めている。

初めて姪が生まれた時に、あい自身もそう思ったことを懐かしく思い出した。

「息子も娘も、どちらも良いものだ」

寛斎は嬰児をそっと抱き上げて、静かに縁側に立った。そこから覗く銚子の空は蒼く澄み、美しい。

「この子の名はスミ。スミにしよう」

これからの人生が澄み渡るように。

そんな夫の祈りが心に届いて、あいはゆったりと微笑んだ。

弥生に、ささやかにスミの初節句を、皐月には初太郎のために端午の節句をそれぞれ執り行った。ふたりの子育てに追われ、忙しい中でも刻を見つけて、あいは機を織った。

先染めした糸を用いて織り上げ、男物の着物に仕立てる。寛斎よりもひと回り小柄な梧陵に合わせた、美しい藍色の縞木綿である。

「濱口さまに着て頂くのだな」

仕上がった着物をひと目見て、寛斎は上機嫌で幾度も頷いた。

台所の醬油が切れる頃になると、濱口家から新たな品が届く。それぱかりではない、医院で役立てるように、と最新の医療道具や医学書が頻繁に送られてくる。何時か、何かの形でお礼を、と考えていたのだ。

梧陵が今は江戸店に詰めている、と聞いて、あいは文を添えてそちらへ届けてもらうように手はずを整えた。

水無月、将軍家定の容体が思わしくない中、幕府は朝廷からの勅許を得ぬまま、日米修好通商条約を締結した。これが後々に火種を残すこととなる。そうして、家定逝去に伴い、紀州藩主だった家茂が十四代将軍となった文月のある日のこと。

佐倉順天堂に治療法の相談に行っていた寛斎が、心なしか青ざめて帰ってきた。何かあったのか尋ねようとして、あいは控えた。医院は、医師の帰りを待つ患者で溢れていた。

ひとりひとりを丁寧に診察し、医院を閉じたのは、その日の深夜になった。床に入っても寝付かれぬのか、寛斎は幾度も寝返りを打っている。やがて闇の中で半身を起こす気配がした。あい、と名を呼び、一気にこう続けた。

「佐倉順天堂で聞いたことだ。先月、長崎でコレラの患者が出たそうだ」

「コレラ？」

聞き覚えのない言葉に、あいは身を起こして布団に座った。

「三日コロリ、ともいう。これに罹れば、腹を下し、吐き、コロリ、コロリと死んでいく。抗いようのない、恐ろしい病なのだ」

長崎に留学中の門下生から知らせが届き、佐倉順天堂は騒然となった。医学を学んでいるがゆえに、伝染病の恐ろしさを皆、知っていたのだ。

「これからは一層、清潔を心がけてほしい。口に入れるもの、肌に触れるもの、何もかもに気を払うことだ」

「はい」

掠れた声で、あいは応えた。

伝染病ならば、まずは幼児が犠牲になる。あいは傍らで眠る初太郎とスミとを庇うように覆い被さった。灯を消した室内、寛斎は妻の動きがわかったのか、口調を和らげた。

「三十六年ほど前にも、コレラが流行ったことがあったが、箱根あたりで食い止められ、江戸に至ることはなかったと聞く。ましてや今回は長崎だ。蘭方医たちが知恵を寄せ合い、事に当たるに違いない。だから、あいは案ぜずとも良いぞ」

夫に宥められ、あいはほっとする。

箱根の向こうにも、幼子は無数に居る。我が子さえ大丈夫ならそれで良いのか、との内なる声を振り払い、あいは再び身を横たえた。

その半月ほどあとのことだ。早朝、寛斎宛ての梧陵からの文を、江戸の飛脚が文字通り飛ぶようにして運んできた。受け取ったあいは、着物の礼ならば寛斎が目覚めてから渡そう、と思ってみたものの、妙な胸騒ぎを覚えた。竹箒を手放し、家の中へ駆け込むと、寝ている寛斎を揺り起こした。

「何、濱口さまからの文？」

寛斎は起きて居住まいを正し、ばさばさと文を広げた。急いで書き記したのだろう、遠目にも、紙の上で文字が捩れ、乱れている。梧陵らしくない、とあいは感じ、不吉な思いで夫を見守った。

「何と」

冒頭を読み、寛斎は文を手にしたまま弾かれたように立ち上がった。文を持つその手が戦慄いている。読み終えて、青ざめたまま天井を仰いだ。唇を引き結び一心に考え込むその姿に、迂闊に声をかけることも躊躇われて、あいは布団の脇に正座して刻を待った。

「あい、私は江戸へ行く」

寛斎は、決意の眼差しを傍らの妻へ向ける。

「江戸へ？」

あいはゆっくりと立ち上がって、夫と向き合った。

「江戸でコレラ患者が出た」

あいは息を呑み、寛斎の顔を見つめる。

落ち着いて聞くように、と前置きの上で、寛斎は妻に語った。

濱口梧陵からの文に依れば、水無月に長崎より発生したコレラは瞬く間に九州を舐めつくし北上、京坂で多数の死者を出した挙句、文月も末になった今、江戸でも感染者を出した、とのこと。

「このままでは早晩、銚子もやられてしまう。濱口さまは私に、江戸へ来て、コレラの治療方法と予防方法を学べ、と仰っている。江戸には長崎の阿蘭陀人医師から伝授された予防法があるのだとか。必要な薬剤など全て揃えよ、費用の一切を濱口家で用意するから、と」

　御免下さい、御免下さい、と、入口から大きな声が響く。

「朝早くに申し訳ありません、濱口の使いで参りました」

　妻が案内に出るより先に、寛斎は大股で声のもとへと向かった。

　恐ろしい病……人に移る病の蔓延する場所に、この人をやるのか。

　あいは縺れる足であとを追いながら、恐ろしさに震える。

　火消の妻ならば、夫が危険な火事の現場へ出向くことに覚悟もしよう。けれど、寛斎は火消ではなく、医師なのだ。初太郎とスミの父親を失うことがあってはならない。

　止めなくては。どうあっても、止めなくては。

　あいはそう決めて、入口へ向かった。

「お休みのところ、申し訳ありません」

　声の主は、醤油醸造所の惣介だった。寛斎が初めて梧陵のもとを訪れた際、帰宅が遅れる旨を知らせてくれたひとだ。支配人、という耳慣れない役職にあり、梧陵不在の折りには醸造所を束ねる責務を担う、と聞いている。

　惣介の背後には、旅仕度を整えた若い男が控えていた。

「私どものもとにも、江戸の濱口より文が届きました」

寛斎が文を手にしているのを見て、惣介は即座に用件を切り出した。

「こちらは全て用意を整えました。江戸まではうちの若い者がご案内します」

関先生さえ宜しければ今から出立できます、と言われて、寛斎は頷いた。

「着替える間だけ、お待ちください」

あい、と妻を呼び、寛斎は部屋へと急ぐ。

着替えを手伝いながら、あいは、止めなければ、と思うものの、切り出せない。敷かれた布団に、初太郎がスミを庇うように寄り添い、すやすやと眠っている。着替えを終えた寛斎は、布団の脇に腰を落とし、息子と娘をじっと見た。

「初太郎、初太郎」

揺り起こそうとするあいを、寛斎は制した。

「そのまま、寝かせておきなさい」

「先生」

行かないでほしい、との懇願を妻が口にする前に、寛斎は頭を振って先に封じた。

「自らは安全な場所に身を置いて、病の蔓延を指をくわえて眺めているだけなら、それは最早、医師ではない。あい、私は強い志を持って医師になったのだ」

齢四つで母と死に別れたが、のちに、適切な治療を受けてさえいれば助かる命だった、と知った。それを知った時、石に齧りついてでも、医学の道へ行こうと決めた。

「助かる命ならば、私はどんなことをしてでも助けたいのだ」

初めて知る、夫の胸のうちだった。

その切実な思い、志の高さを、あいは胸に深く刻む。

初太郎のため、スミのため、と言いつつも本音はあい自身が寛斎を失いたくなかった。ずっと安全な場所に居てほしかった。それを我利と言わずに何とするのか。

「何も知らず……申し訳ありませんでした」

あいは、両の手をついて夫に頭を下げた。

こうして寛斎は、濱口梧陵の待つ江戸へと慌ただしく発ったのであった。

利根川で結ばれ、江戸の台所、と呼ばれる銚子では、江戸で起きたことはあまり日を置かずに伝わる。江戸で猛威を振るい始めたコレラのことも、忽ち人の口の端に上った。

「吐くわ下すわで身体中の水が抜け、皺々に干からびてコロリと逝くんだとか」

「あっちでコロリ、こっちでコロリで、火屋の前には順番待ちの長い列ができてるそうだぜ」

得体の知れない病の噂が行き交い、銚子の人々を恐怖に陥れる。

少しでも吐き気がしたり腹痛があれば、すわコロリか、と大騒ぎになった。入口を固く閉じている関医院の戸を、どんどんと叩く者も跡を絶たない。

「肝心な時に医者が居ないってのはどういうことだ」

「寛斎は江戸でコロリを防ぐ方法を学んでいるのです。今しばらくお待ちください」

スミを背負い、怯えて泣く初太郎を後ろに庇って、あいは毅然と声を張った。

江戸の寛斎からは一切連絡は無いが、惣介が気にしてその様子を知らせてくれるので、辛抱強く夫の帰りを待つ日々が続く。

寛斎は梧陵の紹介により、江戸の名だたる蘭方医たちと繋がり、コレラ患者の治療にあたっている、と聞いて以来、寛斎の骸が担ぎ込まれる夢を見て、飛び起きない日はなかった。あいは、寛斎の亡母、幸子の名を幾度も呼び、加護を願った。

魚を食べるとコロリにかかる、という噂が流れ、銚子の漁師の暮らしを直撃しかかった頃、江戸より寛斎が自ら荷車を引いて戻った。

「あい、手伝ってくれ」

再会を喜び合う余裕も無く、寛斎は仕入れた薬剤や資料を室内へ運び入れる。それが終わると、あいに紙をあるだけ出させて、糊で繋いで一枚にした。

「あいの字の方が読み易い。言う通りに大きな文字で書いてくれ」

生水、生ものは口にしない。水ならば沸かし、魚や青物は火を入れて調理したものを食すこと。器や箸、布巾や手拭いなど、口に入れるもの、頻繁に肌に触れるものは、必ず熱い湯に浸けること。手はこまめに洗うこと。吐いたもの下したものに決して触れないこと。厠には石灰を撒くこと。寛斎は、あいに予防法を大きな文字で紙に認めさせると、それを戸板に貼り、関医院の前に立てた。忽ち、人だかりができた。

文字の読めない者のために、寛斎が大声で読んでみせる。

「熱い湯に浸けたものは、そのまま乾かして使うように。しっかり食べて充分に休み、コロリに負けぬ身体にすることが大切だ」

「魚は食っちゃ駄目なんだな？」

誰かが声高に問うのに対し、寛斎は負けじと声を張って答える。

「そうではない、生で食べてはいけないだけだ。焼いたり煮付けたりしたものは、むしろこの病に負けぬ身体を作るのにとても良い」

噛み砕いて説く医師の言葉に、そんなことで本当にコロリから逃れられるのか、と誰もが首を傾げた。しかし、錦絵を飾るしか身を守る術を持たなかった人々は、半信半疑ではあったが取り敢えず実践してみることに決めたのだった。

その後、コレラ禍を完全に脱するまでの約半年、寛斎は診察の合間を縫って、予防法を説いて回った。また、吐き気で脱水症状を呈した患者には、海水を清水で充分に薄めたものを沸かして与えることを教え、発症して苦しむ者には薬を用いて危機から救った。

蓋を開けてみれば、江戸市中において死者はおよそ三万人とされるのに対し、銚子ではごく少数が罹患したのみだった。

安政六年（一八五九年）、春の宵のことだ。

一日の診察を終え、関医院は静寂の中にある。夜天の低い位置に満月が浮かび、その差し込む光で、縁側のある部屋は明かり要らずだった。

「関先生、この度のこと、心から恩に着ます。お蔭さまでこの地はコロリから救われました」

部屋に通されるなり、梧陵は両手を畳について、深く頭を下げた。

その身に纏うものが、あいの贈った上総木綿の着物であることに気付いて、あいは目立たぬように胸に手を置いた。月明かりのもとではあるが、銚子の海を思わせる深い藍の縞木綿は、思った通り梧陵によく似合っていた。

「濱口さま、どうぞもう」

寛斎は慌てて梧陵ににじり寄る。

「私の方こそ、お言葉に甘えて、薬剤や医学書、資料など一切を揃えさせて頂きました。そして何より、濱口さまのお口利きがあればこそ、江戸で優れた蘭方医のかたがたと親しく交わることができたのです。どのように言葉を尽くしても感謝し足りないほどです」

寛斎の言葉に、梧陵はゆっくりと顔を上げた。

関先生はご存じでしょうが、と前置きの上で、梧陵は続けた。

「思えば巡り合わせと言うのでしょうか。一昨年より長崎で阿蘭陀海軍の軍医がこの国の蘭方医に医学を教えるようになり、そのポンペという医師の指導のもと、コレラの治療と予防とが伝授された、と聞きます」

何かと蘭方医学を軽んじたがる幕府も、この度の蘭方医たちの活躍で大いに考えを改めることでしょう、と梧陵は晴れやかな笑顔を向けた。笑うと馬に似た穏やかな双眸が一層優しくなる。あいは知らず知らず笑みを浮かべ、梧陵を眺めていた。

「さて、ここからが本当の用向きです」

梧陵はすっと表情を引き締め、両の手を膝に置いた。

「銚子の街からコレラ禍が去って以来、私はずっと考え続けていました。あなたの功績に対する礼をどうすれば良いか、と。真実それればかり考えていたのです」

礼、と繰り返す寛斎の眉間に、僅かに皺が寄る。

ええ、と梧陵は頷いた。

「関先生、あなたが銚子で開業して三年。私は私なりにあなたの人となりを理解したつもりです。たとえば、ただ単に金銭を差し出せば、あなたは立腹して、私との付き合いを絶たれることでしょう」

梧陵の言葉に、あいは胸のうちで、確かに、と頷いた。その辺りは俊輔そっくりな寛斎なのである。

果たして寛斎は、険しい顔つきになった。

「濱口さま、そもそもの前提に誤りがあります。金銭であろうと別の物であろうと、私は礼など一切望んでおりません」

今にも席を立ってしまいそうな夫を、あいは、はらはらと見守るしかない。梧陵はそんなふたりを交互に見て、仄かに頰を緩めた。

「まあ、話は最後までお聞きなさい」

「いえ、聞きません。濱口さまには申し訳ないが、その手の話を私に聞かせるのはお止め頂きたい」

寛斎は激昂した口調で言い募る。

「それに、そんなことを言い出されては、私の方から濱口さまに礼をせねばならなくなります。濱口さまにお引き合わせ頂いた江戸種痘所の蘭方医の方々から、ポンペ医師伝授のコレラ治療の実践を学ばせて頂い……」

ふと、寛斎は言葉途中で口を噤んだ。

江戸種痘所、というのは昨夏、篤志の蘭方医八十余名によって神田に創設された民間の種痘所である。当初は文字通り天然痘の予防接種のために設立されたはずが、創設から二か月半、江戸をコレラ禍が襲ったため、その治療の中枢を担う場所となった。

「あ」

あいの口から、小さく声が洩れた。

昨年の霜月、その種痘所が火事で全焼した、との知らせを受けて、寛斎が打ちひしがれていた姿を思い出したのだ。種痘所は場所を移して再開されることと決まったが、貴重な資料や薬剤が燃えてしまい、継続に難儀するのは火を見るよりも明らかだ。寛斎は縁側でその知らせの文を手にしたまま、蹲って動かなかった。

その時のことを思い返しているのか、寛斎は目を閉じて沈思し、微動だにしない。

いた。

「種痘所は、気の毒なことでした」

顔を曇らせ梧陵がそう洩らしたのを機に、寛斎ははっと瞳を開き、畳に両の手をつ

「濱口さま」

寛斎は、額を畳に擦り付けて声を絞る。

「もし……もしも、この私に報いてやろうとのお気持ちでしたら、それをそのまま種痘所への支援として頂けないでしょうか」

「関先生、あなたという人は」

梧陵は呻くと、両の膝に置いていた掌を固く握った。

一陣の風が、何処からか山桜の花びらを運び、縁側へ置いた。暫し、それに見入っていた梧陵は、緩やかに視線を寛斎に戻す。

「種痘所への支援は、既に済ませています。けれどもあなたの今の言葉を聞き、まだ足りぬ、と悟りました」

種痘所への更なる支援を約束して、梧陵は静かに立ち上がる。寛斎は畳に額を付けたまま、顔を上げなかった。

「あの人は銚子の、否、この国の宝だ」

表まで見送りに出たあいに、梧陵はつくづくと言った。その言葉があいには何よりもありがたく、嬉しく、双眸が潤んで仕方ない。梧陵が果たしてどのような礼を考えていたのかはわからないが、今の言葉に勝るものはないように、あいには思われた。月下の明るい夜道を行く梧陵の後ろ姿に、あいは深く頭を下げた。

濱口梧陵は、この時すでに金三百両を種痘所へ寄せていたが、その後、さらに金四百両を送り、図書などの購入に充てるよう指示したのだった。

翌年の弥生十八日に元号が安政から万延へと変わり、その十一日後、関寛斎とあい夫婦の間に、三人目の子が誕生した。

大助、と名付けられた息子に乳を含ませる度に、初太郎が生まれた頃と重ね、その境遇の違いに、あいはしんみりする。

コレラ禍の際の、不眠不休の診療姿勢が広く知られ、関医院へは銚子の外からも患者が詰めかけるようになっていた。濱口家の口利きで、内所を手伝う小女と、診療を手伝う書生が入り、家の中は賑やかになった。ご飯が雑穀交じりなのは相変わらずだが、旬の魚や青物を使った副菜なども数品、膳に並ぶ。お蔭で乳の出も、とても良い。

「先生、お帰りなさいませ」

深夜、梧陵の家から戻った寛斎に、あいは授乳しながら声をかける。返事はない。

大助にたっぷり乳を飲ませて寝かせると、あいは隣室を覗いた。

縁側に胡坐(あぐら)をかいて、寛斎は月を眺めている。このところ頻繁に梧陵の家へ呼び出され、その度にああしてぼんやりと考えごとをするようになっていた。

「先生、どうかなさいましたか?」

あいが遠慮がちに声をかけると、寛斎は、何でもない、と首を振り、

「少し酔ったので、夜風に吹かれて醒(さ)ましているだけだ。案ずるな」

とだけ応えた。

いつからか、梧陵の早朝散策の習慣が無くなり、あいは梧陵と顔を合わせる機会を逸していた。夫と梧陵の間でどのような遣(や)り取りが交わされているのか、知る由(よし)もないまま、季節は夏から秋へと移ろっていく。

神無月も二十日を過ぎた早朝のこと、惣介が何やら思い詰めた顔で、関医院の勝手口に立った。

「出過ぎた真似(まね)とは重々承知の上で、今朝は折り入って関先生にお話ししたいことがございます」

寛斎とふたりきりの方がよかろう、と席を外しかけたあいを、惣介は制止した。是非ともあいにも聞いてほしいのだという。寛斎は居心地悪そうに腕を組んで動かない。

「先生、かねてより濱口が申しておりますす長崎留学の件、お返事をお急ぎください」

あいは、はっとして夫を見た。長崎留学の話がもたらされているなど初耳だった。

あいの戸惑いを見て、惣介は手短に、梧陵から寛斎に再三再四、「濱口家で学費も家族のことも全て面倒を見るので、長崎に留学してはどうか」との提案がなされているのだが、寛斎はがんとして受けないのだ、と説明した。

あの時からだ、と、あいは、いつぞや縁側で月を眺めていた夫の姿を思い返した。

「濱口は今は銚子に居りますが、じき紀州へ旅立ちます。そうすれば暫くは戻りません。一日も早く、ご決断なさいませ」

長崎で阿蘭陀軍医ポンペから直接学べるのですよ、是非ともご決断ください、と惣介は寛斎に迫った。

ポンペ、という名に聞き覚えがあり、あいは懸命に記憶の糸を手繰り寄せる。ぱっ、と月影の梧陵の姿が浮かんだ。あの夜、まさにこの居間で濱口梧陵の口から洩れた名だった。コレラの治療法と予防法とをポンペが日本の蘭方医に伝授したと聞いたが、あの時、梧陵の頭の中にあった寛斎への礼の正体こそ、この留学の話ではなかったのか、と思い至る。

「その話なら、幾度もお断りしたはずだ」

寛斎は苛立った声を上げ、診察があるから、と無理にも惣介を追い返した。

「一体、どういうことでしょうか」

そのまま部屋を出て行こうとする寛斎を、あいは怒りを秘めた声で呼び止めた。

夫の抱く長崎留学への憧憬をあいは知っていた。前之内で開業していた頃、同僚の長崎留学の報に触れて打ちのめされていた姿をよく覚えている。

「何故、話してくださらなかったのですか」

「他人の懐をあてに、留学などできるわけがないではないか」

寛斎も負けずに、怒りを込めて言い放つ。

「なるほど私はその昔、乞食寛斎と呼ばれていた。しかし、他人から施しを受けたことなどない。濱口さまからの申し出を受ける、ということは施しを受けるに等しい」

「施しなどと思わなければ良いのです。たとえば借財として、のちに返せば」

馬鹿を言うな、と妻の言葉を寛斎は激しい口調で遮った。

「借財など決してせぬ。そうした借りは作らぬ」

足音を響かせて、寛斎は部屋を出た。

あいは暫く身動ぎせず、息を詰めて考え続けた。

あいの口から提案したものの、借財はしたくない、との寛斎の気持ちは存分にわかる。倹しい中須賀者は、どれほど貧乏をしようとも決して借財はせず、身を慎んで暮らす。先祖代々それを忠実に守って生きている。

梧陵の話を聞こう。

あいはそう心に決めて、立ち上がった。


「あっ」

使用人の案内で濱口家の中庭に通されたあいは、そこに大きな山桃の樹を見つけて、息を呑んだ。樹齢は五十年を超えるだろうか、雄木か雌木かはわからぬが、空へ空へと枝を伸ばす大きな山桃の樹だ。

「やあ、よくいらした」

我知らず山桃に見とれるあいに、背後から声がかかる。振り返ると、藍縞の上総木綿の着物を纏った梧陵が佇んでいた。

どう話を切り出して良いか、考えあぐねているあいの傍らに来て、梧陵は山桃の樹を見上げた。つられて、あいもその高い梢を仰ぐ。

「六年前、紀州を大津波が襲った時に、私は稲むらに火を放ち、皆を高台へ逃がす標としたことがありました」

梧陵はあいに聞かせるでもなく、独り言のように呟いた。

「その一事を以て偉人の如く持ち上げる人は多いが、私の中では誇るべきことではないのです。一瞬の気転と巡りあわせがさせたこと。それよりも、私自身が誇らしく思うのは……」

梧陵はそこで初めて、傍らのあいを見て、柔らかな声で続けた。

「二度と同じ思いを郷里の人々にさせたくない。その一心で、およそ四年をかけて頑強な堤を築いたことなのです」

高さ十七尺（約五メートル）、幅六十六尺（約二十メートル）、長さ千九百八十尺（約六百メートル）。それだけの堤防を私財を投じて築いたのだという。話を聞くだけでも、あいは気が遠くなりそうだった。

「私が息絶えたあとも、郷里の村を津波から守ることができる。そうした堤を築けたことが私の一番の誇りなのです」

梧陵はあいに向き直り、その瞳を注視した。

「あいさん、あなたの夫、関寛斎は、この国の医療の堤になる人だ」

堤に、とあいは梧陵の言葉を繰り返す。

そうです、と梧陵は深く頷いた。

「病から皆を救う、強固な堤になる人だ。このまま、ここで埋もれさせてはいけない。何があっても長崎へ行かせてください」

ふいに涙が溢れ、あいの視界は霞(かす)んだ。その瞳のまま、あいは梧陵に大きく頷いた。

山間(やまあい)に陽は落ちて、銚子の町は薄闇に包まれている。その日最後の患者を見送ると、あいはまだ診察室に残る寛斎のもとへ行き、板敷に正座して、夫の背中に呼びかけた。

「先生、長崎へ、お出(い)でなさいませ」

またその話か、と夫は振り向きもしない。

「幾度も無駄な話をするな。私は他人の懐をあてにして留学などしない」

夫の答えを聞き、あいは厳(おごそ)かに告げた。

「ならば、私を離縁してくださいませ。初太郎とスミと大助を連れて、このまま家を出ます」

何、と寛斎は目を剝(む)いて妻を振り返った。

「先生は、コレラ禍の江戸へ行かれる時、私に仰いましたね。自分は強い志を持って医師になった、と。そうであるなら、何故、その志を貫こうとなさらないのですか」

齢十八で寛斎に嫁して八年、初めてあいは人生を賭して、夫に挑もうとしていた。

「銚子に居て、翻訳された医学書に頼るだけで、充分とお考えなのですか？　助かる命をどんなことをしてでも助けたい、と仰るかたが、そのようなことで満足できるのですか？」

寛斎は青ざめ、頬を痙攣させている。

江戸の種痘所で長崎帰りの蘭方医たちと接し、寛斎が焦らなかったはずはない。梧陵から留学を示唆され、ポンペという医師のもとで学べる、と知った時、心の奥底でそれを望まなかったはずはないのだ。その背中を押せるのは私だけだ、とあいは己を鼓舞する。

「自らの行いで誇れるのは、郷里が二度と津波の被害に遭わぬよう、四年をかけて堤を築いたことだ――濱口さまはそう仰っていました。長崎留学の支援を申し出られたのも、先生が、関寛斎という医師が、いずれは病から人を救う堤になれる、と見込まれたからです」

堤に、と寛斎は低く呻いた。

そうです、堤です、とあいも応じ、板敷に手をついて身を乗り出した。

「先生、留学をご決断くださいませ。借りを作るのが嫌ならば、見事、堤となって濱口さまのご期待に副えば良いのです」

膝に置いた拳を握り締め、寛斎は固く結んだ唇を戦慄かせている。あいは、夫の双眸が潤んでいるのを認めた。

ひとつ大きく息を吐き、寛斎はゆっくりと立ち上がった。

「濱口さまのところへ……留学の話をお受けする、と伝えに行く」

そのまま表へ出ていく寛斎を見送ると、あいは全身の力が抜けて、その場に蹲った。


決心してからの寛斎の行動は俊敏だった。まずは佐倉順天堂に出張診療を頼んで患者の憂いを無くし、次いで小女と書生の落ち着き先を見つけた。最後に、初太郎を伴って前之内に出かけた。養父母への留学の報告と、初太郎を製錦堂で学ばせるためである。

まだ早いのでは、と躊躇うあいに、初太郎は関家の長子だからこそしっかりとした教育が必要なのだ、と寛斎は説いた。母から引き離されると知ると初太郎は泣きじゃくったが、寛斎に言い含められて同行した。

濱口梧陵から留学の準備資金として金子百両が届けられ、寛斎は恐れつつこれを受けた。

「あい、私の留守中、これで所帯のこと、前之内の両親のことを賄ってほしい」

寛斎は半分の五十両をあいに託し、残る五十両を懐に、霜月三日、銚子を旅立った。途中で佐倉順天堂の同志らと合流して長崎へ向かう予定の寛斎のことを、あいは大助を抱き、スミの手を引いて途中まで見送った。

心が残る、と思ったのだろう。東へと向かうなだらかな坂の半ばで、寛斎はただ一度振り向いたきりだった。夫の姿が見えなくなると、あいは家へ取って返し、台所の板敷を外して地面を掘り、そこへ預かった五十両を埋めた。夫から託されはしたが、決して手を付けるまい、と自身に誓った。梧陵に対して寛斎が背負う恩の荷を、僅かなりとも軽くしておきたい、と願ってのことだった。

あいの傍らで、幼いスミが母の行いを不思議そうに眺めていた。

しゃんしゃんしゃんしゃんしゃんしゃん

おーしつくつくおーしつくつく

海沿いに植えられた松の林を歩くと、頭上から蟬時雨が降り注ぐ。あいは、顎で結んでいる笠の紐を解いて、手拭いで額の汗を拭う。

銚子から前之内まで、海岸沿いを歩いて十二里八町（約四十八キロメートル）。あいの足では五刻（約十時間）ほどかかる。何度か往復して、漸く足も馴染むようになってはいたが、酷暑の季節はやはり辛い。海風に吹かれて幾度目かの休みを取ると、あいは再び歩き始めた。前之内はもうそこだった。

「お母さん」

製錦堂にあいが姿を現すと、初太郎が駆けて来た。また少し背が伸びている。飛びつきたいのを堪(こら)えているのが何ともいじらしい。

「初太郎、まだ論語の復習(さら)いが済んでおらんぞ」

開け放った障子から、俊輔の厳しい声が飛び、初太郎は踵(きびす)を返して部屋へと戻る。母屋からは機(はた)を織る、とんとんという音が響いて、ともすれば少女の頃に引き戻されるようだ。

「よく来たね」

年子が機を織る手を止めて、顔を上げた。

暫く会わぬ間に髪は雪を頂き、背も丸くなっている。どれ、ひと息入れようかね、との言葉を受けて、あいは鉄瓶に手をかけた。

「初太郎は寛斎によく似ている。寂しいのを懸命に堪えて勉学に励んでいるよ。ところで寛斎から便りはあったのかい」

年子は湯冷ましを啜りながら問うた。

はい、とあいは頷いた。

「七新薬、という薬の本を出す話が進んでいるそうです。あと、ポンペ先生、という恩師の講義を筆記にまとめている、と」

「そうかい……。いきなり蘭語での講義を受けるんだ、苦労しないはずはないんだが、泣き言や愚痴を洩らす子ではないからね」

年子にかかれば寛斎も「子」呼ばわりなのだ、とあいは柔らかな気持ちになった。

「長崎で口にした珍しい料理の名なども書き記してありました。鶏のソップだの家鴨のプラトーだの、豚ハムだの。どのような料理なのかさっぱりわかりませんが」

呆れた、と年子は顔を顰める。

「獣の肉を食べるだなんて野蛮なことを。罰当たりな子だ」

寛斎からの手紙には、牛の心の臓で解剖の練習をしたあと、美味しく食べてしまった、とあったのだが、あいは年子には話さないことに決めた。

俊輔、年子、初太郎とともに、夕餉の席に着く。雑穀ばかりの雑炊と大葉紫蘇の漬物のみの質素な献立である。銚子で開業してからずっと俊輔宛に送金をしているのだが、全て私塾の方に回しているのだろう。

井戸端で水を浴びて一日の汚れを流すと、あいは初太郎とともに寝間に入る。

「初太郎、よく頑張っていますね」

あいは齢八つの息子の背中を優しく撫(な)でた。

父親の長崎留学が決まり、唐突に祖父母のもとへ預けられたのだ、初太郎が寂しくないはずはない。あいはスミと大助を隣人に委(ゆだ)ね、時折りはこうして気兼ねなく母子の刻を過ごすよう心掛けていた。妹弟抜きで母を独占できる一夜を初太郎がどれほど心の支えにしているか、あいにはわかっていた。夜中、目覚めると初太郎があいの乳房に手を置いてすやすやと眠っていた。

翌朝、銚子へ戻るため身仕度を整えていたあいは、庭の山桃の樹が無残にも裂けていることに漸く気付いた。

まあ、とあいは茫然(ぼうぜん)と樹を見上げた。

「この間の落雷で、あの通りさ。残念だが、切り倒すしかない、と先生と話してるのだよ」

年子の声も心なしか沈んでいる。

この樹には、幾つもの思い出が宿るのに。

　無念の思いで山桃を眺めていたあいだが、ささくれ立った樹皮に目を止め、或ることを思いついた。

「あの樹皮を頂けませんか？」

　あいに懇願されて、ああ、と年子は頷いた。

「糸を染めるんだね。山桃の樹皮は綺麗な色を出せるからね。柔らかな黄色から濃い海松茶まで、豊かな色に染まる」

　何なら私が染めて銚子へ送ってあげよう、という姑の言葉に、あいは甘えることにした。

「出入りの木綿問屋の話だと、銚子でも、あいの機織りの腕は評判なようだね」

「年子伯母さん、いいえ、お姑さんにしっかりと仕込んで頂いたお蔭です」

　あいは改めて年子に深々と頭を下げた。機織りの腕ひとつで、主の居ない間の所帯を支えることができるのだ。梧陵からの五十両に手を付けることなく。

「寛斎の長崎留学は一年ほどだと聞いたが」

　ひぃふぅみぃ、と年子は指を折る。

「残りは五か月ほどだね」

　いいえ、とあいは首を横に振ってみせる。

「銚子から長崎まで五十日ほどかかりますから、実際にポンペ先生のもとで学び始めたのは、昨年師走なんです」

「そうかい、では年内は長崎なんだね」

年子の声に僅かに寂しさが滲んでいた。

俊輔に暇を告げ、あいは慌ただしく関家を後にする。君塚の家にも顔を出したかったが、それでは陽のあるうちに銚子に辿り着けない。初太郎が製錦堂の入口に立ち、唇を嚙み締めて母親を見送っている。戻りたい気持ちを封じて、あいは前へ前へと足を進めた。

煩わしいほどだった蟬の音も徐々に消え、宵には茂みで鈴虫が鳴く。やがて銚子の蒼い空に、無数の赤蜻蛉が浮かぶ季節となった。

「大ちゃ、大ちゃ、とんぼさん」

縁側でスミが弟に空を指し示し、それに応えて大助が蜻蛉の姿を目で追っている。

スミは四つ、大助は二つになっていた。

子供の成長は早い。あいは機を織る手を止めて、縁側の息子と娘に見入った。

夫の暮らす長崎は、途方もなく遠い。銚子から卯月二十二日に送った荷が寛斎の手元に届いたのは水無月の二十七日。荷の中に金三両を忍ばせておいたので、夫から到着の知らせをもらうまで随分と気を揉(も)んだ。無事に着くとわかったので、今度の荷にももう少し蓄えを入れておこう。あいは再び、機を織り始めた。

　年子から届いた先染めの糸が出番を待つように脇の行李(こうり)に納まっている。山桃の樹皮に明礬(みょうばん)を加えて染めたのだろう、落ち着いた黄茶の糸だ。あれを織って、寛斎の迎春用の着物に仕立てたらどうか。

　あいの手が、また止まる。

　寛斎があいや俊輔に告げた留学期間の目安は一年。それならば、来年早々あちらを発つことになる。だが、蘭語に長(た)けた者ならばともかく、それまで訳書でしか学んでいない寛斎が、一年でポンペの講義の全てを理解し、自らの血肉にできるのだろうか。期間を延長して、存分に学ぶ方が良いのではないか。

　いえ、とあいは軽く頭を振る。

　講義筆記をまとめるほどだ、夫は恩師から充分に知識を得ているに違いない。

「お母ちゃ、お母ちゃ、とんぼさん」

　スミの呼ぶ声に、あいは我に返った。

赤蜻蛉が夕焼けの空に融けかかっていた。

元来、筆まめな寛斎からは、勉学の合間を縫って文が届く。ともに暮らす間は自分に宛てた文など一度ももらったことはなかったが、受け取ってみればこれほど嬉しいものはない。

寛斎の文には、長崎の街並み、人々の暮らしぶりや珍しい料理のことなど、読んでいて心躍るものが多い。箸の代わりに用いるナイフとフォークという記述には絵が添えてあり、夫に絵心があることも初めて知った。

だが、あいの胸に強く残ったのは、寛斎の師事するポンペ・ファン・メールデルフォールトという医師に関して書かれたものだ。ポンペは寛斎よりもひとつ年上の三十三歳。四年前に来日し、以後、患者の治療と医学生の教育という二本柱を担い続けたひとだった。

ポンペが患者を診る養生所には身分の違いによる差別は一切なく、どの患者もベッドに寝て、滋養のある洋食を食べる。入院料は富める者は銀六匁(もんめ)、貧しい者はその半分、極貧者は無料と決められている。全てポンペの意志が通された結果だった。

医師の前には、ただ病める患者が居るのみであり、そこに貧富や身分はかかわりない――ポンペが語ったという一文に目を止めて、

「お舅さんや先生と同じだわ」

と、思わず呟いた。

あいの伯父にあたる俊輔は、貧しさ故に学問の機会を与えられない前之内の子供たちに教育を施す。夫の寛斎も、貧者からは薬礼を取らない。ポンペの思考はふたりにそっくりだった。

ポンペのような人に師事できたのは幸せなこと、とあいは夫からの文を繰り返し読んだ。

師走に入ると、銚子の町は江戸から入ってくる噂話で華やいだ。曰く、皇女和宮さまが大層煌びやかなお輿入れ行列で江戸城大奥入りした、とのこと。節季払いで気苦労の多い日々を送りながらも、あいはその噂話を耳にする度、自身とはかけ離れた存在ではあるけれど、若い皇女の幸せを願わずにはいられなかった。周囲によって定められた相手と添うことの不安を、若い頃の我が身と重ねたが故だった。

「濱口から言付かりました」

そう言って、支配人の惣介が重そうな餅箱を手に関医院の勝手口に現れたのは、年の瀬の昼下がりのことだ。暖かい銚子の町も大寒を迎え白銀一色になっていた。

「何時も何時も、お心にかけて頂いて」

ありがとうございます、とあいは感謝しつつ餅箱を受け取った。惣介は風呂敷を畳みながら、差し出がましいのですが、と前置きの上で申し出た。

「節季払いで何かお役に立てましたら、何なりとお申し付けくださいませ」

「ご心配には及びません。全て終えました」

あいは柔らかく応えた。

算段して何とか払いも済ませ、あとは正月を迎えるのみ、心は晴れやかだった。

そうですか、と惣介は残念そうに首を振る。

「関先生のお留守の間は、こちらのことも全て濱口家で、と主梧陵からきつく言われておりますのに、何のお手伝いもできず仕舞いで」

「惣介さん、どうぞもう。それに寛斎も、ひと月のうちには長崎を発ちますので」

自然と笑みがこぼれる。

そうでしたねえ、と惣介も目を細めた。

「関先生をお迎えする日が今から待ち遠しいですよ。この銚子に長崎仕込みの蘭方医が居る……私どもも誇りに思います」

関医院の庭では、娘と息子が雪まろげをしてはしゃいでいる。

もうじき寛斎が戻る、また家族で暮らせる。あいは胸を弾ませた。

明けて、文久二年（一八六二年）、新年を寿いだ屠蘇気分も抜けぬうち、江戸城坂下門外で、和宮降嫁を推進した老中が襲撃された。幕府と朝廷、そのいずれに重きを置くか、事件の火種は根深いところにあった。無論、大半の庶民はそうした争いには関心がなく、そろそろ執り行われる和宮さまの婚儀の絢爛を想像して悦に入っていた。

同じく睦月、二十四日に長崎を出発した関寛斎は、家族のもとへ帰る喜びに歩を進めたが、江戸に立ち寄ったため卯月に入って漸く銚子の土を踏んだ。

関医院には長崎から医学書などの船荷が先に届いており、あいは子供たちと主の帰りを今か、今かと待ちかねていた。

「関先生がお戻りです」

惣介に命じられたのだろう、小僧が騒々しく関医院の勝手口に駆け込んできた。

「今、濱口の家の方へ挨拶に見えました」

家に戻るより先に、恩を受けた梧陵に挨拶に行くのがあの人らしい、とあいは唇を綻ばせた。スミと大助の手を引いて、表へ出る。

ほどなく、長身で頑強な体軀の男がこちらへ歩いてくるのを認めた。精悍な顔立ちは歳を重ねて味わいを得ていた。大助が、父ちゃ、父ちゃ、と指差して声を上げる。

「大助か」

男はよく通る声で名を呼ぶと、大股で歩み寄った。腰を屈め、子の顔を覗き込む。

「しゃべれるようになったか」

分厚い掌を大助の頭に置くと、傍らのスミを見やった。

「お父さん、お帰りなさい」

恥じらって挨拶する娘の頰に手を添え、

「スミ、きちんと挨拶できて偉いぞ」

と、大きな声で褒めた。

そうして腰を伸ばすと、あいと向かい合う。

「先生、お帰りなさいませ」

ああ、と寛斎は深く頷いた。ふたりの間に取り立てて言葉は無かった。それで充分だった。

関寛斎が長崎留学を終えて銚子の町に戻った、という噂はあっという間に四方を駆け巡り、鶴首して待っていた患者らが翌日から関医院の前に列をなした。また、梧陵の尽力を得て大坂の版元から出した「七新薬」全三巻は蘭方医学を学ぶ者の必読書として広く読まれ、関寛斎の名は医学界に轟いた。

水無月には、福井藩から藩医生四名の受け入れ要請があった。記録として残していた「ポンペ講義筆記」を学ばせてほしい、と言われ、寛斎は快くこれを受けた。

四人を預かるべく、あいは急きょ室内の整理にかかるのだが、時折り手を止めて、感慨にふける。百姓身分、なかでも「蕪かじり」と揶揄される中須賀の出でありながら、長崎留学を果たし、士分の者に医学を教えるまでになった夫が誇らしかった。

「あら」

長崎から船荷で送られてきた行李の整理中、医学書の間に何かが挟まっているのに気付いた。何かしら、とあいは本を広げてみる。

「濱口さまからの……」

濱口梧陵からの文が三通、抜け落ちた。

あいは躊躇いなく、文をぱさぱさと開いた。夫の信書を読む、という意識はなかった。夫婦してゆっくり話す暇もないほど忙しない日々が続いている。長崎で寛斎が梧陵から受けた恩義の全てを、あい自身が把握しているわけではないので、文を読むことで知っておければ、と思ったまでのことだった。

「これは……」

読み進むうちに、自分でも顔色が変わっていくのがわかる。一通を読み終えて、二通目、三通目と読み進む。全てに目を通し終えると、あいは手紙を膝に置いたまま、暗い目を天井に向けた。

梧陵からの文には、一貫して、学資も生活費用も一切の支援をするので、できればあと五年、少なくとも三年は長崎に留まって勉学を続けるように、と認めてあった。文の根底にある、「一年くらいで何ができる。堤となるにはまだまだ足りぬ」との梧陵の考えが透けて見えた。

この文を読んで、夫が揺れないはずはない。

それでも寛斎は銚子に戻ることを選んだ。家長として守らねばならない家族が手枷となり、またこれ以上他人に甘えることをよしとしない心根が足枷となったのだ。あいは膝に置いた三通の手紙の皺を伸ばしながら、切なくてならなかった。

何の躊躇いもなく、他人の厚意に寄りかかり甘えられる人ならば、夫の人生はもっと違ったものになるだろう。

あいは台所へと目を向ける。板敷の下には、梧陵からの五十両が埋めてある。あいにしても、その厚意に甘えることができなかった。小さく溜め息をつくと、あいは三通の文を元通り本の間に挟んで行李に納めた。

　福井藩の藩医生たちを受け入れると、寛斎は診察を終えたのち、眠る時間も割(さ)いて、彼らの質問に丁寧に答えた。

　寛斎は屈強な体軀ではあるが、無理がたたると微熱が出たり、激しい頭痛に見舞われたりする。それを人に洩らさぬのだが、連れ添って十年になるあいにはわかる。これ以上忙しくならないでほしい、と祈るような気持ちでいたが、文月に入り、銚子で麻疹(はしか)が流行り始め、瞬く間に町全体に広がった。

　麻疹は命定めの病だが長崎帰りの関先生にならきっと治してもらえる、と多くの患者に縋(すが)られ、寛斎は文字通り東奔西走することとなった。もとより貧しい者からの薬礼は取らない上、治療費は大半が乞われるままの節季払いである。

「これだけ働いても、濱口さまにお返しする金はなかなか貯まらないものだな」

深夜、皆が寝静まったあと、台所で帳簿をつける妻の手もとを眺めて、寛斎は嘆息した。

「濱口さまが銚子に居られるうちに、せめて半金だけでも返しておきたいのだが」

「半金……五十両で良いのですか」

あいは帳簿から顔を上げ、夫をじっと見た。

長月に入り、着物が単衣から袷へと替わった。草木の抱く円い露も心なしか凍えて見える早朝、目覚めて雨戸を開けたあいは、暁天を見上げ、縺れる足で庭へと降りた。

「初雁だわ」

楔の形に列を組み、雁が銚子の空を勇壮に渡っていく。北の国から訪れる秋冬の使者をあいは好ましく見送った。

銚子の麻疹禍も収束に向かい、寛斎も漸くひと息つけるようになった。あいから受け取った五十両を持って濱口梧陵を訪ねて以来、まるで己を痛めつけるかの如く診療に邁進していた寛斎のことが、あいは気がかりでならなかった。これで少しは身体を厭うてもらえるだろう。

初雁の消えた空を見上げて、あいはふと、初太郎を思う。麻疹騒動で、暫く前之内へ顔を出せていなかったのだ。

「あい、どうした」

裸足で庭に降りたままの妻に、寛斎は縁側から声をかけた。

「初雁を見たんです」

初雁か、と繰り返し、夫はほろりと笑う。身を屈めて縁の下から下駄を取り出すと、妻の足元へ置いた。

「しっかり者かと思えば童女のようで、ともに暮らしていて飽きることがない」

そう言えば初太郎も毎年、初雁を楽しみにしていたな、と寛斎は呟く。傍らの妻も同じ思いなのを察してか、

「近々、様子を見て来よう」

と、とうに鳥影の消えた空を眩しそうに仰ぎ見るのだった。


あいの願い通り、寛斎にとっての長月は緩やかに、穏やかに過ぎていく。患者が落ち着いたところで、寛斎は前之内へ泊まりがけで出かけて、久々に初太郎とゆっくり過ごした。そして寛斎の身体が空くのを待ちかねたように、神無月に入る早々、梧陵から寛斎に呼び出しがかかった。何を切り出されるのか大よその予測はついていたのだろう、診療を終えると寛斎は眉根を寄せて濱口家へと出向いた。話し合いは深夜まで続き、九つ半（午前一時）を回る頃、漸く帰宅した。

寝間に入らず、底冷えのする台所の板敷で胡坐をかいて考え込んでいる。あいはその背に、どうかしましたか、と優しく問いかけた。

あい、と寛斎は呼び、自らの脇を目で示す。話がしたいのだろう、とあいは夫の傍らに両の膝をついた。

「濱口さまより、支援するからもう五年、長崎に留学するように言われたのだ」

これまでも再三、同じ申し出があった。だが、梧陵には充分過ぎるほど尽力してもらったし、これ以上甘えるわけにはいかない。また、寛斎が師事したポンペが優れた人格者だったからこそ意義のあった留学だが、そのポンペも先月、阿蘭陀に帰国してしまい、後任の人物をよく知らない。

「そう言って断り続けたのだが、濱口さまは納得されず、これが最後だからもう一度考えよ、と仰るのだ。返事は待って頂いているのだが、はてさて……」

どうしたものか、と寛斎は重く息を吐いた。

迂闊に応えることはできず、あいは膝に置いた手を固く拳に握るしかなかった。

江戸から一通の文が届いたのは、その二日後のことだった。差出人は須田泰嶺（たいれい）。佐倉順天堂でともに学んだ仲間で、今は阿波（あわ）徳島藩の江戸詰め侍医を務める。

「相談があるから江戸へ出て来い、とある」

入門時期は同じでも、泰嶺は寛斎よりも五歳上。何かを相談されたことなど、これまで一度もないのだ。昼餉を終えたあと、縁側で文を読み終えて、寛斎は考え込んだ。

「いらしては如何ですか？　先生」

機を織りながら、あいはさり気なく勧める。

「たまには気分を変えてみられては如何でしょう」

ここ二日、梧陵にどう返答するか、寛斎は悩みに悩んでいた。銚子に居ては息が詰まるのではないか、とあいは暗に示唆した。

「少し考えるか」

幸い今は重篤な患者も居ないしな、と寛斎は文を畳んで懐へ入れ、診察室へと向かう。その日の診療を終える頃には、寛斎の気持ちは江戸へ行くことに固まっていた。

とはいえ、江戸まで二十六里（約百一キロメートル）。いかな健脚の寛斎でも、往復で五日がかりの旅となる。急いだ方が良い、との判断で、寛斎は翌日には銚子を発つことに決め、慌ただしく手配をし、旅仕度を整えた。

「患者にもあいにも迷惑をかけることになるが、宜しく頼む」

翌日の未明、あいにあとを頼むと、寛斎は家を出た。旅立ちを見送る妻をふと振り返り、声を低めて問いかける。

「あい、月のものが遅れておらぬか？」

あいは、躊躇いながら、少し、と答える。初雁を見た日、子を授かる予感があった。

そうか、と寛斎は頷いた。その時、夫の表情がぐっと引き締まるのをあいは認めた。

「では、行ってくる」

まだ明けやらぬ空の下、振り分け荷物を肩に、寛斎は歩幅を大きく取って歩いていく。その背中を見送って、あいは悟る。

あの人は濱口さまからの申し出をきっと断る。最後の申し出を。

一度は梧陵の厚意に甘えて留学をさせてもらった。だが、新たな子が生まれれば、養育すべき子は初太郎を頭に四人となる。四人の子の父親が養育を放棄して、五年もの間、他国で暮らすことなど有り得ない——寛斎の頭の中に描かれた道筋が、あいには読み取れた。

血を分けた家族との縁に薄く、幼い頃、寂しい思いをして育ったからこそ、そう決断するに違いない。

けれど、とあいは濱口邸を振り仰ぐ。

それでは、寛斎を医学界の堤とする、との梧陵の思いはどうなるのか。

一年の留学で「七新薬」という本まで出した寛斎なのだ、新たに五年、長崎で最新の医学を修めることができれば、梧陵の言う通り、病から皆を救う強固な堤に必ずやなれる。

このまま、中途半端なまま、あの人を埋もれさせて良いわけがない。江戸から戻れば、何としてでも説得しよう。

決心して、夫に視線を戻したが、すでにその姿は夜明け前の薄闇の中に消えていた。


「きれい」

畳に広げられた黄茶の反物を見て、スミが歓声を上げる。

反物は、年子が山桃の樹皮で染めてくれた糸を用いたものだ。先染めの糸を見た時は、渋くて良い色だと感心したのだが、織り上げると、思った以上に男物には華やかだった。

「あっ」

裁ち包丁を入れていて、あいは声を洩らした。

夫の身幅に合わせるはずが、余計な考え事をして裁ち間違えてしまったのだ。縫い違いは解いて縫い直せば済むが、裁ち間違いは取り返しがつかない。きょとんと丸い目を母に向けているスミに、あいは泣き笑いの顔で、何でもないのよ、と伝えた。

心を落ち着けて、裁断した反物を見る。小柄な女性用に仕立てれば無駄にならない、と気付いて、あいは吐息をついた。

　そうだ、年子に着てもらおう。黄茶の色は凛とした年子にきっと似合う。そう決めると、むしろ心は浮き立って、あいは裁ち包丁を握り直した。

　人が生きる上で本当に取り返しがつかないことは、実のところ、そう多くはないのかも知れない。あいはふと、そんなことを思うのだった。


　予定通り五日後の深夜、寛斎は江戸から戻った。肝が据わった様子に、あいは夫が江戸で確かな答えを用意したことを察した。

　内風呂で旅の疲れを落として、着替えを済ませると、寛斎は居間に妻を呼んだ。

「須田泰嶺より、阿波徳島藩主、蜂須賀斉裕公の国詰め侍医に推挙された」

「はちすか……国詰め侍医……」

　耳慣れない言葉に、あいは戸惑う。

「十一代将軍、徳川家斉さまの御子息で、先代の公方様の叔父上に当たられるかただ。その藩主の国許で御典医になれ、と言われたのだ」

　御典医と言われても。

　あいは茫然と夫を見返した。

そんな妻の様子に、寛斎の口もとが解れる。

「侍医という立場だが、望む者には蘭方医学を教える。佐藤泰然先生を始め、江戸の蘭方医からも私を推す声が多く、是非にと請われたのだ。あい、私はこの話、受けようと思う」

前之内の両親も含め、皆で徳島へ渡るのだ、という夫の言葉に、あいは激しく取り乱した。

「そんな……。濱口さまのご尽力で長崎へ留学し、この銚子に戻ってまだ半年。今回の留学の話を受けてここを去るのならまだしも、後から降って湧いた話を理由にするだなんて」

士分に転んだのか。俊輔ならきっと、そう怒鳴るに違いない。

蕪かじりの百姓の倅(せがれ)が殿様の御典医として士分に取り立てられる――通常では考えられないほどの大出世ではあるが、あいにはどうしても得心できない。

「医師になった目的が立身出世ならば、私も喜んで徳島とやらへ参りましょう。けれども先生は、強い志を持って医師になられたはずではないのですか」

言い募るうち、あいは夫の顔が苦渋で歪(ゆが)むのを認めて、口を噤んだ。

あい、と寛斎は嗄(しわが)れた声で妻を呼んだ。

「わかっている。全て、私自身が一番わかっている。その上で決めたことなのだ」

双眸に哀しみが満ちていた。その哀しみが、あいの胸を深々と抉る。

「年が明ければ、私は三十四になる。そこから五年、留学をすれば、戻る頃には三十九。その間、年老いた親の扶養や、子らの養育を人の金で賄うことが私にはできない。一年の留学ですら、重過ぎる恩義を感じているのだ。この上は耐え難い」

こういう風にしか、私は生きられないのだ、と寛斎は声を振り絞った。

ああ、やはり、とあいは目を伏せる。

夫の中で、最初から断ることは決まっていたのだ。侍医の話は、都合よく転がり込んだ口実に過ぎない。それでもあいは、やはり諦めきれなかった。震えながら膝行し、夫に取り縋って問う。

「それならば、濱口さまのお気持ちは如何されるのですか。堤になれ、とのお気持ちは」

「そのことも無論、よくよく考えた」

妻に気持ちを打ち明けて安堵したのか、寛斎の声は平らかになっている。

「佐倉順天堂には貧しさに耐えて学ぶ優秀な医学生が幾人も居る。彼らは若い。蘭方医学も蘭語の修得も、若ければ若いほど飲み込みは早い。濱口さまが私の代わりにその誰かを支援してくだされば、のちに私以上に頑強な堤となってくれるだろう」

佐倉順天堂時代、ずっと訳書で学んだ寛斎にとって、蘭語の修得は決して容易ではなかった。努力を惜しまずに過ごしたが、最初から蘭語を身につけておけば、との無念は消えることはなかったのだろう。若く優秀な者に自分と同じ悔いを抱かせたくない、との思い。そして、伸び盛りの若い才能にこそ道を譲るべき、との分別。自身の利ではなく、世の利を考える。夫は最初からそういう人だった。

敵わない、この人には敵わない。

あいは大きく息を吐き、心を決めて顔を上げた。

「先生、まずは濱口さまにそのお気持ちのまま、お伝えなさいませ。それから前之内に参りましょう。お舅さんの徳島行きを説得するのは骨折りでしょうから、私も同行します」

「あい、では……」

寛斎は僅かに身を乗り出し、妻の瞳を覗き込んだ。

はい、とあいは大きく頷いてみせる。

「一緒に参ります。徳島へ」

翌朝、寛斎は濱口邸へ出向いたのだが、梧陵は寛斎と入れ違いに江戸店へ行ってしまっていた。一旦、家に引き返すと、寛斎は梧陵宛てに気持ちを書き綴り、その長い文を惣介に託した。その翌日には、あいと連れ立って前之内の関家へと出向いた。

「珍しいね、夫婦揃って顔を見せるだなんて」

年子は訝りながらも嬉しそうにふたりを迎え、別棟の製錦堂へ俊輔を呼びに行った。

「藩主の侍医になる、だと」

寛斎から一通りの話を聞き終えて、俊輔は開口一番、唸った。

「自らは何も生み出さず、百姓が死ぬる思いで育てた米をむしり取っていく奴に、お前はなると言うのか」

中須賀に生まれ育った者には、骨の髄まで士分への恨みが浸み込んでいる。その気持ちは寛斎もあいも存分に忖度できた。

「寛斎は別に禄が欲しくて侍医になるわけではないでしょうよ」

年子は湯飲みを置き、庭へと視線を向けた。

そこに山桃の樹はもう無い。だが、あいには、年子が心の目で山桃の樹を見ていることが察せられた。

「昔、寛斎がこの前之内で開業した時、ひとりの患者も来なかった。ここでは誰も蘭方医学なんてのを知りませんからね。先ほどの寛斎の話では、阿波の国でその蘭方医学を教えるのだとか。自分が長崎で学んだことを人に伝授する。先生と同じ立場になるんですよ。素晴らしいじゃありませんか」

年子のひと言が俊輔の反対を封じた。ただ、それでも俊輔は、最後の最後に、

「わしは徳島へは行かんぞ。俸禄欲しさに上に追従するような卑しい真似は決してするな。いざとなれば五斗米を返上して帰って来い」

と、釘刺すのを忘れなかった。

製錦堂からは、両親の来訪に気付かぬ初太郎の、論語を読み上げる声が元気に響いていた。

前之内村から戻り、内々に徳島へ移る心づもりをするうちに、暦は神無月から霜月へと替わった。

須田泰嶺からは「師走朔日、江戸上屋敷にて着任のこと」との知らせが入り、あいはそれまでに着物を揃えておかねば、と焦った。寛斎も診察の合間を縫って佐倉順天堂を訪ね、銚子で開業する者の心当たりを尋ねたりして過ごした。そうやって気を紛らわせてはいても、夫婦ともに気がかりなのは、濱口梧陵のことであった。

寛斎の手紙は間違いなく惣介から梧陵の手に渡ったはずなのに、梧陵からは何の連絡もない。落胆し、呆れているからだろう、と推察できるものの、梧陵の声を聴くことなく縁が切れてしまうのは、やはり残念でならなかった。

叱責でも罵倒でも良い、梧陵に会っておきたい、と夫婦が思い詰め始めた、ある日。

未明に屋根瓦を叩く軽い音がして、あいは目覚めた。雨かしら、と耳を澄ませると、音はいきなり強くなり、かんかんと煩く瓦を打ち鳴らす。

「雹になったな」

寛斎が身を起こした。縁側から覗くと、無数の塊が容赦なく地を打って弾むのが見えた。

「すっかり目が覚めてしまった」

寛斎はそう言って、身仕度を整え始める。

「朝餉の仕度を急ぎますね」

あいは言って、素早く寝間を出た。

台所で飯を炊き、副菜と味噌汁を用意する。ご飯を蒸らす間に、箒を手に外へ出た。

仄明るい通り一面に、固い雹がばら撒かれて、歩く度に下駄の下で賑やかに鳴った。

ざりざり、と雹を踏み拉く音が薄闇の向こうから聞こえて、あいは箒の手を止め、瞳を凝らした。こちらへ向かって歩いてくる人を確かに認めて、あいは大声でその名を呼ぶ。

「濱口さま」

あいの声を聞いて、寛斎が飛び出してきた。

「昨夜遅く、江戸から戻りました」

夫婦に向かい、梧陵は常と少しも変わらぬ穏やかな声で応える。表情までは見えないが、その身に纏うものが、あいの贈った藍縞の上総木綿であることを知り、あいは目を潤ませた。

「濱口さま、少し話をさせてください」

一歩前へ出て、寛斎は恩人に呼びかけた。僅かに震え、縋るような声だ。梧陵は大らかに頷いて、誘われるまま院内へと足を向けた。

あいは勝手口から小女を呼び、ふたりの場を決して邪魔せぬように言いつけると、もう一度表へ回って、通りを掃き清める。小半時（約三十分）もすると東の空に陽が上り、通りの端に掃き寄せられた雹をじわじわと溶かす。中を気にしながら箒を動かし続けるあいの耳に、誰かの大きな声が届いた。

「関先生」

何事かと、声の方を見てみれば、関先生、関先生、と声を張りながら、若い父親が子供を背中に必死の形相で走ってくるのが見えた。

「どうされました？」

あいの呼びかけに、父親は息を荒らげながら応える。

「急に腹が痛い、腹が痛い、と泣きだして」

背中の子を見れば、真っ青になって脂汗を滲ませている。こちらへ、とあいは躊躇わずに診察室へと誘った。

担ぎ込まれた子を見て、梧陵は、これはいかん、と腰を浮かした。

「濱口さま、失礼します」

短く詫びると寛斎は子供の診察に入る。静かに診察室を出て外へ向かう梧陵のことを、あいは追いかけた。

「お話の途中でしたのに、申し訳ありません」

あいは一礼し、さらに迷いながら続ける。

「それにこの度は、濱口さまのご厚意、ご厚情を踏み躙ることになってしまい、本当に申し訳なく……」

言葉を探しあぐねて、あいはただ、ひたすらに頭を下げた。

「良いのです。あらかた話は済んでいました。それより掃除の途中でしたか」

道に置かれたままの箒を、梧陵は腰を屈めて取り上げる。それをあいに渡すと、視線を東天へと向けた。

生まれたばかりの陽光が、これから新しい一日へと向かう人々を励ますように降り注ぐ。良い朝だ、と梧陵は感嘆し、あいに視線を戻した。

「久々に、あれをやりましょうか」

怪訝な顔をしているあいに、梧陵は腕を広げ、深く息を吸い込んでみせる。

梧陵の様子に肩の力が抜けたあいは、自らも箒を手にしたまま、腕を開いてゆっくりと深呼吸をした。

「今朝も、良い匂いですな」

「はい、潮風とお醬油の良い匂いです」

ふたりは顔を見合わせて、声を立てずに笑った。

では、と立ち去りかけて、梧陵は思い直したように、あいに背を向けたまま言った。

「徳島藩は漢方医の力が強く、蘭方医学が根付くのは難しい。前途は平坦ではなく、これから大変な苦労をすることになるでしょう」

あいはぐっと息を呑み、奥歯を嚙み締める。

百姓が士分を得るのだ、風当たりの強いことはもとより覚悟の上。更なる困難の示唆にも、決して負けるまい、とあいは奥歯に力を込める。

「関先生に、私はこう話したのです」

梧陵はあいを振り返り、深い眼差しを向けた。

「人たる者の本分は、眼前にあらずして、永遠に在(あ)り、と」

永遠に在り、とあいは低く繰り返した。

そうです、と梧陵は大きく頷いてみせる。

「目先のことに囚(とら)われるのではなく、永遠を見据えることです。関寛斎、という人物は、何時か必ず、彼なりの本分を全(まっと)うし、永遠の中に生き続ける、と私は信じます」

あいは両の掌で唇を覆った。そうせねば激しい嗚咽が洩れそうだった。関寛斎に寄せる梧陵の厚い信頼があいの胸を打ち、とめどなく涙を溢れさせる。

梧陵は軽く会釈すると、前を向いて歩きだした。遠ざかる藍色の背中に、あいは両の手を合わせ、深く深く首(こうべ)を垂れた。

第三章　哀

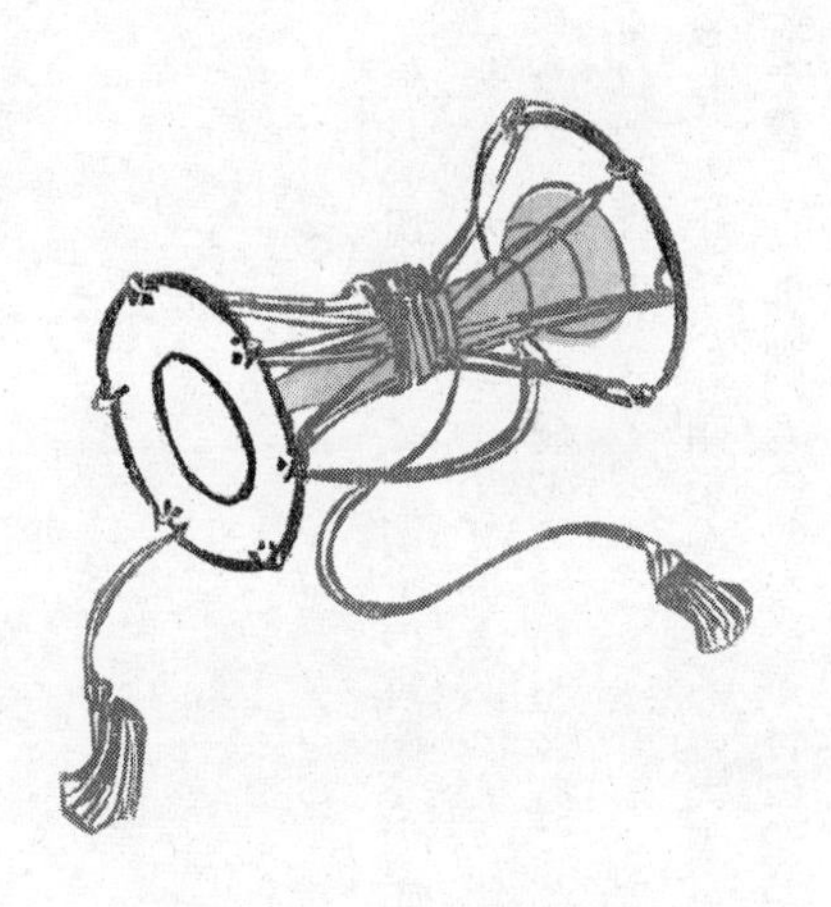

えーそら、えーそら

ほりゃはあ、ほりゃはあ

威勢の良い掛け声が、湿気を孕んだ水無月の風に乗って、関家の寝間まで届く。

ああ、あれは大矢声だわ、とあいは嬰児をあやす手を止めて聞き入った。

陸で待つ者たちに届けとばかり、戻りの船から大声が飛ぶ。ほりゃはあ、という大矢声は大漁の証で、それが聞こえると浜は一気に活気づく。

銚子に移り住んで七年、この地の暮らしにもすっかり馴染んだ。あの大矢声は入梅鰯の大漁を知らせるものだろう。萬祝着を纏った漁師たちの粋な姿が目に浮かぶようだった。

「周助」

あいは懐に抱いた赤子の顔を覗き見て、優しく語りかける。

「お父さんはお留守だけれど、港が賑やかだから寂しくないわね」

生まれて十日足らず、周助と名付けられた三男は、目を閉じたまま、母の声に応えるように小さな掌を開いたり握ったりしていた。

あいの夫、関寛斎は、昨年暮れに徳島藩主蜂須賀斉裕の国詰め侍医に着任し、今は単身、徳島に暮らす。寛斎は、無事に徳島へ着いた、という文を一通寄越したきり、あとは梨の礫だった。

元来は筆まめな夫からの便りがないことが、今置かれているだろう状況の厳しさを如実に物語る。初めての宮仕え、それに一家を迎える手筈も整えねばならず、気の休まる時もなく日々を送っているに違いない夫を想う。まだ見ぬ徳島へ、夫のもとへ飛んでいきたい気持ちと、ひととの絆に恵まれたこの地を離れ難い気持ち。

乳の甘い匂いのする周助に頰を寄せて、あいは低い声で囁く。

「銚子はとても良い町だし、できればここでお前を育てたかったけれど、それも叶わない。でも、お前が大きくなった時に、銚子がどんな町で、お父さんとお母さんがどんなひとと出会ったか、話してきかせましょうね」

ほりゃはあ、ほりゃはあ、との上機嫌の大矢声は途切れることなく続いている。豊漁に周助の人生を準えて、嬰児の幸せをあいは心から祈った。

文久三年（一八六三年）文月に薩摩と英国との間で戦が勃発し、葉月には薩摩会津両藩の画策により長州藩は朝廷から追放された。国は、幕府を重んじる公武合体と、朝廷に重きを置く尊王攘夷という二つの主張の間で大きく揺らいでいた。ただ、市井の人々は、不穏な時代の影を感じつつも各々の日々を丹念に生きるのみである。

霜月も終わりになって、関寛斎は家族の待つ銚子に戻った。家を畳み、一家をあげて徳島に移住するためである。

「そうか、これが周助か」

半年ほど前にこの世に生を受けた息子を抱き上げて、寛斎は暫し、感慨深そうにその顔を覗き込んだ。

初太郎、スミ、大助、そして周助。子をなす度に、寛斎の置かれた状況は目まぐるしく変わる。もとは「八千石の蕪かじり」と揶揄された中須賀の百姓身分だった。それが医師となり、長崎留学も果たし、ついに二十五人扶持の侍医となったのだ。禄こそ少ないが、藩主の傍に控えるため身分は高く、上士に属する。周助は生まれながらにして侍医の子息となる。

「お父さん」

父を独占する弟が羨ましいのだろう、四歳の大助と六歳のスミとが、両側から寛斎を呼ぶ。

「おお、大助、スミ。ふたりとも大きくなったな」

腰を屈め、よしよし、と大きな掌で娘と息子の頭を撫でる夫の横顔に、疲れが滲んでいた。

その夜、子供たちを先に休ませると、あいは酒を熱くして、縁側で憩う寛斎のもとへと運んだ。肴は背黒鰯の胡麻漬けだった。

「旨い」

仄かに柚子の香りのする胡麻漬けをひと口、そして盃の酒をきゅっと干すと、寛斎は深く息を吐いた。

「やはり家は良い」

城近くの旅籠での仮住まいが長く続いたものの、新たに移り住んだ借宅はここより格段広く立派なはずだ。身の回りの世話をする者も居る。けれども、寛斎にとってそこは気の休まる場所ではないのだろう。

――徳島藩は漢方医の力が強く、蘭方医学が根付くのは難しい。前途は平坦ではな

く、これから大変な苦労をすることになるでしょう
梧陵の声が耳に残る。

あいはしかし、何も言わずに夫の盃に酒を満たした。

「斎藤龍安という男は、実に気の良い奴だ」

夫がぼそりと洩らした名には聞き覚えがあった。確か、とあいは寛斎に問う。

「徳島までご一緒されたかたでしたね」

斎藤龍安は佐倉順天堂の門人で、同じ中須賀の菱沼村の出身であった。菱沼は、寛斎の実母幸子、養母年子の生まれ育った村でもあるため、寛斎は年若い門人に大層目をかけて、徳島への同行を許した、という経緯があった。

酒が寛斎の口を滑らかにしたのだろう、役職の中身には触れないものの、徳島での暮らしぶりを妻に語り始めた。

「江戸から徳島までの長旅も、そして徳島に着いてからの日々も、龍安が居ればこそ、随分と慰められた。詳しくは話さぬが、周囲から軽んじられ憤っていると、龍安は何処からか蕪を調達して、私の目の前でしゃくしゃくと噛んでみせるのだ」

色白で丸顔、蕪にそっくりな龍安にそれをされると、寛斎は怒りを忘れて吹き出してしまうのだとか。

「まあ」

あいは、ほほほと笑い声を上げて、さり気なく瞼を拭った。

稲作に不向きな土地に暮らし、重い税に喘ぎ、蕪をかじって生き延びるしかない中須賀者であるならば、どんな苦労も凌げるはず、との龍安なりの励ましが胸に沁みる。

縁側に胡坐をかき、寛斎は寛いだ様子で盃を重ねた。夜天に月はなく、北の低い位置に柄を下にした柄杓の形の星が浮かんでいる。それに目をやって、寛斎は思い出したように口を開いた。

「あい、徳島には山桃の樹が沢山あるぞ」

山桃が、とあいは瞳を輝かせた。

「房総だけのものかと思っていました」

「いや、むしろ房総よりも盛んに栽培されているようだ。どこの家でも、ごく普通に庭木として植え、親しんでいる」

仮住まいにしていた旅籠の庭にも、そして一家が暮らす予定の富田の借家にも、山桃の雌木が植えられている、とのことだった。

「それだけで徳島に行くのが楽しみです」

幸せそうに目を細める妻に、寛斎はほろりと笑ってみせる。

「あいは変わらぬな。どのような状況にあっても物事の良い面だけを見る」

私も見習わなければな、と盃の底に残った酒を苦そうに呑（の）み干した。

年が明け、寛斎は年始回りを兼ねて精力的に親戚（しんせき）を訪ね歩き、暇（いとま）の挨拶（あいさつ）を済ませた。

一方、あいは転居の荷造りに追われ、前之内（まえのうち）に顔を出せた時には、睦月（むつき）も二十日を過ぎていた。

「よう来た、よう来た」

一年と三か月ぶりに見る俊輔（しゅんすけ）は腰が折れ曲がったせいか、一回り小さく見える。

新年の挨拶が遅れたことを詫（わ）びるあいに、俊輔は上機嫌を隠さない。

「寛斎が婆さんのことを連れ出してくれたので、わしは束（つか）の間（ま）、清々（せいせい）しておる」

年子は今朝早く、寛斎と成田詣（もう）でへ出ていて留守なのだ。母子ふたりの初めての旅、というのは建前（たてまえ）で、今頃は策を練っているはずだった。

俊輔は、くっくっく、と不敵に笑い、

「皆でわしの徳島行きの説得に乗り出す算段だろうが、そんなものは全（すべ）て無駄じゃ。あい、わしはお前の話にも耳は貸さんぞ」

と言い置いて、初太郎を呼びに行った。

縁側から製錦堂の方を眺めていると、俊輔のあとから長身の少年がこちらに向かってくるのが見えた。あいの織った上総木綿の綿入れを着込んでいる初太郎だった。

「暫く見ないうちに大きくなって」

齢十一。わずかにあどけなさが残るものの、あいに似た優しい面差しに、鋭い眼だけが父親の寛斎譲りだ。

「お母さん、ご報告があります」

あいの前に正座すると、初太郎は幾分固い声で続けた。

「佐倉順天堂より正式に入門のお許しを頂きました。明日、成田から戻られ次第、お父さんが同行してくださるとのこと、感謝します」

折り目正しい挨拶に驚くあいに、初太郎はさらに続けた。

「入塾にあたり、『初太郎』という名もなかろうと思い、『生三』と改めました」

関家は俊輔、寛斎、と続き自分で三代目だからその名に決めた、以後はそう呼んでほしい、と。

少し前まで母恋しさを隠さなかった子が、何時の間にか、一足飛びに大人になってしまった。僅かに寂しさを抱きながらも、あいは、父そっくりの鋭い目を柔らかく見返した。

その夜は生三にとって、前之内で過ごす最後となる。明日からは佐倉順天堂にて寄宿生となるわが子と、あいは同じ寝間で休むつもりだった。しかし、生三は製錦堂で夜通し書を読んで過ごした。

「あい、まだ居たのか」

翌朝、朝餉(あさげ)の片づけを終えても帰り仕度にかからない嫁のことを、俊輔は案じる。

「寛斎の戻りを待っておるなら、何時になるかわからんし、無駄なことだ。ここから銚子は遠い。女の足だ、そろそろ発(た)たねば陽(ひ)のあるうちに帰り着けんぞ」

せめて生三の旅立ちを見送りたい、とのあいの願いを撥(は)ね退(の)け、俊輔はあいを追い立てる。生三は、気を付けてお帰りください、とだけ告げ、あいを見送ることなく製錦堂へと取って返す。そういえば、夕餉時も朝餉時も、生三はあいに一切話しかけては来なかった。

親離れ、というよりも親を拒む気配を感じて、あいは一抹の不安を覚える。男の子というのはそうしたものかも知れない、と自らに言い聞かせ、あいは前之内をあとにした。

八年暮らした家を畳むのは、なかなかに骨が折れる。

長崎留学中の貴重な資料や蔵書、医療道具などひとつひとつ中身を改めながら行李に詰める。全財産、ざっと四百両ほどの見積もりになるだろうか。中には、濱口家から届いた貴重な品も多い。ことに士分を得た寛斎や妻のあいが恥をかかぬように、と絹織物が何枚も届けられていた。受け取るわけには、と幾度も固辞したのだが、聞き入れてもらえず、寛斎と相談の上、恩返しできる時にさせてもらおう、と決めた。

あいのために、と見立てられたのは、桔梗色の絞り染めである。初めて手にする絹の着物を優しく撫で、何もなかった前之内の頃に比し、銚子では如何に恵まれたか、とあいはしみじみとありがたく思う。結局、銚子から船で送る荷は行李五十三個にのぼった。

他方、寛斎は、かなりの時間をかけて養父俊輔に徳島同行を説いたが、当初の言葉通り俊輔がこれを受けることはなかった。結果、予定よりも大幅に遅れて、桜花満開の頃、寛斎夫妻は三人の幼子を伴い、上総国を発った。元号が元治に改まった、弥生十八日のことだった。この時すでに、あいの胎内に小さな命が宿っていた。

二か月近くをかけて、漸くその地に辿り着いた時、スミが川を指さして歓声を上げた。

「お母さん、お船があんなに」

阿波徳島、富田。新町川という幅広の川に、俵を山と積み上げた平田舟が幾艘も浮かんでいる。蒼天に風を孕んだ白帆の行き交う情景は何とも美しく、あいは思わず足を止めてじっと見入った。

「あれは藍玉を運んでいるのだ」

寛斎は額に浮いた汗を手の甲で拭いながら、朗らかに語る。

「阿波の藍は質の良いことで有名で、例年、霜月には大市が立つが、大層な賑わいだそうだ」

誰ひとり知る人のない徳島で、房総で馴染んだのと同じ藍が名産と聞き、あいは嬉しくなった。

目を転じれば、川を挟んで北側に高さ二百尺(約六十メートル)の城山、阿波青石を積み上げた石垣、堂々たる本丸、下段に二の丸、三の丸と続く。本丸には藩主蜂須賀斉裕公が居られるはず、とあいは静かに首を垂れた。

富田は、佐古、助任、大岡と合わせて御城下と言い、主に中級以下の藩士が住まう武家地である。その一画、裏掃除町、という風変わりな名を持つ町に、関一家の入居する借宅があった。

屋敷の前に立った時、齢五つになった大助が両腕を伸ばして叫んだ。

「うわぁ」

「大きい、大きい」

薬医門、と呼ばれる扉のない大きな門の向こう、銀黒の燻瓦に守られた入母屋造りの二階屋敷があった。敷地は二百坪ほどか。周辺の屋敷がその半分以下の広さであるのに比し、この家だけ浮いてみえる。張り替えたばかりなのだろう、障子紙の純白が目に染みるようだ。

塀中門で庭が仕切られているが、門越しに山桃の枝が覗いていた。濃い緑の葉陰の鮮やかな赤い実を見て、あいは旅の疲れも忘れて柔らかな笑みを零す。

「殿様」

中から、裃姿の小柄な男が飛び出してきた。還暦間近だろうか、霜が降りたかと思うほどの白髪である。

「長の旅路、まことにお疲れさまでございます。奉公人一同、皆様のお着きを今か今かとお待ち申しておりました。若様、奥様、お姫様もさぞやお疲れのことでございましょう」

平右衛門と名乗る用人から、お姫様と呼ばれて、誰のことかとスミは恐れて母の後ろに隠れる。

塀中門を挟んで手前の表庭に五人の男、奥の裏庭に三人の女、いずれも奉公人と思(おぼ)しき者たちが控えていた。男らは継裃(つぎかみしも)姿もあれば藍染め法被に千草色の股引(ももひき)姿もあり。侍女らは裾(すそ)に松葉をあしらった黒縮緬(ちりめん)地の揃(そろ)いの小袖(こそで)を着込んでいる。

侍医ともなれば藩主の御身に触れる立場ゆえ、それなりの住まいと奉公人とを整えるべし、と藩より命ぜられたが、右も左もわからぬ身。懇切丁寧に教えてくれる者も居らず、寛斎なりに手を尽くした結果、こうした形になったのだという。

「住まいの届け出が遅れてしまったが、まあ、これならば文句も出るまい」

さばさばした様子の夫を、しかし、あいは弱ったように見上げた。

夫もあいも、それに子供たちも身に纏うのは上総木綿、しかも長旅で薄汚れてしまっている。主従が逆転したような形を、しかし寛斎は別に恥じることもなく、

「幾度も言ったことが、殿様呼ばわりは止(や)めてくれ。先生、と呼ばれる方がまだ気が楽だ」

と奉公人らに言って、あいたちを促し、家の中へと入った。

翌日、寛斎は斉裕公に拝謁のため慌ただしく登城し、あいは居心地悪く屋敷内に留(とど)

まった。

食事の仕度を、と思えど侍女たちに遮られる。洗濯や掃除も同じく。周助のために白湯を取りに台所へ行った時のことだった。

「もとは百姓身分だから仕方ないのでしょうけれど」

よもやあいが聞いているとは思わないのだろう、侍女たちが吐息交じりにひそひそと話している。

「掃除や洗濯をしたがる奥様だなんて、前代未聞ですよ。おまけにあの御召し物」

そうそう、と誰かが相槌を打った。

「幾ら何でもあれはねぇ。随分と小汚い奥様で、仕えるこちらの肩身が狭くて敵わない。せめて絹物くらい着て頂かないと」

あいはきゅっと身を竦め、その場を離れた。

周助を抱いたまま、納戸へと移る。衣類を収納するはずの納戸には、行李がぽつんとひとつ、置かれたきりだ。広々とした部屋の真ん中に座り込んで、あいは深く息を吐いた。

船荷がこれほど遅いとは思わなかった。

銚子から送った五十三個の行李は、自分たちが徳島に到着する前に届いているはずではなかったのか。そう信じて全てを船に託したため、替えの着物もないありさまなのだ。

侍女らは十代から二十代、あいは三十。小汚い、との評は胸に刺さった。

「礼服やら肌着やら、先生の身の回りの着物だけでも、こちらに在って助かったわ」

あいは声に出して、自らを鼓舞する。

ふと、荷の中の桔梗色の小袖を思う。梧陵はこんな場面を予測して、恥をかかぬようにとあの着物を贈ってくれたのだろう。

ぐずり始めた周助をあやしながら、あいは、

「早く船荷が届くと良いのにね」

と、話しかけるのだった。

梅雨の長雨が続き、山桃の実の赤い色が日に日に暗くなっている。早くしないと食べ頃を逸してしまう。大きな屋敷で肩身狭く過ごして十日ほど。早朝、廊下から庭の山桃を眺め、ぼんやりとそんなことを思っていた時だ。

殿、殿、と平右衛門が動転した声を上げながら、庭を突っ切るのが見えた。あとに尻端折り（しりはしょり）に股引姿の若い男が続く。

「患者は何処だ」

銚子の頃の癖で急患だと思った寛斎が、寝所から飛び出してきた。

「関先生ですね。これを」

銚子からの仕立て飛脚であることを明かすと、男は一通の分厚い文を差し出した。

梧陵の身に何か、と寛斎は焦る手で文を開く。暫く読み進むうちに、文を持つ手がわなわなと震え始めた。

あいが不安な眼差しを向けるのを受けて、飛脚は広屋吉右衛門より依頼を受けた旨を告げる。広屋吉右衛門は梧陵の同業者で、関家の荷の運搬を請け負っていた。

もしや、と不吉な予感があいの胸一杯に広がる。

あい、と寛斎が掠れた声で妻を呼んだ。

「荷を積んだ船が難破して、船荷はひとつ残らず流れてしまったそうだ」

ふっ、と目の前が暗くなり、あいはすんでのところで柱に手をかけて身を支える。

「それは一体、何時のことでしょう」

妻の問いかけには答えず、寛斎はただ、文をあいに押し付けるようにして、部屋へと戻った。奉公人たちが興味津々の眼差しを向ける中、あいは広屋からの文を食い入るように読む。

広屋の持ち船は銚子を出たあと、遠州灘で嵐に襲われ難破、しかもそれがおよそ一か月も前のことだという。浦役人の検分に手間取り、連絡が遅れたことを詫びてはいたが、天災であるため、荷の補償については一切、触れられていなかった。

価値にしておよそ四百両、関家の全財産である。寛斎と添うて十二年、時には爪に火を点してこつこつと築いてきたものや、梧陵からの心尽くしの品々までもが、海の藻屑と化したというのか。

あいは文を握り締めたまま、激しい動揺に何とか耐えていた。平右衛門だけがあいを案じて慰めを口にしかけたが、それを制して、あいは夫の書斎へと向かった。

固く襖を閉ざした部屋からは、何の物音もしない。あいは震える指を引手にかけた。僅かに開いた襖の間から中の様子が窺える。寛斎が大きな体軀を縮め、両の手で頭を抱えて蹲っていた。

佐倉順天堂で学んだ書、長崎留学で作成した記録物や入手した貴重な医学書、自ら筆写した資料、等々。二度と手にすることのできないものの価値の大きさに、寛斎は打ちのめされていた。あいは慰める言葉を持たず、そっと襖を閉じて部屋を離れた。

寝所を覗くと、周助を間にスミと大助とが安らかな寝息を立てている。

初めての土地に移り住んだ途端、全財産を失った。これより先、どうやってこの子らを守り育てれば良いのか。子供たちのあどけない寝顔は、母心を慰めるどころか、逆に底なしの恐れとなって胸に迫る。あいは逃れるように納戸を目指した。今は誰の目にも映りたくはなかった。

三方を壁に囲まれ窓のない部屋は、実家の君塚の寝間を思い起こさせて妙に落ち着く。あいは暗い部屋の中ほどに座ると、息を詰めて考え込んだ。

寛斎の受けた損失と打撃。これから先の暮らし向きのこと。奉公人に支払う給金のこと。先行きの不安に押し潰されそうになった、その時。

「あ」

あいは僅かに膨らみ始めたお腹に、そっと両の掌を置いた。奥の方でぐにぐにと動く気配を感じたのだ。これまで授かった五人の中で胎動を感じるのが一番早い。

ここに居るよ、ここに居るから、と訴えるように、お腹の子はぐにぐにと動き続ける。心配させたのね、とあいは優しくお腹を撫でた。

ふと、郷里の母を想う。

天保の大飢饉の最中に、あいを授かった母。当時の母の胸のうちを想いながら、あいは静かにお腹を撫で続けた。そうするうちに、不思議な力が満ちてくるのを感じる。

闇の中に柔らかな光が差し込み、徐々にその幅を広げていく。光の中、潰れそうになっていた心がしなやかに膨らみを取り戻し、強く鼓動を刻み始めた。

「大丈夫よ、お母さんが守るから」

お腹の子に伝えると、あいは徐に立ち上がった。

納戸を出て縁側へと足を向ける。弱い雨脚越しに、姿の良い山桃の樹が一本、すっくと立つのが見えた。天へ天へと伸びる枝葉に粒々とした赤い実が覗く。縁側から庭に下りて、山桃の傍に歩み寄ると、あいは腰を屈めた。辺り一面に完熟した赤黒い実が落ちている。袂から手拭いを引き出すと、雨に濡れた実をひとつ、そっと拭って口に含んだ。幼い頃から慣れ親しんだ、懐かしい甘い味がする。郷里の前之内の風が身体の中を吹き抜けた。

どれほど嘆いたところで、失ったものが戻ることはない。

どれほど見栄を張ったところで、この身を流れるのは間違いなく百姓の血。それを恥じることなどない。

母や祖母、その前の代から延々と、貧しさに耐え、力強く生き抜いてきたのだ。恐れることなど何もない。

「奥様、お身体に障ります」

何時の間に傍らに居たのか、平右衛門が心配そうに傘を差しかけていた。

「ほう」

夜遅く、疲れた顔で城より戻った寛斎は、膳の上のものを認めて軽く目を見張った。笊に盛った山桃の実に、小皿の塩が添えてある。盃には冷えた酒。

「親父殿が好きな呑み方だな」

寛斎は呟いて、山桃の実に塩をちょいちょい、と付けて口に運んだ。

舅の俊輔は、ごく稀に子弟の親から酒の差し入れをもらうと、この季節なら山桃を肴にちびちびと呑むことを無上の喜びとしていた。

「李白の真似だそうだが、なかなか乙だな」

頑固で一本気な養父を思い描いたらしく、寛斎の目もとが和らいでいる。

悪い知らせから始まった長い一日も、終わろうとしていた。

「五十両、藩から借りることにした。十五年かけて返済すれば何とかなる」

一息に言うと、寛斎は苦渋の表情で盃を干した。

夫の心中を慮り、あいは静かに酒を注ぐ。

あのあと、平右衛門に事情を打ち明け、侍女全員の奉公を解いた。替わりに小女をひとり雇い、明日からはあい自身で屋敷の中を賄うことに決めていた。スミは七つ、もう周助の子守りを任せられる。

「蕪の季節までまだ大分とあるのが残念です。手もとに蕪があれば、斎藤龍安さまを真似て、しゃくしゃくしゃくと齧ってみせますのに」

そう言って明るく笑う妻のことを、寛斎は目を瞬かせながら見つめていた。

翌日からあいは、広い屋敷の隅々にまで目を行き渡らせて、くるくると独楽のようによく働いた。平右衛門の口利きで雇い入れた、里という名の山出しの小女とふたり、炊事に洗濯、掃除と一切をこなす。

徳島へ移り住んで知ったのだが、この辺り一帯の井戸は飲み水に適さない。そのため、眉山の湧水を買って飲むのだ。それゆえ、飲み水は惜しんで使い、炊事や洗濯に用いる井戸水はふんだんに使用する癖がついた。

汗の季節、庭に盥を持ち出して水を張り、お腹を庇いながら汚れ物を足で踏んで洗う。塀で囲われているため、他人に見られることはない、と思っていたのだが、着物の裾をたくし上げ、盥で洗濯物を踏む様子も、出入りの水売りの口を経て、面白おかしく周囲に伝わり、近隣の奥方たちの眉を顰めさせた。

他家の奉公人たちまでもが、

「富田の地に、他国の山から野猿の一家が越してきたようだ」

と、聞こえよがしに噂したが、あいは動じなかった。

寛斎は毎日登城し、険しい顔で帰ってくる。城であったことは一切、あいには話さないのだが、その表情を見ていれば城内でどのような思いをしているのかが窺えた。そんな夫のために居心地の良い家を作ろう、と努めるうちに、徳島で迎えた初めての夏も終わろうとしていた。

徳島城の北側に流れるのは、母なる川、吉野川である。土佐に源流を持ち、巧みに向きを変えながら四国を縦横に進み、最後、徳島城を右手に見つつ、海へと注ぐ。雄大なこの川は優れた水脈として徳島藩に富をもたらすと同時に、大雨が降れば容赦なく水害を引き起こす「暴れ川」でもあった。それゆえ、辺りの稲作も極めて不安定で、やむなく藍作に励むこととなる。郷里前之内によく似た事情が、あいの心に近しく感じられた。

「懐の豊かなんは藍商だけじょ」

齢十三の里は、口を尖らせる。

「米は取れんし、藍の裏作で作る大根と麦とで食い繋ぐのがやっとなんじょ」

蕎麦の実を米に見立てた蕎麦米。大根葉を大量に入れた、おみーさん、と呼ばれる雑炊。里芋の葉柄を酢の物にした、ずきがし。いずれも、この地に暮らす人々の食への工夫が忍ばれる料理だった。

折よく里芋の葉柄が手に入る季節なので、青物売りに作り方を習い、ずきがしの調理を試みる。幾度も水に晒し、唐辛子を入れた熱湯で下茹でし、と教わった通りに調理してみた。

「お母さん、美味しい」

味見をしたスミがうっとりと言う。

どれ、とあいも口に含んでみれば、胡麻酢の味わいが何とも優しい。スミと視線を交えて微笑みあって、あいは幸せな心持ちになった。徳島という土地への情のようなものが、確かに芽生え始めていた。それはもしかすると、船荷が無事で武家の暮らしに馴染んでいたなら、抱くことのなかった感情かも知れない。大助の口にもずきがしを運んでやりながら、あいは、ふっと目の奥が温かくなるのを感じた。

「奥様、奥様」

よほど慌てているのか、平右衛門の裏返った声が屋敷表から響いている。

「どうかしたのですか」

あとを里に任せて、あいは台所から裏庭へ出て、塀中門から顔を覗かせた。

「あら」

揃いの風呂敷に包まれた大量の荷が、表庭に積み上げられている。風呂敷には、城下の廻船問屋の紋が誇らしげに染め抜かれていた。否、そればかりか幾棹もの箪笥や長持が人足らによって薬医門から運び入れられようとしている。

何事か、と近隣の屋敷の奉公人らが扉のない薬医門からこちらを窺うのだが、黒檀の箪笥や、上質の桐の長持などに目を留めて、腰を抜かさんばかりであった。

「何かの手違いでござろう。このような場所に積まれては迷惑千万」

必死になって押し留めようとする平右衛門を制し、廻船問屋の番頭と思しき男が、あいを認めて前へ出た。関寛斎の妻であることを確認すると、初めて男は腰を屈めて丁寧に頭を下げた。

「紀州広村の濱口梧陵さまより預かりの荷でございます。お受け取りくださいませ」

濱口さま、と言ったきりあいは絶句してその場を動けない。

どうやら間違いなく寛斎のために届けられたもの、と察した平右衛門が、棒立ちになったあいに代わり、人足らに荷を中へ入れるよう指図を始めた。

門外から中を覗き見ていた野次馬たちは、梧陵の名を知らぬまでも、野猿と思い込んでいた一家にどうやら御大尽の後ろ盾がついている、と察したようだった。

人足の列はなかなか途切れることはない。

「一体、何故でしょう。何故、濱口さまが」

掠れた声であいに問われ、番頭は、詳しくは荷の中の文にあると思うのですが、と前置きの上でこう答えた。

「関さまの船荷を請け負った銚子の広屋吉右衛門は、濱口さまと同郷の、言わばお身内です。難破の報を紀州で聞かれ、大層申し訳ないことだった、と」

埋め合わせをしたいから、と自ら差配して新しい調度類などを整えたのだという。

あいは身を震わせ、足を縺れさせながら、門へと向かった。

「あ、奥様、どちらへ」

平右衛門の制止も聞かず、あいは屋敷を飛び出して、新町川沿いを小走りで駆け抜ける。海が見えたところで足を止めた。陽光を受け、浪間が煌らかに輝いている。この海の遥か彼方に、梧陵の郷里、紀州広村はあるのだ。

この国の医療の堤となれ、と寛斎の長崎留学を実現させた梧陵。その梧陵からもたらされたさらなる留学の話を断って、徳島藩主の侍医となり、銚子を去った寛斎。見返りを求めぬ梧陵に、寛斎もあいもずっと甘え続けてきた。

霞む目を凝らすと、深い藍色の海に梧陵の藍染めの上総木綿が重なって見える。広村の方角に手を合わせ、あいは深々と首を垂れた。


神無月も終わりを迎える頃には、温暖な徳島の地にも寒風が吹き荒ぶ。通常なら身を縮めて暮らすはずが、来月の藍大市を控えて、城下はむしろ生き生きと活気づいている。関家に五人目の子が生まれたのはそんな時で、予定よりひと月早い出産だった。

「これはこれは」

甲高い泣き声を上げる息子を抱き上げて、齢三十五の父は安堵の息を吐く。

「月足らずで生まれたので案じたが、何と元気の良いことか」

全財産の喪失、という波乱で幕を開けた徳島暮らしも、家族で力を合わせ、また梧陵の支援もあって、何とか馴染めるようになった。新たな命が無事に誕生したことで、一家はこの地にしっかりと根を張って生きることになるだろう。

あとは、とあいは夫の横顔を見上げた。頰の肉が削げ、随分と瘦せてみえる。

寛斎自身は、あいには何も語らない。だが、城坊主に鼻薬を嗅がせている、と笑う平右衛門によれば、藩主蜂須賀斉裕公の娘、賀代姫の治療にかかりきりとの由。賀代姫は福井藩主松平茂昭（もちあき）の許嫁（いいなずけ）だが、虚弱のため城内にて静養中だった。
成り上がりの蘭方医、他国者、と城内で口さがない陰口を叩（たた）かれ、病人の経過が悪ければ全て寛斎ひとりに責任を押し付ける、という図式が恒常化しているとのこと。難儀な立場に置かれた寛斎に、新たな息子の誕生が少しでも励みになれば、と祈るばかりのあいであった。

文助（ぶんすけ）、と名付けられた関家の四男は、しかしあまり乳を飲まず、夜泣きばかりを繰り返す。あいは月足らずで生んだ我が身を責めて、懸命に文助を育てた。

御城下、陽の沈む方角に、眉を思わせる優しい姿の山がある。その形のまま眉山と呼ばれ、常緑ながら季節ごと、入道雲を背負い、雪を頂き、と少しずつ色合いを変えて、城下に暮らす人々の目を楽しませる。気が付けば眉山の東、大滝山の桜便りも届き、周囲は春爛漫（らんまん）となっていた。

「今日は賀代姫様と城内の桜を愛（め）でた。姫様よりこれを文助に、と」

下城するなり、寛斎は妻に山桜の枝を差し出した。薄紅色の品の良い一重桜である。

城内でのことは語らぬ寛斎ではあったが、唯一、例外があった。賀代姫との遣（や）り取りだけは、何時しか妻に話すようになっていた。

「文助の首がようよう据わったことをご報告申し上げたら、随分とお喜びになり、自ら手折ってくださったのだ」

ありがたいこと、とあいは薄紅色の花枝を受け取って、文助に示した。

月足らずで生まれた文助は成長も極めてゆっくりで周囲に気を揉ませたが、関一家とともにこの文助のことを心に留めて一喜一憂したのが、齢十八の賀代姫だった。静養のために鳴門に滞在することはあっても、それ以外は城に閉じこもる日々が続く。変化のない暮らしの中で赤子の様子を聞くことは慰めになるのだろう。あるいはまた、健やかな身体になって福井藩主のもとへ嫁ぎ、いつの日か世継を生むことを夢見ているのか、しきりと文助の様子を尋ねては、身を乗り出して寛斎の話に聞き入っておられるのだという。寛斎からその話を聞いて、あいは文助の存在が姫君と夫、両者の心を柔らかく結ぶ役割を担っていることを嬉しく思っていた。

ひらひらと揺れる桜花の枝を、文助は母の胸に抱かれたまま無心に目で追っている。微笑ましい母子の姿を目に、寛斎は重く息を吐いた。

「賀代姫様ご自身も御身に不安があり、より一層、文助を不憫に思っておられるのかも知れぬ」

夫の声が憂いを含んでいることに気付き、あいは賀代姫の容体が決して軽くはないことをそれとなく悟るのだった。

立夏（りっか）の頃に、元号が元治から慶応に変わった。

「心機一転、というわけではないのだが、引っ越そうと思うのだ」

下城した寛斎が、突然そう切り出した。

徳島で最初に一家が暮らしたこの屋敷だが、中級以下の藩士が多く住む富田では浮いて見え、周囲から要らぬ反感を買っていた。あいは夫に頷（うなず）いてみせた。

「ここまで広い屋敷である必要はありません。もっと慎ましい住まいで充分です」

今度はどちらに、と妻に問われて、寛斎は微妙な表情で視線を泳がせた。

「新蔵町（しんくらちょう）の、もとは御普請（ごふしん）奉行所だったところを借りることにした」

「ええっ」

あいは思わず腰を浮かせた。

徳島に暮らして一年、周辺の事情にも随分と明るくなった。新蔵町、というのが高禄を頂く上級藩士ばかりが暮らす町であることを知っている。しかも、もと普請奉行所とは。

それでは話が違う、と言いかける妻を制して、寛斎は続けた。

「藩の上の者たちも、私がここまで君公に信頼を寄せられるとは思ってもみなかったのだろう。最近では『仮にも君公の御脈を診るものが外郭住まいとは如何なものか』と煩い。それを耳にされたのか、賀代姫さまからも、『何かあった際、すぐに登城できるよう、近くに住むように』と懇願されてしまった」

賀代姫の体調があまり優れないことは、あいも察している。有志に蘭方医学を教える寛斎だが、このところ講義を休みにして登城することが多いのだ。

「奉行所だったところならば、部屋数も多く、書生を置くことができる。蘭方を学びたい者に、時を気にせず教えることもできるだろう」

なるほど、とあいは深く頷いた。

今は藩主やその家族の侍医としての役割が大きいが、寛斎は自ら学んだ蘭方医学を伝える、という役割を軽んじているわけでは決してない。むしろ、この地に蘭方医学を根付かせるため、如何なる努力もしようとしているのだ。ならばその気持ちに寄り添おう、とあいは夫に従った。

「関寛斎殿、関寛斎殿」

新蔵町にある関家の屋敷の門を激しく叩く音がする。書生たちが飛び出して応対する声を聴きながら、あいは夫の身仕度を手伝う。

　一家が新蔵町へ移り住むのを待っていたかのように賀代姫の容体は急激に悪化して、寛斎は城に詰めることが多くなった。たまに帰宅しても、こうしてすぐに呼び戻される。

「脚気衝心の症状があまりに重い。浮腫で足なども丸太の如く見え、歩行も困難だ」

　一度きり、あいにそう洩らしたあと、寛斎は柱に拳を叩きつけた。

　平右衛門が聞き込んできた話によれば、それまで寛斎の治療方法に異を唱えてきた漢方医らが、ここへ来て急に治療の指揮を寛斎ひとりに委ねたのだという。夫の様子を見れば、最早、手の施しようのない事態になっていることが察せられて、あいには寛斎にかける言葉もなかった。

　そうして水無月も残すところ三日、賀代姫は不帰の客となった。寛斎を含む四人の奥医師が辞意を表したが、斉裕により留められた。

　この時、賀代姫が寛斎の真心のこもった治療に対し、感謝の言葉を残していたことが君公の口から明かされた上で、ただ寛斎にのみ、謝意とともに斉裕愛用の鼓が下賜された。寛斎を快く思わぬ者はその胸を憎悪の業火で焼き、結果、成り上がりの他国者を潰してしまえ、とばかり、賀代姫の死の責任はただ寛斎ひとりにあり、との執拗な寛斎叩きが続くこととなった。

城内の漢方医による誹謗中傷には決して屈しなかった寛斎だが、賀代姫を救えなかったことへの悔いからは解放されなかった。下賜の鼓も、辛い思いばかりが募るせいか、床の間に飾るのみで手を触れようともしない。あいは寛斎とともにその冥福を祈りながら日々を過ごし、その年は瞬く間に過ぎてしまった。

「文助がまた熱を出したのか」

年明け早々、所用で京へ出かけていた寛斎は、帰宅するなり寝所に駆け込んだ。むずかる文助に乳をやっていたあいは、相済みません、と夫に詫びる。ここ二日ほど強い冷え込みがあり、文助に風邪を引かせてしまった。常日頃、風邪は万病のもとだから充分に気を付けるように、と夫から強く言われているのに。

どれ、と文助の額に手を置くと、寛斎は僅かに唇を緩ませた。

「思ったほど高くはない。充分に水分を与えて、よく休ませなさい」

あいは安堵して、はい、と頷いた。

もともと丈夫な子ではないし、乳離れも遅いが、何とか無事に三歳になった。これからは発熱の頻度も少なくなり、上の子供たち同様にすくすくと育ってくれるに違いない。あいはそう信じて疑わなかった。

だが、五日ほど経った朝、文助は布団の中で冷たくなっていた。

「文助、文助」

一体何が起こったのか、あいは事態を把握できず、息子の小さな身体に取り縋る。

寛斎は妻を押し遣り、我が子を診察して暫し目を閉じた。死の兆候はなかったはずだった。まさに頓死としか言い表しようのない現状を、しかし医師としては受け入れるよりほかない。

「先生、文助を何とか助けてください。先生、お願いですから」

妻に縋られても、寛斎は黙って頭を振るばかりだった。

あいは息子の死を受け入れられず、その小さな亡骸を胸に抱いたまま離そうとしない。寛斎は妻の腕を無理やりに解いて、末の子を葬らねばならなかった。

あいはそのまま臥せって、枕から頭を上げることができなくなった。

「奥様、ひと口だけでも」

行平で炊いた粥を里が何とか食べさせようとしたが、あいの喉を通らない。

スミと大助とが案じて傍を離れようとしないこともわかっていながら、相手をする気力もなかった。

「しっかりするのだ、あい」

初めのうちこそ妻を気遣った夫も、幾日か経つと声を荒らげるようになった。

「スミも大助も周助も、それに生三も居るではないか。何時までも母親がそんなことでどうする」

責められても、あいは黙って涙を流すばかりだった。

徳島での試練の日々も、文助の胎動に励まされ乗り越えることができたのだ。これから慈しみ育てていこうとした矢先、その命の灯が消えてしまった。風邪を引かさなければ、もっと丈夫に生んでいれば、との身を焼くような悔いに、あいは苛まれた。


夢を見ていた。

懐に抱いた文助が、上機嫌で乳を飲んでいるのだ。ああ、良かった、と思った途端、目が覚めた。仄明るい行灯のもと、寝間着の胸が乳で汚れている。

あいは両手で顔を覆い、声を殺して泣いた。どれほど泣いても涙が涸れることはない。

「あい」

襖が開いて、寛斎が中を覗く。まだ十徳を着たまま、ということは、城から戻ったばかりなのだろう。

妻の胸もとを見、その泣き濡れた瞳を見て、寛斎は虚を衝かれた表情になった。さっと室内に入ると、あいの傍らに座り、黙ったままその肩を抱き寄せる。そうして極めて優しく、あいの背を撫で続けた。

「今日、君公に文助のことを問われた。何者かが、『関寛斎は侍医でありながら我が息子の命も守れなかった』と吹聴しているのだ」

医師としての力量の無さを責められるのか、と身を固くする寛斎に、しかし、藩主斉裕公は、意外にも子を喪ったあとのあいの様子を尋ねたのだという。

「問われるまま、私がお前を強く叱責したことなど話すと、君公は顔色を変えられて、『失望したぞ、関寛斎』と言い放たれたのだ」

斉裕は寛斎に片方の手を広げて見せ、五本の指のうち、いずれが欠けてもそちは良いのか、と尋ねた。返答に窮する寛斎に、斉裕は、

「どの指も大切なことに変わりはなく、残る指の数で慰めを得られるものでは決してない。母が我が子を喪う、というのは常に半身を捥ぎ取られるに等しい」

と、きつく諭したという。

生涯に五十五人の子宝に恵まれた徳川家斉。その第二十二子としてこの世に生を受

け、決して厚遇されなかった斉裕なればこその希求の声。否、それのみではない。半年前に愛娘、賀代姫を喪った父としての悲痛な心情の吐露であった。

存分に悲しむように、との斉裕公からの伝言を聞き、あいは文助を喪って初めて、声を上げて泣いた。


賀代姫の没後暫くは城内でのことに一切触れなかった寛斎だが、妻の慰めになれば、と思うのだろう、差し障りのない範囲で話して聞かせるようになった。中でも、歌の素養のない寛斎が恥をかかぬように、との思いからか、斉裕公自ら詠み方の手ほどきをされている、との逸話はあいの気持ちを和ませた。

他方、平右衛門から洩れ聞くところに拠れば、君公の寛斎に寄せる信頼があまりに厚く、たとえば、体調が優れなければ他の奥医師を差し置いてまずは「寛斎を呼べ」となる。他出の際にも、必ず寛斎に伴を命じる。それ故に周囲から根深い嫉妬を買っている、とのことだった。

寛斎は徳島藩の医師学問所蘭学稽古翻訳書教授方、という長々しい肩書きの通り、希望者に蘭方医学を教える。ある時、臓器の仕組みを教える手段として、学問所で猪を解剖したところ、殺生寛斎、と陰口を叩かれたという。あまりの馬鹿馬鹿しさに、あいは思わず声を上げて笑った。

時代や場所を問わず、他人を貶めることでしか己を保てない者は居る。だが、そんなことに屈する寛斎ではないのだ。

「お母さま、何がそんなに楽しいの？」

涙を浮かべて笑い続けるあいに、スミが嬉しそうに尋ねた。文助の死以来、悲しみにくれる姿を見てきたからか、母の笑い声が嬉しくて仕方ないのだろう。

愛おしさが胸に溢れて、あいはスミの頬を優しく撫でる。文助の分までこの子たちと精一杯生きよう、とあいは強く思った。


慶応二年（一八六六年）、葉月七日。

数日来、しょぼしょぼと降り続いた雨だが、ここへきて横殴りの激しいものになった。寝所で横になっていても、雨が屋根や壁を叩く激しい音が響く。震え上がる周助を大助が庇い、スミはあいに縋り付いた。

あいは吉野川が別名、暴れ川であることを思い返し、子らを胸に深く掻き抱いた。

「恐れずとも良い。ここは高い位置にある」

寛斎がそう言って、家族を宥めた時だった。

先生、大変です、と廊下を駆けながら書生が叫んでいる。

「水が庭まで入っています」

「何」

寛斎は飛び起き、次の間へと駆け込んで雨戸をこじ開けた。途端、激しい雨が室内へと吹き込む。躊躇(ためら)わずそのまま庭に下りた寛斎だが、すぐに戻った。着物が水を吸い、肌に張り付いている。膝(ひざ)の辺りまで水が来ている、との夫の言葉に、あいは声を失った。

「あい、子供たちを連れて、土蔵の二階へ」

夫に言われ、あいは頷くと三人の子を寝所から急いで連れ出す。

「奥様、周助様は私が」

里が周助を抱き上げた。平右衛門や書生らも駆けつけ、それぞれに子供たちを抱き上げる。皆で庭を抜けて土蔵へと向かうのだが、足もとは川と化し、容赦なく身を打つ雨で全身はずぶ濡れとなった。

「六年前にも吉野川は暴れましたが、ここまでの雨ではありませんでした」

何とか避難を終えて、大助をあいに託すと、平右衛門は暗い声で言った。土蔵に居てさえ、轟々(ごうごう)と水の流れる音がする。あいは、まんじりともせずに夜を明かした。

翌朝、天が明るくなると漸く周辺の惨状が明らかとなった。関家は床上五寸（約十五センチ）の浸水で済んだが、町内から水はなかなか引かず、寛斎は船を使って登城するほかなかった。

吉野川の様子を見に行った平右衛門は、真っ青になって戻った。家が、人が、馬が、上流から流されて無残な姿で浮いているという。

のちに「寅の水」と呼ばれたこの大水害は、徳島周辺から上流の池田までをも泥土に変え、三万余名の人命を奪った。

数日後、陽射しが戻り、腐敗臭が漂う中、あいは経木に包んだ握り飯を持てるだけ持って、里とふたり、富田を訪ねた。良い思い出は少なかったが、縁があって近隣となったひとたちに食料を届けよう、と思ったのだ。

だが、足を踏み入れた途端、里はへなへなと腰を抜かした。あるべき場所に屋敷群の姿はなく、残骸と化したものが山と積まれるばかり。かつての住まいも、あいの愛した山桃の樹ごと水が攫ってしまった。

蠅の羽音が煩い、と思えば、瓦礫の下に折り重なった屍が覗いている。

何と惨いこと……。

あいは震えながら屍に両の手を合わせた。

「寅の水」で徳島平野の稲は根こそぎ流れ、その年は米を収穫することができなかった。天候不順による凶作は徳島のみではない。この年から全国規模で凶作となり、米価は天井知らずに高騰、百姓一揆や打ち壊しなどが各地で相次いだ。やがて無策な幕府への不満が噴出し、尊王攘夷と相まって倒幕運動へと進展していった。

翌、慶応三年（一八六七年）卯月。凶作が暗い影を落とし、城内にも城外にも重苦しい空気が漂う中で、関家には小さな幸せの灯が点った。スミに次いでふたり目となる娘を授かったのである。

文助の死から一年、あいはこの小さな命をどうやって守るか、恐れつつ抱いた。だが、その不安を払拭するかの如く、娘はよく乳を飲み、よく泣き、よく眠る。

「お前の名はコトだ。コトに決めたぞ」

眠った娘を懐に抱いて、寛斎は名を呼んだ。

「まあ」

あいは思わず笑顔になる。

コトというのは、あいの亡母の名だった。芯が強く、優しく、何よりも健やかで働き者の母を想い、また、その母の名を娘に、と決めた夫の心根を想い、あいはふっと涙ぐむ。

政のことは、あいにはよくわからないのだが、ただ、朝廷と幕府の間に諍いがあり、それが国を二分する騒動になっていることだけは理解している。斉裕公は十一代将軍徳川家斉の実子であるがゆえ公武合体論支持者ではあるが、尊王の意思も強いと洩れ聞いていた。この藩も、やがては時代のうねりの渦に飲み込まれていくだろう、との予感があった。目の前の夫がその渦中に身を置くことになるだろうことも想像に難くない。

娘を抱く夫の姿に、あいはじっと見入るばかりだった。

半年後の神無月、第十五代将軍徳川慶喜より天皇へ政権を返上する大政奉還がなされたが、その頃から、寛斎の表情は険しくなった。藩主斉裕公に異変あり、四肢の痙攣が酷く公務もままならぬ、との噂が城の内外でささやかれて、あいは密かに気を揉んでいた。

霜月半ば、小雪の舞う中を戻った夫があまりに疲れてみえて、慰めになれば、とあいは熱くした酒を用意した。

常ならば盃を重ねるはずが、なかなか進まない。一杯目を苦そうに呑み、二杯目、満々と注がれた酒にじっと目を落としたまま、口に運ぼうとしないのだ。

「ほど良い量であるならば、酒は憂さを晴らすのにとても良い。だが、連日、浴びるほど呑んでいては心も身体も損なってしまう」

寛斎はぼそりと呟いて、盃を押しやった。

私塾を主宰している舅の俊輔は別として、郷里の前之内村では百姓が酒を口にできるのは、一生のうち数えるほど。銚子の漁師は酒好きだが、連日浴びるように呑んだりはしない。

零れた酒を布巾で拭い、あいは夫に問うた。

「浴びるほど呑むと、どうなるのですか？」

寛斎は僅かに躊躇い、苦しげな口調で答えた。

「吐き気やら寝汗やらに苦しむうちはまだ良い。酒が途切れると、手足が激しく震えて止まらなくなる。そのうちに肝の臓が侵されれば、吐血もしよう。さらに症状が進めば、頭の中までも侵され、やがて赤子のようになる」

いくらそう申し上げても聞き入れて頂けぬ、と寛斎は低い声で呻いた。

布巾を持つあいの手が勝手に震え始める。このひと月近く夫が抱える悩みの正体と、またその最悪の結末までもが見えた気がした。

あいは夫にどう言葉をかけて良いかわからない。ただ、普段は決して語らぬ君公の病状を遠回しながらでも口にした夫の心中を、その辛さを思った。

慶応四年（一八六八年）、新年最初の雪が、眉山に美しく化粧を施した。正月六日、庭に出たあいは寝不足の目で眉山を愛で、小さく吐息をついた。元日の夜遅くに君公危篤の報を受け登城した夫は、未だ帰らない。

「んま、んま」

胸に抱いたコトが、上機嫌で天を指し示す。つられて振り仰げば、吸い込まれてしまいそうな薄縹の空だ。

空を仰ぎながら、あいは、ふと思う。仏教では、ひとは亡くなったあと、お浄土へ向かうと聞くが、お浄土はもしや、あの空の彼方にあるのではなかろうか、と。そう信じさせてしまうほどに、美しい今日の空だった。

「奥様」

里が弾む声であいを呼んでいる。

小走りで駆けてくる姿を見れば、浅黄の紬に紫の繻子帯、かけおろしの髪が初々しい。奉公したばかりの頃、山出しだった少女も齢十七、美しい娘に育った。

「殿様がお戻りです」

　里が嬉しそうに告げるのを聞いて、あいは陽の在り処を確かめた。まだ、東の低い位置にある。下城には、幾らなんでも早すぎる。

　その一事で、あいは全てを悟った。

「里、書生さんたちに、先生の講義は暫くお休みになる、と伝えておくれ。それと、今日明日は先生にゆっくりお休み頂くので、誰も奥へ声をかけぬように、と」

　食事のお世話もすべてこちらでするから、とあいは里に命じた。

　コトを里に託すと、あいはそのまま台所から中に入り、長い廊下を抜けて、寛斎の書斎へと向かった。

「あいか」

　部屋の前に立った途端、中から声がかかる。

　はい、と応えるや否や、襖が開いた。

　唇を一文字に引き結び、青ざめた顔で寛斎はあいを迎えた。手には、斉裕公より三年前に賜った鼓を抱えている。

　あいも寛斎も、ともに無言だった。あいはじっと夫を見て、こんな表情を何処かで見た覚えがある、と思った。じっと見つめるうちに、生三の顔が浮かんだ。ああ、と小さく得心する。

銚子に移り住んだ時、生三はひとり港へ遊びに出て迷子になったことがあった。必死に探したところ、醤油醸造所の敷地に入り込んでいるのをあいが見つけた。誰かが見つけてくれるのを、泣かずに我慢して待っていた、その時の生三の表情にそっくりだったのだ。

あいは黙ったまま、夫の身体に両の腕を差し伸べる。そして、慈しむ手つきでその背を撫でた。

あい、と掠れた声で名を呼ぶと、寛斎は妻の肩に顔を埋めた。

「この地で、君公だけが……斉裕公ただおひとりが、私の味方でいてくださった。賀代姫亡きあと矢面に立たされた私を、君公自らが盾となり守ってくださった。私のみではない、蘭方医学は君公によってこそ守られることができた。そのご恩返しも済まぬうちに……」

まだ四十八、これからなのだ、と寛斎は声を絞る。

梧陵の期待に背いて、徳島へ移った。百姓あがりだ、他国者よ、と軽んじられ蔑まれたが、ただひとり、藩主斉裕公だけは、寛斎の医師としての力量を認め、またその朴訥な人柄を愛し信頼を寄せてくれた。その君公を喪ったとしたら……。

ほかの誰にも見せない姿を、寛斎は妻にだけは惜しげもなく晒した。己に厳しく、困難に屈せず、常に高い志を掲げて前へ前へと進む勇姿の奥に、これほどまでに繊細で柔らかな心が潜んでいる、と誰が知るだろうか。嗚咽を噛み殺し、慟哭に耐える夫の背を、あいは優しく、優しく、撫で続けるのだった。

斉裕公の死が公にされ、世嗣の茂韶が正式に藩主を継ぐと、寛斎は侍医辞退を願い出た。

ところが、二十三歳の藩主は寛斎を強く慰留し、辞すことを許さない。侍医となって五年、他の漢医らに比して寛斎が如何に有能であるか、茂韶は充分に知っていた。また、最期の日々、父の斉裕が寛斎をどれほど頼りにしていたか、自身の目耳で見聞きしていた。若き藩主は寛斎のことを信頼に足る、と判断したのだ。

賀代姫逝去の際にあれほど寛斎に引責を迫った重臣たちも、今回は素知らぬ顔を通す。たかが侍医ひとりの身の振り方よりも、藩にとっての一大事が目前に迫っていた。

「京へ、ですか？」

斉裕公の喪も明けぬ如月初め、夫から藩主茂韶の伴で京へのぼる、と聞かされて、あいは目を丸くした。

「先月七日に新政府によって慶喜公征討令が出された。徳島藩も兵を率いて上京せよ、というのだ。君公から伴を命ぜられた」

夫の説明が、あいにはよく理解できない。

将軍の位を退いた者を、何故、討たねばならないのか。退いた、と見せかけて、実権を手放す気がない、ということだろうか。

「兵を率いて、ということは戦になってしまいませんか？」

「さよう、戦になる」

あいは青ざめて、夫を見上げた。

「先月三日、鳥羽・伏見で既に戦の火蓋は切られている。尊王攘夷を掲げる倒幕軍と、慶喜公率いる幕府軍とが刀を交え、公は江戸城へ逃げ帰った。それで天皇は追討令を出されたのだ」

軍服を用意しておくように、と寛斎は淡々と妻に命じ、書斎に戻ろうとする。その背中に向かって、先生、と呼び止めるあいの声は悲鳴のようだった。

「私は先生を戦場に送るために士分を得ることに賛成したわけではありません」

　そのために銚子での暮らしを捨て、一家で徳島に移ったわけではない。戦だなんて、聞いていない。

　あいは身を捩り、地団駄を踏んで夫に訴えた。齢三十四の武家の妻女の姿とはおよそ思われない。自分でもわかっていたが、止められなかった。

　あい、と寛斎は冷徹な眼差しを妻に向けた。

「この国を二分する戦になるのだ。百姓だから無事、武士だから戦死、という図式は最早当てはまらぬ」

　声もなく立ち竦む妻を置き去りにして、寛斎は書斎へと引き上げた。

　洋式軍服は分厚い毛織の生地でできており、上下に分かれている。初めて見た時は、何処をどうやって着るのか、全くわからなかった。上着には、胸のあたりに釦と呼ばれる丸い玉が付いており、それを穴に嵌め込む仕組みになっている。

「何度見ても、好きになれない」

　あいは釦穴の解れを糸で直しながら、独り言を零す。

　徳島へ来て四年。もう四年も機に触れていない。銚子から送った幸子形見の機は海の底に沈んでしまった。たとえ機が無事であっても、武家屋敷で機を織るのは躊躇われただろう。だが、やはり機織りが好きなのだ。

それに、とあいは軍服をしげしげと眺める。

西洋の袴は幅が狭すぎる。第一、この裁ち方では反物にかなりの無駄が出るだろう。動き易いか知れないが、これはひとを殺めるために着る服だ。

あいは、ぱっと針を置いた。今、何気なく思ったことを心の底から恐ろしい、と戦く。夫がひとを殺めるのも、ひとに殺められるのも嫌だ。震えながら、あいは針箱を探る。一番底に、端切れで作った守り袋が入れてあった。前之内から銚子へ移る時に、姑の年子が持たせてくれたものだ。袋を開くと、面足社、と焼印を押された木の守り札が入っている。

「寛斎の生家のすぐ傍にある神社でね、あの子にとっては産土神なのさ。一生を守ってくださるから、お守りとして持っておきなさい」

年子の張りのある声が耳に帰ってくると、少し気持ちが落ち着いてきた。あいは守り札を袋に戻し、少し考えて、服の胸の内側に目立たぬよう縫い付けた。

翌日、寛斎はその軍服を着て、屋敷を出た。あいは子供らを連れて、庭先まで見送った。

十一歳になるスミは何かを感じ取っているらしく、泣きそうな顔で父を見ている。

九つの大助、六つの周助は父の洋装に興奮し、二歳のコトは何も知らず上機嫌で父に抱かれた。

「では、留守を頼む」

寛斎はあいにそれだけを言い、あいもまた、

「お気をつけて」

とだけ応えた。

互いが互いを想いながら、かけるべき言葉を見つけられないままの密やかな出立だった。

弥生に五箇条のご誓文(せいもん)公布、翌卯月に新政府軍が江戸城を開城した。

寛斎から一切連絡はなく、あいは夫の動向を知りようがなかった。あいの心中を察した平右衛門が、あちこち走り回って懸命に情報を集めてきた。

「君公率いる三百人ほどの兵は船で鳴門海峡を渡り、無事に京へ到着、倒幕を謳(うた)う新政府軍に加わった模様でございます。殿は、隊の軍医を命ぜられ、そのまま江戸に向かわれたようです」

会津始め奥州諸藩の抵抗が激しく、新政府軍は難儀しているらしい、と何処で仕入

れてきたかわからないのだが、平右衛門はあいにそう話してきかせた。兵として戦闘するのではなく、軍医として傷病兵を治療する、とわかって安堵はしたものの、戦地に赴く以上、身の危険は常に付きまとう。あいはひとり胸騒ぎを封じた。

文月、新政府により「江戸」は「東京」と名を改められた。寛斎からはやはり文の一通も来ない。無事で居ることを信じて、あいは子らの手前、常と変わらずに過ごしていた。

処暑をとうに過ぎたはずが、陽射しは一向に和らがず、じりじりと肌を焦がす。裏庭に出て、手洗いしたコトの肌着を干していたら、

「奥様、奥様、大変でございまするぞ」

と、賑やかにあいを呼ぶ平右衛門の裏返った声が聞こえた。

あいの手から物干し竿が落ち、洗ったばかりの肌着が土にまみれる。悪い予感に顔を上げると、意外にも、満面に笑みを浮かべた老人が浮き立つ足取りでこちらへ向かってくる。

「奥様、お喜びくださいませ。殿が大変な手柄をお立てになりました」

平右衛門はあいのもとに辿り着くと、息を弾ませた。

慶喜公の処遇に不服を抱いて上野の山に立て籠もった旧重臣らを、新政府軍が制圧

したのだが、この時、多数の負傷兵が出た。野戦病院に担ぎ込まれた藩兵を寛斎がその外科治療で数多く救い、そのことが新政府の参謀たちに高く評価されたのだという。

「新政府軍は、奥羽(おうう)や越後の諸藩の制圧に乗り出すのに際し、要所要所に出張病院を設けることにしたのだとか。そして我が殿は、参謀直々(じきじき)、奥羽出張病院頭取(とうどり)を命じられたのでございますよ。これほどの誉(ほま)れはございますまい」

徳島藩は兵の数も乏しく、新政府に何ら貢献できていないところ、寛斎ひとりの力でその覚えも目出度(めでた)くなったのだとか。

「奥羽……」

名は聞いているが、それが北の地のどの辺りにあるか、あいには皆目わからない。

確か、寛斎の蔵書の中に地図があったことを思い出し、書斎へと急いだ。平右衛門もあとに続く。

「ああ、これでございます」

三枚一組になった地図を素早く見つけ出して、平右衛門はそれを畳に繋げて置いた。ずらせて繋げると畳一畳ほどの大きさになる。

「こうして広げて見るのは初めてだけれど、地図というのは随分と大きいものなのですねえ」

目を丸くするあいに、平右衛門は、これでも縮小されていて小さい方なのです、と恐縮している。

「ここが徳島、これが江戸、今は東京と申しますが。そしてこの辺りが奥羽でございます」

江戸から徳島までは一家で移動した経験がある。あいはまず指で江戸と徳島、次いで江戸と奥羽の距離を測った。

遠い。ここから何と遠い。

「おそらくは品川から船で向かわれたかと」

平右衛門は、海路を指でなぞってみせる。

「先月半ばには江戸を発たれたとのことですから、すでに奥羽の地で病院頭取として采配(さいはい)を取っておられることでしょう」

新政府から寛斎に、千両近い金が病院設営資金及び準備金として渡されたらしく、城内はその噂でもちきりとのことだった。

「ああ、それで……」

あいは、ここ数日の奇妙な出来事を思い返す。

新蔵町は上士の屋敷が建ち並ぶが、あいはこれまで何処の奥方とも親しく交わったことはない。それどころか、他家の奉公人たちは関家の前を通り過ぎる時、臭い、臭い、とわざと鼻を摘まんで駆け抜けるのだ。蘭方医学を学ぶ際、動物を解剖することもあるので、それを揶揄してのことだろう。もう慣れてしまい、気にも留めないのに、数日前から急に、掌を返したように向こうから挨拶してくるのだ。重臣の奥方様の駕籠が関家の屋敷の前を通り過ぎる時、あいを認めて御簾越しにお辞儀をされたことにも驚いた。

「百姓の出ということで、殿様は今まであまりに軽んじられておいででした。これよりは沢山の掌がひっくり返りましょう。ああ、この平右衛門、何やらこの辺りがすっきりいたします」

好々爺の平右衛門は、そう言って自分の胸を撫で、大らかに笑った。

長月八日、元号が慶応から明治へと変わった。この一事を以て、誰もが戦の終焉が近いことを悟る。戊辰の年に始まったので戊辰戦争、と呼ばれるようになった戦は、長月二十二日、会津若松城が落城することで終結がはっきりと見えた。

「関殿は今度の戦で大層名を挙げられた」

関家の客間、年寄が上機嫌に茶を飲んでいる。船荷が没し、困苦を極めた寛斎に対し、五十両の貸付を渋った相手、と平右衛門より聞いていた。当時、ひとりとして味方の居なかった夫が、藩から借入するのにどれほどの思いをしたか、あいは今さらながら切なくなった。

何を蓄えているのか、でっぷりと突き出た腹を撫で摩り、年寄は大仰に続ける。

「身共が目をかけ育てた者がこうして手柄を立てるのは、やはり嬉しいことよ。まことに我が藩の誇り、奥方もさぞかし鼻が高かろう」

客からは見えない屏風の陰で、平右衛門が掌を返す仕草をして苦く笑っている。目をかけられた覚えも、育てられた覚えもないが、あいは殊勝に謝意を述べて頭を下げた。

以後も、留守宅の妻女を労う、との名目で、城内から重鎮らが度々訪れるようになった。お蔭で奥羽での寛斎の様子をそのひとたちの口伝に聞くことができるのだ。野戦病院で寛斎は、銃創の負傷兵の腕や足を切断することでその生命を救い、また、発生したチフスに対し的確に手を打って蔓延を防いだ。戦線が徐々に北へ移れば、ともに移り、地元の医師らの協力も仰いで、不眠不休の治療を続けたのだという。そうした寛斎の活躍ぶりは逐一、新政府の参謀らの耳に届けられ、日を追うごとに関寛斎への信頼は増すばかりだとのこと。

皆が口を揃えて、

「江戸、もとい、東京に戻れば暫くは慰留され、下にも置かない扱いを受けることでござろう。いや、実に羨ましい」

と、夫の栄達を話題にする度に、あいは、ああ、このひとたちは関寛斎という人物をまるでわかっていない、と思うのだった。

眉山が綿帽子を被る季節を迎えると、寛斎に関する噂はさらにあからさまなものになっていた。曰く、土浦にて塗駕籠に乗り、下に下に、の大名行列で送られた、だの、総督府から莫大な報奨金が出る予定である、だの。

新蔵町の奥方様たちも、やたら留守見舞いの品を奉公人に届けさせるようになり、関家の台所は貢ぎ物で溢れた。

「いやはや、実に見事な掌のひっくり返り具合でございますなあ、奥様」

「本当に」

平右衛門とあいとが朗笑しつつ互いに掌をひらひらさせているのを見て、子らまでが真似するようになった。明るい笑い話にすり替えたものの、考えだすと苦い物が胸をせり上がってくる。

あいの知る寛斎は大名行列など似合わないし、過分な報酬を躊躇いなく受け取れる人間ではない。寛斎のそうした本質を見ることなく、ただ風向きが変わったから、となびいてくるひとたちを、あいは内心、やりきれなく思った。

師走も二十日となり、関家では大掃除も節季払いも滞りなくすませ、あとは年始回りの品を整えておくばかりだった。陽が落ちてから小雪が舞い始め、やがて牡丹雪となって関家の屋根と庭に純白の布団を置いた。

夜四つ(午後十時)過ぎ、奥の寝所で、あいは地図を広げていた。いつぞや、平右衛門より見方を学んで以来、寝付けない時に三枚を繋いで、この国の形を眺める。長崎はあいの心に近い土地。徳島、房総、と撫でて、ふと、蝦夷地に目が留まった。その特異な形が妙に気にかかった。

「奥様、奥様」

あいを呼ぶ、里の大きな声が廊下の向こうから響き渡る。

「殿様が今、お戻りになられました」

あいは慌てて立ち上がった。足が縺れそうになるのを、落ち着け、落ち着け、と自身に言い聞かせながら表へと向かった。

玄関から廊下にかけて、奉公人らがみっしりと並んで主の帰宅を喜び合っている。平右衛門など、式台で小躍りせんばかりであった。

「船は七つ（午後四時）に小松島に着いたのだが、一旦登城して、君公にご挨拶を済ませたので、今になった」

身体についた雪を払い除けながら言うと、寛斎は真っ直ぐにあいをみる。

「皆、変わりはないか？　子供たちは健やかか？」

はい、とあいが大きく頷いてみせると、初めて安堵の表情を覗かせた。

およそ十一か月ぶりに見る夫は、軍服ではなく見慣れた十徳を着込んでいる。幾分やつれて見えるが頑強な体軀はそのまま。まずは何より、と安心したあいだが、夫の髪に雪が残るのを認めて、手を伸ばして払おうとした。

あっ、と洩れそうになる声を、あいは何とか堪えた。蠟燭の火に白く映ったのは、雪ではなく、断髪に混じる白髪だった。

寛斎は、深夜にもかかわらず書生や奉公人たちが起きだして出迎えたことを労い、

「私への報告ほか諸々あるだろうが、今夜は皆、休んでくれ。私も休む」

と、皆を部屋へ引かせた。

「あい、着替えを頼む」

そのまま風呂場へ向かう夫にあいは慌てる。今日は生憎、風呂を立てていなかった。

「今少しお待ちください。お風呂がまだ……」

「水風呂で良い」

早く着替えを、と命じられ、あいは戸惑いながら衣を取りに戻る。風呂場の方からは、ざばざばという水音が響いていた。

寒くはないのだろうか、とのあいの心配をよそに、寛斎はさっぱりした顔で寝所に収まり、妻の用意した酒を口にする。

「あいに詫びねばならぬことがある」

「何でしょうか」

問われて寛斎は盃を置き、居住まいを正す。

「新政府から仕度金や報奨金、そのほかにも負傷兵を救ったことで各藩よりかなりの礼金が寄せられたが、その殆どを今回の件で労を尽くしてくれた者たちに配分してしまった」

寛斎は新政府軍側ではあったが、負傷兵は敵味方なく保護し、いささかの躊躇いもなく手当てをした。司令官はそれを咎めたが、看護兵や他の軍医、民間の医師や救護活動を手伝う土地の者らが、皆、寛斎の考えを支持。自分たちの食料を削って傷病兵に回し、不眠不休で助かるべき命を助けたのだ、という。

「会津では、白虎隊と名付けられた若者たちが自刃して果てた。まだ十六、七の……生三とそう変わらぬ者たちが、純粋に郷里を守ろうとしてそんな目に遭った。白虎隊ばかりではない、私の目の前で前途ある若い命が次々と消えていった。戦ほど愚かしいものはない」

その戦に、寛斎自身も加担したことが堪らなかったのだろう。戦で得たものを身に着けることを好まず、恩を受けた者に分け与え、身軽になって戻るとは、実に先生らしい、とあいはひっそりと微笑んだ。

「参謀の大村益次郎殿には随分と引き留めて頂いたが、辞職を願い出て、こうして徳島へ戻ったのだ」

大村益次郎ばかりではない、何も徳島に戻らずとも中央に居れば更なる道も拓ける、そのためなら手を貸そう、との声は他に幾つも上がった。だが、医学を出世の道具とすることは、寛斎自身が最も厭う行為であった。

「改めて太政官から報奨金の申し出がある、と聞かされているが、その時は十両だけ頂こうと思う」

十両、とあいは首を傾げつつ、寛斎の盃に熱い酒を注いだ。

「その十両、どうなさるおつもりですか？」

「郷里の面足社に寄進したいのだ」

寛斎は帰宅して初めて、仄々と頬を緩めて妻を見た。

「軍服の内側に縫い付けてあったお守りのお蔭で、家族のもとに無事に帰れたのだからな」

「まあ」

あいは、ほほほ、と笑い声を立てながら、両の瞳から溢れ出る涙を止められない。

思えばその昔、夫は「こういう風にしか生きられないのだ」と、声を絞ったことがあった。そういう生き方を貫き通す夫を、あいは心から誇らしく、そして愛おしく想った。

およそ立身出世を望む武士であるならば、それからの寛斎の行動は、全く以て度し難く、我を忘れて絶叫したくなるものだったに違いない。

戊辰戦争で手柄を立てた寛斎は、藩主茂韶に医学教育の徹底を進言、これを受けて藩は寛斎に藩医学校と附属病院の設立を命じた。明治二年（一八六九年）から三年（一八七〇年）にかけて、巽浜（たつみはま）に医学校と附属病院が開設され、寛斎は医学校の教授と附属病院長に着任した。しかしかねてより病院医官らの給与面の不遇を痛感していた寛斎は、上司にあたる参事に処遇改善を求めて断固抗議。さらに寛斎に賛同する若い医官らが、開校式にこの参事を胴上げして、わざと落下させるという事件を起こし、その責任を取って、寛斎は免職及び謹慎処分を受けた。

しかし、寛斎の医師としての実力を知る大阪兵部省や、東京及び大阪の海軍病院から任用要請が相次いだことで、藩の上層部は慌てふためく。戊辰戦争で手柄を立てたとはいえ、寛斎は徳島藩士。自分たちの思い通りに動かすはずが、中央は自分たちを通り越して寛斎の業績を讃えるばかりなのだ。徳島には関寛斎という人物を除いては他に特筆すべき役割を担うものはない、と言わんばかりの扱いに藩の上層部は狼狽え、寛斎の機嫌を取るべく、先の処分を撤回した。そして、持ち込まれたいずれかの話を受けて藩の顔を立てよ、と寛斎に迫ったが、寛斎は自身に用意された出世の花道を全て断ってしまった。もとより、曲がったことが嫌いな性格と、弱い立場の者を守り抜く姿勢を決して譲ろうとはしない寛斎らしい決断であった。

「ああ、この身が若く、さらに三つほどあれば、私が殿様の代わりとなり、赴任しとうございます」

平右衛門など、そう嘆き、幾度も身を捩ってみせた。

明治四年（一八七一年）霜月の終わりに、業を煮やした東京の兵部省海軍部から、寛斎へ出頭命令が下った。命令であるから今度ばかりは断るわけにもいかず、やむなく上京の準備に取りかかる。

仕度を終え、夜遅く寝所の襖を開けた寛斎は、あいが畳に三枚繋いだ地図を置き、見入っているのを認めた。

勝手に持ち出して済みません、と詫びて、あいは地図を撫でてみせる。

「地図を見ていると、心が弾むのです。知らない土地やそこに暮らす人々を思って」

海軍部に出頭すれば、夫にどんな辞令が下されるか知れない。また暫く別れて暮らすことになるのか、との思いを隠して、あいは江戸の周辺を撫でた。

妻の気持ちを察したのだろう、寛斎は案じるな、とばかり軽く首を振る。

「この国の医療に役立つなら、私はどのような協力もする。だが、ただ単に政治の道具にされるのであれば、席を蹴って帰るつもりだ」

たとえば、寛斎は長年、この国に蔓延する梅毒という病を憂えていた。その予防や治療に一石投じる立場になれるのなら全力を振り絞りたい、と妻に思いを打ち明ける。

もしも夫の夢が叶うのならば、離れて暮らすことも止むを得ない、とあいは心のうちに芽生えた寂しさを隠して、微笑んだ。

寛斎はそんな妻を暫く眺めていたが、ふと思い出したように問いかけた。

「斎藤龍安を覚えているか？」

「蕪の龍安さまでございましょう？」

その昔、寛斎を元気づけるためによく蕪をかじってみせた、という逸話を思い出して、あいは懐かしさのあまり華やいだ声を上げた。

そうだ、蕪の龍安だ、と寛斎も笑いながら答える。

「やつから文が届いていた。蝦夷地、否、今は北海道というのだな、やつは今、そこに居るのだそうな」

広げた地図の右側の一枚、特異な形を指でなぞって、夫は言う。

「まだ未開の原野が殆どで、冬は容赦ない寒さだが、梅雨はなく、夏の美しさはこちらの比ではないそうだ」

機会があれば行ってみたいものだな、と夫は束の間、眩しげな表情になった。

師走に入り、徳島から東京の海軍部に赴いた寛斎は、直ちに海軍病院への出仕を命じられた。これを機に、寛斎は念願の検梅法実施を要請する。しかし、時期尚早として受け入れられなかったため、迷わず辞表を出した。出仕僅か一か月のことだった。

そんな寛斎の検梅法への思いを理解する者から、明治五年（一八七二年）弥生、山梨病院の病院長に推され、寛斎はこれを受けた。山梨に赴任し、早速と検梅制度を実施。ほかに一般患者の診察と、医学生の教育、地元の医師や産婆への指導、種痘励行など、大きな成果を上げたが、任期の一年が終わると、これまたさっさと徳島に戻ってしまった。

「何という……」

次から次へと栄達を捨て去る主の決断に、平右衛門は酷く打ちひしがれる。

だが、あいは極めて寛斎らしい、と声を立てて笑った。

寛斎の振る舞いは、傲慢に見えて決してそうではない。

自分にしかできないことを見極め、それを遣り通す。医療を立身出世の道具にする者の下では働かない。あとを任せられる人材が居れば、後進にさっと道を譲る。昔からそうした姿勢は変わらない。

養父俊輔の気骨、恩師である佐藤泰然とポンペから受けた薫陶、そして濱口梧陵から贈られた言葉。そういったものを何一つないがしろにしない生き方を、見事なまでに貫いているのだ。

「それにしても、こんな時期に。惜しいにもほどがあります」

平右衛門は悔しそうに洩らした。

新政府は廃藩置県により古い藩体制を打破、その一方で士族の扱いに頭を抱えていた。永年世襲で禄を食(は)んできた士族らは、そう簡単に特権を手放そうとはしない。寛斎が徳島に戻った明治六年（一八七三年）五月は、政府の士族身分への対応はまだ充分には定まっていなかった。

「先生はおそらく……」

あとは言わずに、あいは初夏の空を見上げた。蒼天に純白の雲が長く尾を引いている。思いがけずくっきりとした雲は、天路の如し。あいにはそれが夫の辿ろうとする道筋に見えた。

ほどなく寛斎は新蔵町から住吉島村へ住まいを移し、「関医院」の看板を掲げた。

そして九月には、家禄を返上し、士族籍を辞した。禄籍返上により、もとの百姓身分に戻った寛斎のことを、同僚藩士らは愕然(がくぜん)と眺めるばかりである。寛斎、齢四十四のことであった。

「殿様、奥様、若様、そしてお姫様、長らくお世話になりました」

翌年暮れ、真新しい木の香の残る関医院を辞する時、平右衛門はそう言って深く腰を折った。今後は、先祖代々の菩提寺(ぼだいじ)の寺男(てらおとこ)として住み込みで働くのだという。齢七十、老いて士分を失う平右衛門なりの、悩み抜いての決断だった。

関医院に身を置いた方が良い、と皆で慰留したが、老人は頭(かぶり)を振るばかり。

「長くこの身を支えた刀が腰から消えてしまいました。一両は一円になり、暦も昔よりひと月ずれ、文なども飛脚ではなく郵便で届けられる時代です。もういけません。この平右衛門、とてもとても世の移ろいについて行けそうにありません。もはや殿様や奥様のお役に立ちようもないのでございます」

そう言って、身の振り方を決めてしまった平右衛門のことを、関家の家族も里も心から惜しんだ。

ひとりひとりと名残りを惜しみ、寛斎に改めて礼を述べると、平右衛門は最後にあいに向き直った。

「奥様、今度の家には山桃の樹があって良うございましたなあ」

住吉島村で一年過ごして、九月にこの裏の丁へ越してきたばかり。前の二軒にはなかった山桃の樹が、ここには在った。

平右衛門は腰を伸ばし、山桃を仰ぎ見る。

「色々と思い出しますなあ」

平右衛門の眼にはおそらく、十年前、船荷喪失の報を受けたあいが、雨に濡れながら山桃の実を口にした光景が映っているのだろう。

あいもまた、あの時、傘を差し掛けてくれた平右衛門のことを思い返していた。

「奥様、お仕えして十年、平右衛門は本当に楽しゅうございました」

皺の中に埋もれた双眸に、涙が盛り上がっている。この十年、楽しいことよりも哀しいこと、辛いことの方が多かったが、平右衛門は敢えてそう評したのだ。

ええ、私も、とあいは応えようとしたが、上手く声にならなかった。

黄金色の夕陽を浴びて、老人の姿が遠ざかり見えなくなっても、皆が見送りを終えて屋敷の中に戻ってしまっても、あいは門の前に暫く佇んだままだった。平右衛門と過ごした歳月、中でもこの五年の出来事があいの胸を過る。

関家では、長男生三の東京医学校入学、三女トメと六男餘作の誕生、という大きな慶事があった。だがその一方で、神仏はあいから多くの大切な存在を容赦なく奪いもした。

夫が藩医学校と附属病院を任されていた時、次女のコトが急死した。まだ、ほんの三つ、お喋りが上手な、可愛い盛りの死だった。前夜に発熱してむずかっていたが、翌日には激しい痙攣を伴った。異変を感じたあいから急きょ呼び出しを受けたものの、寛斎はその臨終に間に合わず、死の原因となった病もわからぬままだった。文助の死の翌年に授かったコトをこうした形で喪い、あいは自らを責め苛んで痩せ細った。

周囲の支えで何とか立ち直ったが、コトの死から二年後、舅の俊輔が鬼籍に入り、さらに今年になって二男大助と五男末八を立て続けに亡くした。大助は十五歳、末八は六つ、ともに麻疹が重篤化しての死だった。急変のため、ろくな看病もしないままに死なせてしまったことを悔いない日はない。

小さな手を一杯に広げて、あいを求めてよちよちと歩くコトの姿。言葉が遅かった末八の発した「お母ちゃ」の声。「父上のような医師になりたい」と夢を語っていた大助。喪いし三人の子らを思ううち、何故自分を代わりに連れて行ってくれなかったのか、とあいは神仏を呪うようになった。愛別離苦の闇に呑み込まれるあいを救ったのは、亡き斉裕公のあの言葉である。

――どの指も大切なことに変わりはなく、残る指の数で慰めを得られるものでは決してない

子に先立たれる苦しみを知る者がこの世に数多いて、苦しみを抱えつつもそれを乗り越えて生きねばならないことに気付かされた時、漸く、無明を脱することができた

のだ。

あいは振り返り、霞む目を庭の山桃の樹へと向けた。郷里前之内で、幼い寛斎が母と間違えた山桃の樹によく似た樹形をしている。

陽が落ち、辺りが薄闇に包まれる中にあって、山桃の樹は凛として立ち、緑の葉を鳴らしながら、あいをじっと見守っている。その姿に慰めを得て、あいはまるで友にするように、大丈夫よ、と頷いてみせた。

裏の丁の新居は東御殿跡地で、城のすぐ東、鷲の門外にある。徳島の中心街で、同じ敷地には士族の長屋が建ち並んでいた。

診療所と居宅に分かれているのは昔ながらの関医院だが、その佇まいは前之内や銚子のそれとは比較にならない。関家は寛斎・あい夫婦、周助、トメ、餘作、それに俊輔亡きあと前之内から徳島に移ってきた年子の六人家族。さらに書生は七名、士分を離れてなお大所帯であった。従って居宅部分と医塾部分に充分な間取りが割かれている。

家の中のことは、引き続き里が手伝ってくれる。奉公に来た時に十三歳だった少女も、今は二十三。喜寿を過ぎてなお矍鑠としている年子と妙に気が合うのが、傍で見ていて微笑ましい。

「里、お前また台所で摘まみ食いをしたね。大したお行儀だ」

「大奥様、お言葉ですが、摘まみ食いじゃありません。味見です」

朝から台所で繰り返される会話に、あいは笑いを嚙み殺す。この数年、哀しみが幾度もあいを奈落の底に突き落としたが、それでも小さな幸せはちゃんと足もとに用意されていると気付く。

勝手口から表を覗けば、寒風吹き荒ぶ中、医院の前には既に患者が列を作っていた。

この場所で開業して三か月。もとは藩主の御脈を取っていた侍医が、今は町なかに医院を開業したのである。寛斎に診てもらいたい、と熱望する者は多かった。

診察開始の刻限まではまだ少しあるが、あいは診療所の入口を開けて、暖めておいた待合に患者たちを案内する。

「おかしいねえ」

台所に戻ったあいに、年子は白髪頭を捻ってみせる。

「あんなに患者が詰めかけるのに、どうしてこの家にはとんとお銭が無いんだい」

済みません、と身を縮めるあいに替わって、里が年子の耳にそっと囁いた。

「殿様、いいえ、先生は、貧しい人からは治療費を取らないんですよ。維新のあと、貧しくて医者にも診てもらえない、って人ばかりになりましたからね」

少なくとも維新の前は、藍商などのごく一握りを除いて、この地に住むものは等しく貧しかった。けれども維新の後、それまでの身分の縛りが解けて自由になった分、生きるための熾烈な争いがあちこちで起こり、貧富の差は日を追うごとに激しくなっていく。

「貧しい者から薬礼を取らない、というのは実にお前らしいけれど、今少し考えた方が良い」

一日の診察を終えて、書生らの勉強を見に行こうとする寛斎を、年子は引き止めた。

老女となった今、随分と背も幅も縮んで見えるが、姿勢の良いのは変わらない。

「この屋敷には里も入れて十四人が暮らしている。今のままでは暮らしが成り立たないよ」

「貧しい者が何の治療も受けられない、ということが間違いなのです。母上がどう思われようと、私は今後も貧しい者は無料で診ます」

やれやれ、と年子は頭を振った。

「お前のその頭の固さは相変わらずだねえ。真っ直ぐなのは良いが、それを悪用されていることに気付きもしない。患者の中には、わざと倹しい衣に着替えて、薬礼を見目を剝いた。

　恥知らずな者の中には、藍商や廓主の身内も混じっている、と聞かされて、寛斎は
目を剝いた。

「良いかい、と年子は息子ににじり寄る。

「亡くなった先生も、貧しい家からは束脩を受け取らなかった。その替わり、裕福な家には遠慮なく何倍もの束脩を支払わせていたんだよ。お前が師事したポンペとかいうひとも、そうだったろう？　余裕のある者はない者を補う、昔はそうやって風通しよく生きていたのさ。信念を貫くのも結構だが、腹黒い金持ちには、それなりの対応をおし」

　あいと里は、感心のあまり手を打ち合わせていた。

　年子のこの助言は、寛斎の考えを改めさせる好機となった。以後、寛斎は懐豊かな者からは多く、貧しい者からは受け取らず、という姿勢を徹底する。権力を笠に傲慢に往診を依頼する者には、駕籠を要求した上、治療代は高いぞ、と前以て宣言をした。その癖、貧しい者が往診を頼むと、かたかたと下駄の音をさせて駆けつける。こうした診察姿勢は徳島では大いに支持されて、ついには「関大明神」という札を貼って拝む患者まで現れた。

噂が噂を呼び、関医院は朝早くから夜遅くまで寛斎に病を治してもらおうとする患者で溢れた。そのため、医院へ至る道は「関の小路（しょうじ）」と呼ばれる始末である。無料の患者は有料の患者の六倍にのぼり、相変わらず内所は豊かではない。

「お姑（かあ）さんのお蔭で、またこうして機を織ることができます」

あいは、年子が前之内から持ち込んだ機を操りながら、傍らの年子に感謝の眼差しを向けた。

寛斎の母、幸子の形見の機は難破で海に消えた。また、侍医の妻である間は機を織ることへの躊躇いがあった。夫が町医となり、漸く念願の機織りを再開することができたのだ。

「あいは機織りで暮らしを助けるように生まれついたのかねぇ」

老いて機を織れなくなった年子が、つくづくと洩らした。

以後、あいは家族と書生、それに女中らの被服を全てこの機で織って賄った。

揃いの織物ばかりではない。関家では、皆が食堂に集まり、主従の別なく同じ内容の食事を摂った。飯は麦飯、けれども律儀な患者から届く魚や肉、野菜などで栄養豊かな一汁一菜である。味噌や醬油は紀州の濱口家より定期的に届けられ、不自由しなかった。

やがて七男又一（またいち）、八男五郎（ごろう）に恵まれ、関一家の歳月は、慎ましいながらも心豊かにゆっくりと過ぎていった。

町医となって七年が過ぎた、明治十三年（一八八〇年）十一月。居宅の書斎から、

「一体、何が気に入らぬと言うのか」

寛斎の怒鳴り声が響く。

「貴様のような親不孝者は知らぬ」

先刻より居間で聞き耳を立てていたあいと年子は、互いの顔を見合った。久々の休診日、寛斎と関家の長男生三とが話し合いのため書斎に入った直後のことである。

「もう止めましょう。父さんには私が何を話そうと、決して通じない」

斬（き）り捨てるような生三の声がしたかと思うと、乱暴に書斎の扉が開かれ、どんどんと廊下を踏み鳴らす音が続いた。

あいと年子は頷きあい、居間を出て二手に分かれる。年子は寛斎を宥めるべく、そしてあいは息子の言い分を聞くべく、その後を追った。

生三は東京医学校から慶応義塾医学所を経て、洋行帰りの医師佐藤進に師事したのち、徳島で医師をしていた。今春、寛斎の勧めに従い嫁を娶（めと）ったが、先月、一言の相

談もなしに離縁して家から追い出していた。

「生三、待ちなさい」

身重のあいは玄関へと向かう息子の背中に幾度も呼びかけて、漸くその足を止めさせることに成功した。

「私には父さんの期待に副うことはできない、無理なのです」

縁側に並んで座ると、生三はぼそりと洩らす。

齢七つで別れて暮らすようになった生三も、今は二十七。父親譲りの鷹に似た鋭い目には、何処となくさもしさが漂う。顔色が悪いのは常のことだが、父親との口論が祟ったか、一層青ざめて見えた。頭脳明晰で優秀、しかし十代の頃から線が細く、床に臥すことも多い。そのために洋行などの機会を逸し、幾度も寛斎を嘆かせていた。

あいは息子の体調を案じつつも、悟すべきは悟さねば、と決めて唇を解く。

「気にくわぬの一事で、何の落ち度もない嫁女を返してしまうのはどうかと思いますよ、生三。それでなくとも女の立場は弱いのに、お前には思い遣りというのが無い」

生三はしげしげとあいを見、やがて、わっと声を上げて笑った。

「父さんは自分の体面ばかりだが、なるほど、母さんのように言われれば、私も素直に聞く耳を持てます。あれには気の毒なことをしたかも知れません」

縁側に舞い込んできた山桃の葉を拾い上げ、くるくる回しながら、ただ、と生三は続ける。

「江戸から明治に代わって十三年。もう親の言いなりで夫婦になる時代ではありません。自分の意見も持たず、常に私の後ろを歩きたがるような詰まらない女と暮らすことに、ほとほと嫌気がさしたのです」

あいは開いた口が塞がらないまま、傍らの息子を見た。血を分けたはずの子が、あいの知らない他人に思われる。

「女とはそうしたものです。そのように躾けられているのですから」

「いいえ、母さんはそうではない。長崎留学を渋る父さんを諌めた夜のこと、よく覚えています。当時、私は七つになっていましたからね」

生三は縁側から庭へ降りて、母に背を向けたまま続けた。

「父さんは気付いておられぬが、心底自分に惚れてくれる女が傍らに居る幸せ、というのは確かにあると私は思います。そうでなければ、生きることはあまりに寂しい」

しんとした哀しみが静かに伝わってくるような、生三の声だった。

ふいに、あいの脳裡に霧の中の情景が浮かんだ。幼い日の寛斎が山桃の樹に縋って泣いている姿が、記憶の底からあいを呼ぶ。

もしかしたら、とあいは愕然とする。

私はこの子に、先生と同じ思いをさせたのではないだろうか。七つでその手を放して以来、生三はずっと孤独の中に身を置いて生きてきたのではないか。

だからと言って今さらどうすることもできないし、生三にしたところで、もう二十七、親の情がどうこう言う歳でもない。あいは自身に言い聞かせるのだが、じくじくとした胸の痛みをどうすることもできなかった。

長男に対する寛斎の怒りは冷めやらず、あいや年子の懸命の取り成しにも耳を貸さずに生三を廃嫡とし、新たに齢七つの餘作を相続人と定める法的手続きを取った。廃嫡、という不名誉が息子の人生に暗い影を落とすことを憂い、あいは幾度も懇願を試みたが、どうしても夫の決断を覆すことは不可能だった。


年が改まって、正月三日。

常は患者の行き来が絶えない関の小路も、午後から人影を見ない。関家を訪れる年始の客もそろそろ尽きたようだ。もしや生三が新年の挨拶に現れまいか、とあいは先刻からじっとそこに佇んでいる。

この地に越してきたばかりの頃と、今は見える景色も随分と変わった。徳島城は六年前に解体され、鷲の門を残すのみ。城の姿のない景色に、けれどもあいはまだ慣れることができない。襟巻に顔を埋めて暫く門を眺めていたが、小さく息を吐くと、諦めて屋敷へと戻った。

「父親も息子も頑固者同士だからねぇ」

あいの心中を察して、年子は零す。

「相続人に指定した餘作は生三より二十も下だ。一人前になるまで随分と長いよ。語学に興味のある周助に医者の道を無理強いしないのは良いとは思うけれど」

ふと、年子はあいの大きなお腹に目を留める。来月、生み月を迎える予定だった。

十八で寛斎に嫁いで二十九年、あいは四十七になっていた。年齢からして、これが最後の出産になるだろう。

「あいは偉いねぇ。うちの先生も泉下できっと満足しているよ。私の代わりに沢山生んでくれたもの」

「けれども沢山、喪いました」

あいは小さな声で応えた。

年子は子宝に恵まれず、そのことを俊輔から随分と責められた。あいはお腹の子を除いて八男三女の母となったが、既に四人、喪っている。そして高齢ゆえに今度の出産に少なからず不安を抱いていた。

母体はどうなろうと構わない。お腹の子が無事か、そればかりが心配だった。

「そうだね、子を喪うほど辛いことはない」

年子は手を伸ばし、労わる手つきであいの腹を撫でた。

「私は八十五、もう充分生きたからね。私の命と引き換えに、きっと無事に身ふたつにしてもらおう」

「お姑さん、止めてください」

縁起でもない、とあいは珍しく声を荒らげた。

まあお聞き、と年子は優しく続ける。

「この際だ、あいに言っておくよ。寛斎はああいう風だから、人から誤解を受け易い。子供たちとだって、これからも色々あるだろう。けれど、あいが居れば大丈夫さ。関寛斎を支えることのできるのは、この世で唯ひとり。あい、お前だけなんだよ」

翌、二月八日、あいは元気な女の子を生んだ。これまで生んだ中で一番大きな、とびきり健康そうな嬰児だ。年子は殊のほか喜び、

「私に名前を付けさせてもらえまいか」

と、寛斎とあいに頼み込んだ。

「勿論（もちろん）です。良い名をつけてやってください」

養母から頼みごとをされて嬉しいのか、寛斎は喜んでこれを許した。

年子は初春の淡い陽だまりに身を置いて暫く思案した末、「テル」という名を口にした。生涯、陽の恵みを受けられるように、との願いを込めた名だった。

それからひと月ほど経って、まるで神仏との約束を果たすかのように年子は静かに黄泉（よみ）の国へと旅立っていった。

「お母様」

年子の弔（とむら）いを終えたあと、庭先でずっと蒼天を見上げて動かない母を案じ、十一歳になったトメが声をかける。

その呼ぶ声に応えることもせず、あいは山桃の上に広がる空を潤んだ瞳で見つめ続けた。

明治十六年（一八八三年）から明治十九年（一八八六年）の丸四年は、徳島で暮らす者にとっては試練の歳月となった。

明治十六年、徳島は雨に恵まれず、美馬（みま）、西井川、大俣（おおまた）村などは殊に干害に苦しんだ。貧しい者は曼珠沙華の根を掘り起こして食用にするなど、草の根や木の皮を口にするほかなかった。干害を引き摺った翌、明治十七年は大凶作。徳島全土で収穫は、不作だった昨年よりさらに四割近く落ちた。

「これ、不味い」

夕餉の献立の一品を口にした途端、又一はぺっと吐き出した。

「不味い」

ひとつ下の五郎が、又一を真似て、同じように口の中の物を出した。

「罰当たりなことをするな」

寛斎の雷が、又一と五郎に落ちた。

「食べ物を粗末にするとは何事か。今、吐き出した物を口の中へ戻しなさい」

九つと八つの兄弟は、救いを求めるように母を見た。あいは箸で摘まんだ団子状のものを殊更大きな口を開けて食べてみせる。

ふたりが吐き出した物の正体は、藁餅であった。刻んだ藁を乾燥させ、擂鉢で丁寧に擂って粉にして、ほかの粉類を混ぜて餅や団子に似せた飢饉食である。いつもの麦飯の代わりに、あいが工夫して拵えたものだった。僅かに入手した米は全て入院患者に回したのだ。

又一にしろ五郎にしろ、ここ裏の丁での開業後に生まれているから、関家の不遇の時代を知らない。大家族で慎ましい暮らし向きではあるが、本当の飢えを経験したこともなかった。

「米が取れず、飢えて死ぬ者も居る時に、食べ物についての不平不満を言うことは、決して許さん」

父に言われて、又一と五郎は、べそをかきながら一度吐き出した藁餅を口に入れた。

それまで黙って食事をしていた周助が、箸を置いて、寛斎に深々と頭を下げる。

「お父さん、大変な時に申し訳ありません」

周助は十一月に渡米することが決まり、その用意のため東京から一旦帰省中だった。

渡米費用二百円を、父親がどんな思いをして用意したかを忖度(そんたく)したのだろう。

「余計なことを案ずるな。それよりもしっかりと亜米利加(アメリカ)という国を見てくることだ。お前が望むなら、次回は単なる渡米ではなく、腰を落ち着けて留学すれば良い」

父に励まされ、周助は、感謝の面持ちで、はい、と頷いた。

九歳上の兄生三の後を追うように上京した周助だが、医学ではなく語学と経済に強い関心を寄せた。英語を身につけるための努力を惜しまぬ姿が、父の心を動かし、渡米へと繋がったのだ。

　あいは周助の端整な横顔を眺めながら、思う。長男の生三に、周助の半分でも良い、父に感謝する気持ちとそれを伝える言葉があったなら、父子の関係は今とは違うものになっていただろうに、と。

　実は今年の二月、寛斎の留守中に生三があいを訪ね、借金を打ち明け、返さねば死ぬよりない、と半ば奪うように二十五円を持ち帰ったことがあった。廃嫡の事実が息子を追い詰めたことを思い、荒んだ生活を諫められなかった。以後、自らの母としての至らなさを悔いない日はない。あいは周囲に悟られぬように、小さく息を吐いた。

　生三からはその後、結婚を知らせる文が届いていた。相手を両親に紹介することもなく、その許しを得ることもなしに祝言を挙げた、という事実が寛斎の怒りの炎に更なる油を注いだ。ふたりの間は、もう修復が利かぬほど拗れに拗れてしまった。


　明けて、明治十八年（一八八五年）。

　六月最初の日に、銚子から寛斎に宛てて一通の封書が届いた。差出人は、醤油醸造所の支配人だった惣介である。

「まあ、懐かしいこと」

　徳島へ移ってからは、もっぱら紀州の濱口家との遣り取りばかりになってしまっていたが、実直な惣介の人柄は忘れ難い。とうに支配人を辞したものの、今なお梧陵を陰ながら支える役回り、と聞いている。その面影を懐かしく思い出しつつ、あいは文を手に書斎へ向かった。

「何と……」

手紙を読むなり寛斎は絶句し、腰が抜けたようにその場に座り込んだ。

梧陵の身に何かあったのだ、と察したあいは、夫から文を奪うようにして一読する。そこに記されていたのは、濱口梧陵が四月に紐育にて客死した、との訃報だった。享年六十六。勝海舟、福沢諭吉らの手で横浜にて盛大な葬儀を終え、亡骸は郷里の広村へ向かった、とある。

文を持つ手が勝手に震えて、その震えが徐々に大きくなっていく。先生、とあいは割れた声で夫を呼び、にじり寄ってその腕に縋った。

「先生、きっと何かの間違いですよね。もしそうでなければ、惣介さんが冗談を綴っておられるのですよね」

虚しいとわかっていても、あいはそう言い募らずには居られなかった。濱口梧陵の死を、恩人の訃報を、そう易々と受け入れられるはずもない。激しく身体を揺さぶられて、寛斎は、虚ろな目を妻に向けた。惣介からの手紙がくしゃくしゃに握り潰されているのを見て、夫はそれを妻の手から外す。

「まだ何ひとつ……何ひとつとして報いておらぬのに……」

文を読み返して、寛斎は両手で頭を抱え、そのまま畳に突っ伏した。

この国の医療の堤となれ、と望まれたのに、果たせなかった。ひとたる者の本分を説かれたが、町医という眼前の本分を全うするだけで精一杯の現状なのだ。誰よりも沢山の恩義を受けておきながら、何ひとつ報いることができていない。

夫の震える背中が、その無念をあいに伝える。あいは両の腕を差し伸べて夫の背中を抱き、潤む瞳を窓辺へと向けた。風を入れるために開け放たれたままの窓から、庭が見える。晴れ渡った空の下、木々の緑が眩いはずが、まるで墨絵を眺めるに近い。梧陵の訃報が、一気に風景から色彩を削いでいた。

――今朝も、良い匂いですな
藍色の上総木綿を身に纏い、深呼吸してみせる梧陵の姿が脳裡に浮かぶ。

濱口梧陵という大きな存在を喪い、これから先、どう生きていけば良いのだろうか。

あいは、梧陵の幻に問うたが、馬に似た優しい目であいを見つめるばかりだ。

「広村へ行く」

掠れた声で寛斎は妻に告げた。濱口の本家で告別式が執り行われる、と惣介の手紙にあったのだ。私も一緒に、との台詞をあいは呑み込む。又一と五郎とテルが水疱に罹患して寝込んでいた。

「先生、私の分まで濱口さまに」

続きの言葉が出てこない妻に、寛斎は、わかっている、と頷いた。門弟らに代診を頼み、寛斎はその日のうちに徳島を発った。ともに参列できずとも、あいには、梧陵の棺から離れない夫の姿が見えるようだった。

寛斎不在の夜、激しい雨音であいは目覚めた。

奥様、奥様、と襖の向こうで里が懸命に呼んでいる。

「通りが浸水しています」

あいは飛び起き、書生らと手分けして入院患者を二階へ誘導、里はテルを抱え、又一たちを連れて避難した。

幸い、寅の水の時ほど酷い状況ではないが、あいはあの時の様子を思い返し、生きた心地がしない。梧陵の死もあって、あいは、もし今死ぬるならば悔いは何か、と考えずにはいられなかった。

水が引いたあとの庭に立ち、あいが思ったのは生三のことだ。

寛斎と生三、ふたりの仲を何とか修復しようとあいは腐心したが、寛斎はがんとしてこれを聞き入れない。貧しい中須賀に生まれ育ち、血の滲む努力で人生を切り拓いてきた寛斎にすれば、廃嫡後も親から金を巻き上げることしか念頭にない息子のことを、どうしても許せなかったのだ。

寛斎の気持ちを尤もだ、と理解する反面、あいは心密かに、子供たちの中で長男の生三が一番濃く、父親の気質を受け継いでいるのではないか、と思っていた。

頑固で柔軟性に欠け、周囲から誤解されても意に介さず、自身の選んだ道をひたすらに邁進する。生三の場合はその気質が間違った方向に働いてしまったけれど、時が来ればきっと修正される――そう信じたかった。

風の便りで、生三に娘が生まれた、と聞いている。あいからすれば初めての内孫。会っておきたい、と願った。

「奥様、それなら私がお手伝いできます」

生三と面識のある里が、あいの気持ちを汲んで申し出た。あいの文を懐に、里は生三を訪ね、その妻女をそっと関医院に連れてきたのである。

「初めてお目にかかります。トミと申します」

色白で大きな瞳が印象的な、大輪の牡丹のような女が、赤子を抱えたまま丁寧にお辞儀をする。母親によく似た面立ちの乳児が、じっとあいを見つめていた。

抱いても？　とあいが問えば、トミは目もとを和らげて娘を差し出した。テルを抱いて以来の、懐かしい重さ、温かさ。

「名は何と？」

「フミです。生三さんが名付けました」

あいにあやされて、フミはぱっと笑顔になる。花が咲いたようだった。

トミさん、とあいは嫁に語りかけた。

「主の留守中に、しかも人目を忍んで台所で会うだなんて、随分な仕打ちだと思うでしょう。許してくださいね」

いえ、とトミは頭を振り、物怖じせずにあいを見た。

「生三さんが私と結婚する前に何をしたか、一部始終、本人から聞いています」

自身の弱さゆえに悪い繋がりを絶てず、放蕩な日々を過ごし借財を重ねた。子の父となった今、かつての親不孝を本人も心から悔いています、とトミは言ってもう一度頭を下げた。

「ですが、弱い立場に置かれたひとを見る生三さんの眼差しはとても温かいし、そうしたひとたちのために何かできることを、と願うその意志はとても強いのです。どうか今少し、長い目で見て頂けませんでしょうか」

来た時と同じく、ひっそりと帰っていくトミの後ろ姿に、あいはいつか生三の話していたことを思い返す。

――心底自分に惚れてくれる女が傍らに居る幸せ、というのは確かにあると私は思います
生三は、その幸せを手に入れたのだ。あの子はもう大丈夫、とあいはこの五年ほど肩の上に載せていた重荷を漸く下ろしたのだった。

吉野川の大水のあと、明治十九年はさらに大凶作となった。どん底と思われた前年より、稲の収穫量はさらに四割ほど落ちて、貧者らは深刻な状態に陥った。関医院では、治療費を払えない患者たちが、魚や肉などを届けるのだが、それも滞りがちとなった。たまに差し入れられるものは、全て入院患者へと回され、家族や書生、女中らは蕎麦米雑炊や藁餅を口にすることになる。三年続きの藁餅は、又一や五郎にも忍耐を教えていた。

「人に頼らずに作物を育てられたら、もう藁餅なんて食べなくても良いのにな」

などと、少年ふたりがこそこそ話し合うのを聞いて、あいは穏やかに笑んだ。子供

らしい意見が微笑ましかった。

その後も吉野川は思い出したように暴れ、近隣の住人を苦しめたが、凶作を脱し、食うや食わずの暮らしぶりからは解放された。

同じ頃、医学界にも新しい風が吹いていた。遡ること明治四年、東校（東京大学の前身）は、今後は独逸医学を採用することと決め、独逸から教授陣を招き、医学教育の徹底を図った。もともと蘭方医学の医書は独逸の医学書を基にしていることもあり、独逸医学こそが最先端、という認識が根底にあった。この判断が、独逸医学をそれまで主流だった蘭方医学に取って代わらせることとなる。明治も二十年代に差し掛かると、完璧な独逸医学の教育を受けた医師たちが次々と誕生する。そうした医師らが続々と開業するようになると、かつての漢方医がそうであったように、蘭方医は中央から押しやられてしまう。

徳島でも独逸医学を学んだ者たちの開業が相次いだ。だが、寛斎は町医として決して揺るがずに、自らできることを、と貧しい家庭の子供たちへ無料種痘を実施し始めていた。

この無料種痘は関家の財政を直撃したが、あいは家計を切り詰め、機織りの腕を生かすことで夫を支えた。無料種痘を実施することで、子供たちを天然痘から守りたい

――かつて梧陵からかけられた「医療の堤となれ」という言葉を、寛斎は彼なりにそうした形で実践しようとしている。あいは、夫の思いを充分に理解していた。

戊辰戦争で手柄を立てたあと、次々に用意された花道のどれかひとつを選びさえすれば、寛斎は今頃、栄華の衣を纏っていたかも知れない。だが、夫はそれを望むひとではなかった。

幼い日に母を亡くし、それがきっかけで医師を志した。佐藤泰然、それにポンぺといった優れた師たちによって、「等しく医療は病める者のためであって、立身出世の道具としてはならぬ」との医師として決して譲れない信念を受け継ぎ、守り抜こうとしているのだ。そういう寛斎だからこそ、あいは生涯をかけて添い遂げようと決めていた。

ただひとつの懸念（けねん）は、寛斎と子供たちとの関わり合いであった。年子が晩年話していたように、これから先も色々あるだろうが、あいは妻として、また母として、その縺れた糸をひとつ、ひとつ解いていくつもりであった。

「これは一体、どういうことか」

明治二十三年（一八九〇年）、二月。奇（く）しくも六年前に生三があいに無心に来たのと同じ日に、その本人から寛斎宛てに手紙が届いた。

寛斎は封も切らずに、腹立ちまぎれに文を丸めて床へ投げつけた。

あいはそれを拾い、

「大したお行儀ですこと。生三も、もう三十七歳。今更無心もないでしょう。お腹立ちは尤もでしょうが、まずは読まれては如何ですか」

と、皺を伸ばして差し出した。

寛斎は顰め面で妻を見る。

「あい、お前この頃、亡くなった養母に似てきたな」

まあ、と楽しそうに笑う妻をひと睨みし、寛斎は渋々、文を受け取って中を開いた。

読み続けるうちに、その表情が少しずつ和らいでいくのをあいは見逃さない。

「子が生まれたそうだ。長女はフミ、長男は公一……そうか、あれもひとの親になったか」

「それで用件は何なのです？」

白々と尋ねる妻に、寛斎は、知っておるだろうに、と今度は口角を挙げてみせた。

「長年の親不孝の謝罪がしたい、とある。通町の自宅に、私とあいとを招待したいのだそうな」

両の手を合わせて喜びを隠さない妻に、寛斎はほろ苦く笑う。

「私が何も知らないとでも思っているのか。お前が私に内緒で、孫をこの家に呼んだことも知っている」

全くお前には敵わない、との寛斎の呟きは、しかし、あいの耳には届かない。生三廃嫡から十年、拗れに拗れた父子の関係は、緩やかに氷解の時を迎えようとしていた。


麗らかな春の空を、一羽の雲雀が囀りながら、高く、低く、飛んでいる。

その声に誘われ、寛斎とあいは、通町の生三宅を訪ねた。通りから垣間見える庭は手入れが行き届き、梅の花が満開で、辺り一面、甘い香りが漂っている。

「父さん、母さん」

そこでずっと待っていたのだろう、生三は門を飛び出して、ふたりを迎えた。すぐあとにトミも現れた。

「長い間、本当に」

そのあとの声が出ない生三に代わり、トミが深々と頭を下げる。

生三の持つ雰囲気からは、さもしさが消え、替わりに父親の風格が滲む。艶やかな印象だったトミは、落ち着いた品を身に着けていた。夫婦とも良い歳を重ねてきたのがわかる。

「ばあば」

玄関から、フミが弟を抱えて顔を出した。面差しがあいに似た、優しい顔立ちの乳飲み子だ。寛斎は大股で近づき、フミの傍らに腰を落とした。公一か、と問うと、答えを待たずに腕を差し伸べて、フミから抱き取った。

「そうか、これが……」

見れば、寛斎の双眸が潤んでいる。その姿が、生まれたばかりの生三を抱き上げた俊輔に重なった。

鼻の奥に潮の香りと醤油の匂いがして、あいの脳裡に銚子での日々が蘇る。幼い生三と寛斎と三人、苦しい生活ながら希望の灯を絶やさず暮らしていた日々が。

帰ってくる、家族の団らんが。憩いの時が。

——良かったねぇ、あい

ふいに年子の声が耳もとに帰り、あいはそっと指先で目頭を押さえた。

「お母さま、何をそんなに笑ってらっしゃるの」

港から続く道をあいと並んで歩いていたテルは、怪訝そうに尋ねた。札幌農学校進学のために旅立つ又一を見送った帰り道である。

娘の襟巻がずれていることに気付いて、あいは立ち止まり、手を伸ばして整える。

陽射しは暖かいが、風は凍てて存外寒い。

「思い出していたのよ、昔のことをね」

「昔？」

ええ、とあいはまたくすくすと肩を揺らしながら笑う。

「徳島が凶作続きで食べるものが無くて、藁餅を食べていた時があったの。又一はあれが苦手でねえ。人を頼らずに作物を育てられたら良いのに、と言っていたのよ。まさか、本当に農学校に進学するだなんて」

無論、又一が札幌農学校を志した理由はそれに留まらない。二年前に徳島に初めて、民間の牧場が開かれたこともその一因だろう。けれども、それまで飢えを知らずに育った又一にとって、幼い日のあの衝撃が僅かなりとも農学校進学へと駆り立てる要因となり得たのではないか、とあいはみていた。

初春の陽を慈しんで、ゆっくりと歩くうち、関の小路が見えてきた。兄弟の診察を待つのか、幼い子らが陽だまりの中で遊んでいる。

良い光景だわ、とあいは目を細めた。

「つい先日、周助兄さまも亜米利加へ留学してしまったし、家の中も少しずつ人数が減って寂しくなるわね」

テルの独り言を耳にして、あいは視線を天へと向けた。生まれる前のことゆえ、末娘のテルは兄姉との死別の記憶を持たない。

徳島で暮らすようになって二十八年、あいは、五十八歳になっていた。この間、一体幾人の子を、家族を、恩人を見送ったことだろう。

いつか、あい自身もこの世を去る時がくる。その時、懐かしいひとびとに喜んでもらえるように、残る人生を精一杯に生きよう、とあいは改めて思うのだった。

第四章　愛

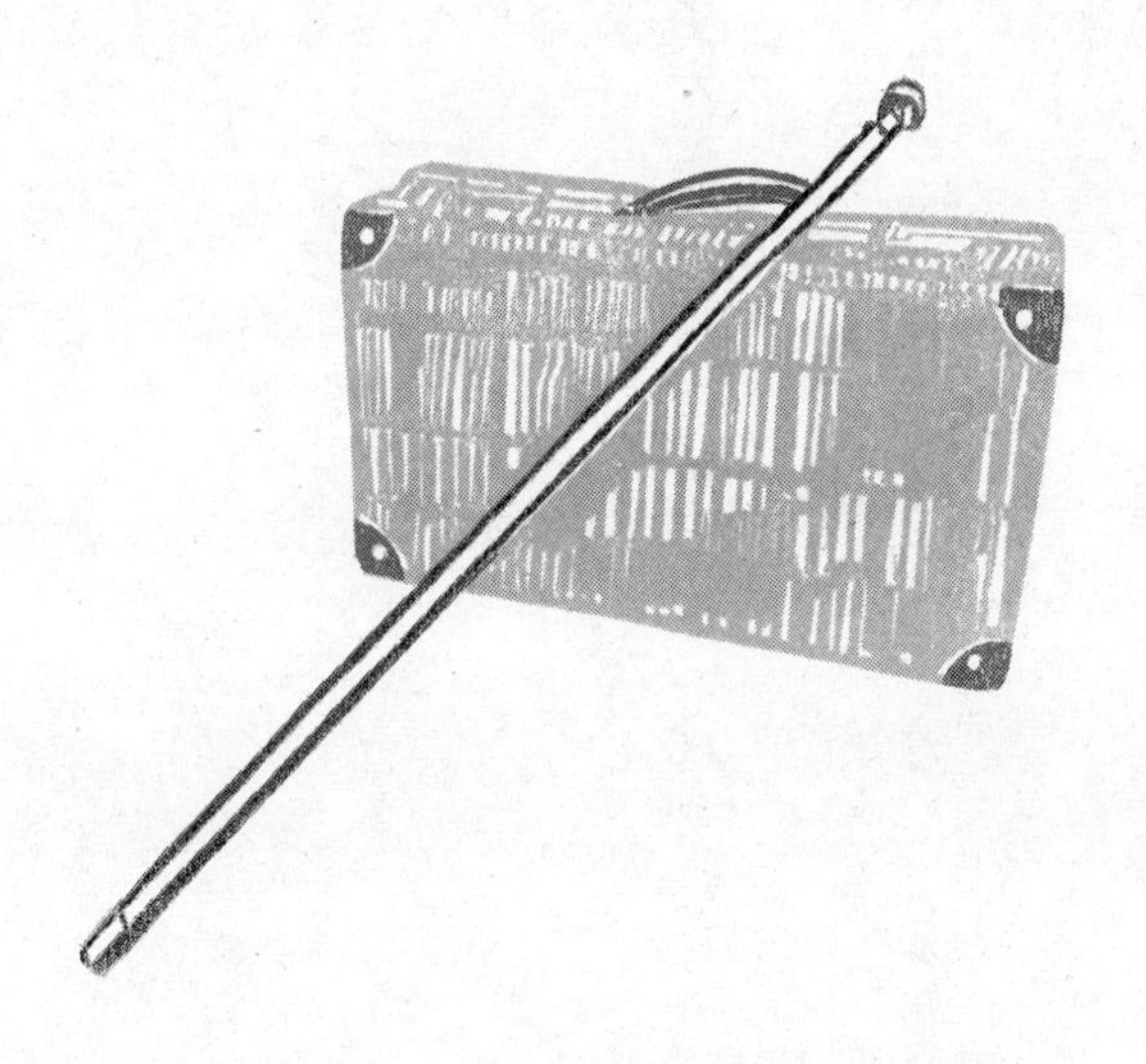

「お母さま、スミ姉さま、トメ姉さま」

関家の末娘、テルが先刻からそわそわと、台所を出たり入ったりしている。

「そろそろかしら。ねえ、もうそろそろだと思うのだけど。だってほら、外はもう、あんなだもの」

開け放たれたままの戸口からは、同家所有の果樹園が見通せる。傾いた陽が、剪定を終えた梨の木々までをも潤み朱色に染めて、夜の訪れがそう遠くないことを知らせていた。

「いい加減になさい、テル」

酢飯を団扇で扇ぐ手を止めずに、スミが妹を軽く睨んだ。

「こちらは猫の手も借りたいほどなのに、お手伝いもしないで」

　そうよ、と薄焼き玉子を刻んでいたトメが、脇から加勢する。

「テルも今年、十五でしょう？　いい歳をして、いつまでも子供みたいに振る舞うのはお止めなさい」

　年の離れた姉たちに叱られて、テルは萎れたまま、庭に通じる戸口を閉じた。そんな末娘に、あいは柔らかな笑顔を向ける。

「テル、もう診察室へ行ってなさい。お父さんや皆さんも待機してらっしゃるから」

　お母さんたちも直に行くからね、とあいに言われて、テルはこくんと頷くと、ゴムまりのように弾みながら、台所を横切って廊下へと飛び出した。

　その姿を見送って、トメはほろ苦く笑う。

「十も離れているせいか、テルが幼く見えて仕方がないの」

　甘く煮た椎茸や金時豆、蒲鉾などを酢飯に混ぜ込みながら、やれやれ、とスミが頭を振った。

「私なんて二十三も違うのよ。自分の娘みたいに思ってしまって、つい、口煩くなってしまう。あ、トメ、錦糸玉子をお願い」

「はい、姉さん」

　そんな遣り取りを交わしつつ、ばら寿司を仕上げていく姉妹の姿に、あいは温かな幸せを感じる。

息子と娘、ともに愛しいことに違いはないけれど、自身が女だからだろうか、とりわけ娘たちと過ごす時間は甘やかな安らぎをもたらしてくれる。スミもトメも余所へ嫁いだ身、こうして共にひとつ台所に立てるのは滅多とないことで、あいはしみじみありがたい、と思うのだ。

姉妹が作ったばら寿司を、一人前ずつ朱塗りの器に装い、澄まし汁の味を確かめると、あいは前掛けを外す。

「さあ、私たちも急ぎましょう」

母のひと言に、スミとトメは、はい、と明るく声を揃えた。

台所を出て、長い廊下を三度曲がると、関医院の診察室に辿り着く。扉の前では部屋に入りきらない書生たちが爪先立ちになって室内を覗いていた。

「あ、奥様」

里が人垣を掻き分けて、あいを呼ぶ。

「お急ぐください」

スミ様もトメ様も早く、と急かされて、あいたちは中へと駆け込んだ。

窓の外の残照で、室内は辛うじて誰が居るのかわかるのみ。薄闇の中で一同は揃って天井を見上げていた。

「あっ」

固唾を呑んで皆が見守る中、ジジッと鈍い音がして突然、天井から光が放たれた。上から吊られた紐の先に平らな笠、そこにガラス製の大きな球が付いていて、煌々と輝いている。ランプの灯とも違う、ましてや蠟燭や行灯の明かりなど比べ物にならない明るさだ。

おおっ、と部屋の内外から歓声が起こった。互いの顔を見合って、昼間と変わらぬほどよく見えることに感激しきりである。

この日、明治二十八年（一八九五年）一月九日、徳島に初めて電灯が灯った。火力発電による送電で、設備も電気代も相当に高額なため、これを享受できたのは、ごくごく限られた世帯のみである。関医院でも相当に無理をして、診察室に一灯、設けるのがやっとだった。

「先生、これで夜の手術も楽になりますね」

あいは傍らの寛斎に囁いた。

白熱灯の下で見る齢六十六の夫は、後退した額と弛んだ頬の辺りに老いを感じさせるものの、後ろへ撫でつけた髪はまだ充分に黒く、肌も艶やかだ。寛斎は、妻に頷い

てみせて、

「夜間でも電灯を頼りに、患者がこの医院まで辿り着けるのもありがたいことだ」

と、張りのある声で応(こた)えた。

その夜は全員にばら寿司を振る舞って、ささやかな祝いとし、後片付けを女たちで手分けして済ませた。身体(からだ)の弱い息子の居るトメを先に人力車で帰したあとも、スミは残って母の話し相手をする。広い台所は煮炊きのあとの温もりも消え、底冷えのする寒さだった。

「三年前の大洪水からこちら、石垣島へ移住を希望しているひとが増えたらしいの」

熱いお茶を湯飲みに注いでもらいながら、あいは嘆息する。

暴れ川の異名を持つ吉野川は頻繁に水害をもたらし、人々の生活を脅(おびや)かすばかりか、農作物に多大な損害を与えて止まない。農に携(たずさ)わる者は貧しいままで固定され、そこから脱することなどできないのだ。否、農に限らず、徳島では富裕層と貧者との差は歴然として、埋めようがなかった。実際、この地では凶作豊作にかかわらず、例年、三千人を超える者が発育不全や栄養失調で命を落とす。同じ徳島県人が沖縄八重山(やえやま)開拓の許しを得て石垣島に農場を作る、と聞けば心動かぬわけはない。

「けれど、開拓は生半可(なまはんか)なことではないでしょうに」

急須を置いて、スミは眉根を寄せる。

「もとの徳島藩の稲田家のかたたちが、北海道へ移ってどれほど辛酸を舐められたかは、よく知られていますし」

徳島藩の筆頭家老で洲本城代だった稲田家は、淡路の分藩を求めて徳島藩と揉め、明治政府によって北海道移住を命じられた。稲田家主従は明治四年に静内という土地に入植したものの、原野を切り拓く困難に加え、国もとから運んだ家財を火事で失い、第二陣の移住者を乗せた船が難破、多くの死者を出すなど悲惨を極めたことが伝えられている。

「それに、水害や旱魃などの天災からは、何処へ行こうと結局逃れられないように思います」

スミは言い添えて、また急須を手に取った。

あれこれと話し込むうちに深夜になり、スミはさすがに腰を上げた。あいに送られて玄関から庭へと出る。門までを棕櫚の並木道が貫き、東側に入院患者らの病棟が連なる。この病棟は以前は士族長屋だったものに手を入れて使用していた。

門外には人力車が止まり、車夫が石油ランプを手に待機している。背後を振り返るスミに釣られて、あいも屋敷の方へ目をやった。

南の高い位置に丸い月が煌々と輝き、地上を照らしている。関家の並木道に敷き詰められた青い石が月光を受けて煌めき、診察室から洩れる白熱灯の明かりと合わせて幻想的に映る。建て増しを重ねた家屋は重厚で、敷地内の果樹園や広大な庭と相まって、さながら御殿のような様相を呈していた。

「こんなに立派になって……」

スミは視線を端から端へと巡らせて、感嘆の声を洩らす。

二十一年前にこの地に移り住んだ当初、関家は士族長屋の一画に母屋を所有するのみだった。

維新後、禄を失った徳島藩の藩士らはそれぞれに生活と戦ったが、中には家屋敷を手放さざるを得ない事態に陥る者も居る。殊に、四年続いた飢饉で精根尽きた者も少なくはなかった。

どうせ売るのなら同じ藩士だった者に、と寛斎に買い取りを求め、寛斎は無理にも資金繰りをして全て購入。望む者にはそのまま住み続けることを許した。こうして気が付けば関医院周辺の士族屋敷は殆どが関家の所有となったのである。あまりに敷地が広く、建物が入り組んでいるため、生三の妻のトミなど迷子になったこともあった。

寛斎にしてもあいにしても、ここまで豪奢な屋敷に住みたい、と思ったことはなく、気付けばこうなってしまっていた、というのが実態であった。医学の中心は蘭方医学から独逸医学へと移ったが、患者にとってはたとえ最先端の医術から遅れていようとも寛斎こそが名医であり、寛斎の町医としての評判は益々上がって、こうした住まいに暮らすことに、周囲の誰も疑問を抱いていない。

「変わらないのは、あの山桃の樹だけね」

庭にある古い山桃に目を留めて、スミは独り言のように呟いた。この地に移って来た時から、あの山桃だけは変わらずにそこに在り、長きに亘って、関家の喜怒哀楽をじっと見守っているのだ。

「お母様、私、この頃、よく思い出すの」

人力に乗り込む前、娘は母を振り返った。

「銚子のあの小さな家を。縁側があって、庭に群れる蜻蛉を大助と並んで見ていた」

途端、あいの胸にも銚子での日々が蘇った。貧しいながらも希望に溢れていた、あの若い日々。思い返せば潮風と醤油の良い香りがここまで漂ってくるようだった。

懐かしいわ、との言葉を残して、スミは帰っていく。車夫の点すランプの灯が闇の向こうに消えてしまうまで、あいは良い香りの記憶とともに、そこに佇んでいた。

桜が散り、菖蒲も萎れ、徳島の人々も漸く白熱灯の明かりに慣れた頃。あいの居間の窓には、テルの手で植えられた朝顔が勢いよく蔓を伸ばしていた。

関家の客から「あいさんの部屋」と呼ばれる居間は、薬局部屋の裏にある。おやつの時間には、あいの手で季節の果物や、薩摩芋、汁粉といった甘味が用意され、誰かれの区別なく振る舞われた。時に患者や御用聞きまで混ざることもあった。

「おや、テルちゃんがまた……」

枇杷を食べていた客が、ふと洩らした。引き戸の隙間から、テルが熱心に薬研に向かう様子が覗き見える。あらまた、とあいは弱った顔でその姿を見守った。

関家の末娘テルには、一風変わったところがある。

同じ年頃の娘たちがリボンや髪飾りに胸をときめかせるのに対し、爪の間を真っ黒にして野草を摘み、その効能を調べることに夢中になった。ああして関医院の薬局に籠ることも多い。皆の邪魔になるから、とあいがきつく叱責しても、気付くとまた薬局の隅で薬研を触っている。

寛斎・あい夫妻の子らの中には、たとえば餘作のように幼い頃から聴診器で遊ぶことを好む者も居たが、そうした方面に好奇心を持ったのはテルが初めてだった。

ふたりの姉、スミもトメも寛斎の弟子に嫁いでいる。テルもいずれは、と考えていたのだが、どうやら風向きが変わりそうなのだ。

「ほう、テルはまだああしているのか」

一日を終え、束の間、妻と憩いのひと時を過ごすために居間を訪れた寛斎は、引き戸を少し開けて薬局部屋を覗いている。

あいは長火鉢に載せた鉄瓶の湯を急須に注ぎ、小皿に金平糖を零した。どういうわけか、夫はこの菓子に目が無いのだ。

「テルにも困ったものです。今日もヨモギの株分けをしていたとかで、大分と日が暮れてから、手足を泥だらけにして帰ったんですよ。先生からも一度、きちんと叱ってくださいな」

金平糖をひとつ、口に放り込むと、寛斎はその甘みを充分に慈しんでから応えた。

「徳島は、長井長義という稀有の薬学者を生み育てた土地だ。テルが望むならば、その道へ進ませても良いと思うが」

同じく蜂須賀斉裕公に仕えた身、それに寛斎は長崎留学経験者として、長井長義の長崎留学に際してあれこれと腐心した経緯がある。テルのことを相談してみても良い、と寛斎は妻に告げた。

「それは……」

あいの表情がふっと翳る。

医師としての父を、薬学で支える娘。そうした構図を、あいとて考えなかったわけではない。女に教育は要らない、とされた時代も過去のものとして移ろうとしている。テルが望むならば叶えてやりたい、と。けれど、そのためには……。

「徳島に留まっていては無理だ。東京に出すことを考えるか」

寛斎の声にも僅かに寂寥が滲む。

テルは寛斎が五十二歳、あいが四十七歳で授かった末子で、自分たちの年齢を考えればその人生を見守ってやれる期間は短い。できる限り傍に置いておきたい、との気持ちは強いのだが、テルに相応しい人生を熟慮して、いつかは決断せねばならない。

寛斎は無言のまま、金平糖の載った小皿をあいの方へと押しやった。愛らしい形の砂糖菓子をひとつ摘まむと、あいは口に含む。ほっとする甘さに、仄かな慰めを得た。

隣室では、まだ薬研で薬草を砕くごりごりという音が続いていた。


夫婦の間でそんな遣り取りがあった、ひと月ほどあとの八月二十二日。徳島に大型の台風が上陸し、大雨をもたらした。

三年前の台風で市内の八割が浸水したことを思い返し、あいは震えながら雨の止むのを祈る。祈りが通じたのか、夕方には雨脚が弱まった。

「奥様、奥様」

緊迫した里の声に、あいは慌てて居間から飛び出した。見れば、廊下を里が先に立ち、その後ろを誰かを背負った車夫が続く。車夫の肩から胸にかけて、脱力した二本の腕がぶらぶらと揺れている。その腕の持ち主に容易に察しがついて、あいは狼狽(うろた)えて駆け寄った。

「テル、テル、一体どうしたのです」

全身ぐっしょりと濡(ぬ)れ、髪からも着物からも水が滴(したた)り落ちて、廊下を濡らしている。

「雨水に足を取られて、土手から下へすべり落ちたまま、誰にも気付かれずにいたようです」

あいに頼まれてテルを迎えに行った里が見つけて、大騒ぎになったという。

「とにかく居間へ」

あいは車夫の手を借りて娘を居間へ運ぶと、里とふたり、濡れた着物を脱がせて着替えさせる。全身を手拭いで擦って血の巡りを促し、髪を崩して綺麗(きれい)に拭(ぬぐ)い、布団に寝かせたところで、漸くテルの意識が戻った。

「お母さま、ごめんなさい」

弱々しく詫びる娘の頬に、あいはそっと掌を置いた。まだ体温は戻らず、氷のように冷たい。

「土手にゲンノショウコが生えていて、今、丁度花が咲いているの。この雨で花がやられていないか気になって、それで私……」

ごめんなさい、と娘は途切れ途切れに声を振り絞った。

寛斎は雨の中を往診に出て、まだ戻らない。とにかく体温を戻すのが第一、と里は先ほどから火鉢に火を起こしている。あいは帯を解き、着物を脱いで襦袢姿になると、娘の布団へと入り、テルと身体を密着させた。

「テル。お母さんがここに居て、こうしていましょうね」

あいがテルの背中へ手を回し、優しく撫でると、テルは安堵したのか、すっと眠りに落ちた。

その夜からテルは高熱を発し、酷い悪寒を訴えた。寛斎は懸命に治療を施し、何とかして治そうと努めたのだが、性質の悪い風邪はそれを許さず、じわじわとテルから体力と気力を奪っていく。あいはその枕もとに詰めて、必死で今は亡き姑の年子にテルを連れて行かぬように訴えた。

九月に入ると激しい咳がテルを襲い、肺炎の症状に苦しむようになった。

咳をする度（たび）に内臓まで出てしまいそうに苦しむ娘の背を、あいはただ撫でてやることしかできない。娘を診察する寛斎の失望と無念はもっと顕著であった。誰の目にも、テルの生命の灯はそう長くはない、と映った。

十日の未明、あいは誰かに肩を激しく揺さ振られた気がして、はっと目覚めた。テルの枕もとでうとうとしていたのだ。

仄明（ほのあか）るい病の床（とこ）で、テルがじっと母を見ている。もう言葉を発する力も残っていないのだろう、ただじっとあいを見つめている。その両の瞳に涙が盛り上がるのを認めて、あいは胸を突かれた。

お母さま、ごめんなさい

テルはもう頑張れないの

娘の瞳がそう語りかけるのを、あいは確かに感じ取った。

この子は、自分を喪（うしな）って悲しむだろう両親のことを慮（おもんぱか）って、消えかかる生命の炎を必死で掻き立てて生き続けたのだ。

「テル、テル」

あいは娘の名を呼び、その頬に顔を寄せた。

年子が初春の陽だまりの中で、「テル」と名付けた娘。生涯を陽の恵みを受けて生きられるように、との祈りを込めて名付けられた我が娘。周囲を明るく照らし続け、皆に幸せをもたらした末に、ひとりで逝（い）ってしまうのか。

――もう許しておやり

あいは耳元に、年子の声を聴いた。

布団に手を差し入れ、テルの左の手をそっと握る。そしてもう片方の手で、あいは娘の涙を優しく拭った。そうされて初めて、テルは安堵の表情を見せ、小さくひとつ、息を吐く。そうしてもう二度と息をすることはなかった。

幾度経験しても、子を喪う悲しみに慣れることは決してない。

六十六歳の父と六十一歳の母が齢十五の娘に先立たれる、というのは、子を通じて見ていた未来が断ち切られるに等しい。だが、寛斎には医師としての役割があり、また、あいには奥向きの細かなことにまで目を行き渡らせる務めがある。悲しみを胸に封じて、夫婦は淡々と時を過ごした。

愛娘（まなむすめ）を失って以降、何を目にしても心が動かない。紅葉の彩（いろどり）豊かな秋も、生け垣に山茶花（さざんか）の咲く冬も、蒼天（そうてん）に高く凧（たこ）の昇る新春も、季節はただふたりの前を無言のうちに通り過ぎるのみだった。

「新年のご挨拶はできないのだけれど」

年始の客の訪れることのない正月三日の朝、スミが重箱を下げて関家を訪れた。

よほど急いだのか、息が乱れていた。

「お母様たちに召し上がって頂きたくて、少し悪戯してみました」

台所の調理台に重箱を置くと、スミは両手で蓋を取る。

中に鰯の胡麻漬けや、塩漬けしたハラスを炙ったもの、鰯の熟れ寿司、金山寺味噌を詰めた柚子釜がぎっしりと詰められていた。

「まあ、懐かしいこと」

房総の味が並ぶ姿に、あいは目を細める。

「ハラスだけは、済みません、味に自信がないの。ひと月半ほど前に獲れたものを塩漬けにしておいて、それを使ったのです」

スミはそう言って身を縮めた。

あいは十八歳で寛斎に嫁いだが、その祝言の日に振る舞われたのが鰯の胡麻漬けと熟れ寿司、それに金山寺味噌だった。また、二十二歳から三十歳までの八年を銚子で過ごしたが、知遇を得た濱口梧陵から教わったのが鰹のハラスだ。

重箱にはそうした懐かしい料理とともに、両親を何とかして慰めたい、と願うスミの温かい気持ちもまた、ぎゅっと詰まっている。その優しさが骨身に沁みて、あいの目を潤ませた。

「今日はこれで帰ります。お母様、ご無理なさらずにね」

浜家の嫁として年始の客を迎えねばならないこともあり、スミは重箱をあいに託すと、慌ただしく台所をあとにした。

「小正月までは、なかなかほっとはできないだろうけれど、身体には充分に気を付けるのですよ。良いわね、スミ」

母の忠告に、スミは頷いてみせる。

「女も四十近くになると、身体が変わるのですね。何もかも昔のまま、というわけにはいかなくなりました。自愛しますね」

そんな言葉と笑顔を残して人力車に乗り込んだ娘が、あいは妙に気になった。体調に気をつけるよう今一度、念を押そうとして、関の小路を抜けて走る人力車を小走りで追い駆けたが、追いつくことはできなかった。

この時に感じた不安は、その月末に現実となってあいに襲いかかった。一月三十日、スミは心臓発作を起こし、夫の浜良平の手当ても空しく、この世を去ったのである。

テルを喪ってまだ半年も経たないうちの訃報に、あいは打ちのめされた。葬儀を終えて家に戻ったあいは、手料理を詰めて返そうと思っていた重箱を取り出した。梅花の蒔絵を施した黒塗りの重箱を台所の調理台に置くと、つい先日のスミの姿が蘇る。

「御神仏も随分と惨いことをなさいますね」

ひと気のない台所、誰に聞かせるでもなく、あいはぽつりと洩らした。

テルを喪うことで、未来をもぎ取られた気持ちになった。そして今、スミを喪うことで、積み重ねてきた過去までもが捻り潰されてしまったように感じる。

寛斎とあいの二番目の子として生を受けたスミは、三十九歳のこれまでずっと一番身近であいたち夫婦の歳月を見守り続けたのだ。銚子での日々、そして徳島での日々、その折々の苦労も、スミならば前置きなしに理解してくれた。スミは、あいにとっては娘というよりも、頼り甲斐のある分身のような存在であった。そのことに改めて気付かされて、あいは顔を覆って泣いた。

昨年、還暦を迎えた時は、テルもスミも健在で、ふたりから「お母様、うんと長生きしてくださいね」と祝福された。けれども、長生きして子供らの死に目に遭わねばならないとすれば、これほど惨いことはない。

寛斎と一緒になって、十二人の子供の母となったはずが、そのうちの半分まで喪ってしまった。もう充分だ、とあいは堪え切れずに嗚咽を洩らしながら思う。もう長くは生きたくない、と。

妻のそんな気持ちを察したのだろう、寛斎は、何時からか分けていた寝所を再びひとつにし、あいと並んで眠るようになった。暗く長い夜を、寂寥に襲われる夜を、老いふたり、身を寄せ合うことで何とか乗り越えようとしたのだった。

「又一のところへ、様子を見に行こうと思う」

寛斎が妻にそう切り出したのは、スミの死から三か月が過ぎ、喪失という傷に漸く薄い膜が張り始めた頃のことだった。

「又一のところへ」

夫の言葉を繰り返し、あいは即座に頷いた。

「ようございますねぇ。又一とそれに片山さんご夫妻の手紙から大体の様子はわかりますが、先生がお訪ねになれば、又一もどれほど心丈夫なことでしょうか」

四年前、又一が札幌農学校に入学する際、同じく徳島在住の片山八重蔵・ウタという夫婦も渡道を希望し、連れ立って北海道へ渡ったという経緯がある。弱冠十七歳の息子をひとり北海道へ送るのが不安だったあいにとって、片山夫妻の存在は実に心強かった。

農学校へ入学した又一は、農作物栽培方法を始め、牧場管理や農場経営など多方面に亘る専門知識を、持ち前の一途さで着実に身につけていく。この頃、北海道庁は移民奨励のため、土地の貸付を受けて農牧場にすれば検査の上で払い下げを受けられる、との制度を設けており、又一は自ら学んだことを実践しようと考えた。

二年前、石狩郡樽川に二十町歩ほどの貸付を受けることを希望、寛斎の奔走でこれを認められていた。そして、常からの縁で片山夫妻も今、又一を助けて樽川で鍬を振るっているのであった。

「たとえば生三ならば前之内で百姓の暮らしを身近に経験したけれど、又一は徳島で生まれ育ち、農とは縁もなく過ごした身。果たして本当にあの子が、と案ずるばかりです」

関医院のことならば、寛斎の育てた弟子たちに留守を任せられる。是非、お出でなさいまし、とあいは夫に勧めた。

そうしよう、と寛斎は頷き、それならば、と話を続けた。

「私もこの齢だ、何があるかわからん。良い折りだから、家督を周助に譲ってしまおうと思う」

生三は和解したとはいえ、一度廃嫡にした過去がある。本人も今さら家督を譲り受ける気もないだろう。餘作、又一、五郎はそれぞれまだ学生だ。その点、周助は米国の大学で学んで昨年帰国し、今は三井物産に勤めている。理性的で世知に長けた周助ならば、関家の財とあいとを守ってくれるだろう――そんな夫の気持ちを、あいは汲むしかなかった。

万事が整った七月五日、寛斎は徳島を出て北海道へと向かった。

夫が不在の夏、大きな台風が時期をずらして三つ、徳島を襲って大雨をもたらした。

「奥様、奥様」

九月初めの深夜、窓を叩く激しい雨音に混じり、里の声を聴いて、あいは文机から視線を外した。

「里、どうしたのです?」

応じるように襖が開いて、里が顔を出す。

「ご様子を伺いに参りました。その……雨が激しいようですので」

里は真っ青になり、身を震わせている。激しい雨音が里に三十年前の「寅の水」を思い起こさせているのだ、とあいは悟り、里を室内に招き入れた。

「少しお飲み。心が落ち着きますよ」

麦湯を湯飲みに入れて差し出すと、里は恐縮しつつ受け取って、少しずつ飲んだ。あいは石油ランプの光に照らされた里の横顔をじっと見つめる。髪にちらほらと白髪が混じり、顔にも小皺が目立っていた。出会った日、齢十三だった少女も、今年で確か四十五。今は女中頭として、関家の女中たちを束ねる立場にある。

何時頃からか、関家に勤めて家事や機織りを覚え嫁いでいく娘が増え、気が付けばここは娘の奉公先として大変な人気となっていた。食事は三度、家族と奉公人とが一堂に会し同じものを食べる。着物はあいの手織りの布で仕立てたものが与えられる。病に罹っても心配ない。まさに至れり尽くせり、との評判であった。浮ついた気持ちで奉公に来る娘たちを、しっかりと躾けるのは里の役回りだ。関家にとって、里は決して欠くことのできない存在となっていた。

幾度か縁談が持ち上がったが、里はここに居ることを選んだ。花の刻を無駄に過ごさせたかも知れない、とあいは何とも切ない思いで中年となった里をじっと見つめた。

麦湯を飲み終えた里の視線が、文机の上で止まった。あいが直前まで眺めていた古い地図が重ねて置かれている。夫が侍医だった頃から家にあるものだ。今はもっと詳細なものが出回っているのだが、あいはこの地図に愛着があった。

「好きなのです、地図を眺めるのが」

照れたように笑って、あいは三枚の地図を開き、畳に置いて繋いでみせた。ここが徳島、ここが大阪、ここが東京、とあいは該当するところを指し示す。一度だけ船で大阪に出たことのある里は、指で徳島と大阪の距離を測り、そこから東京までの遠さを実感している。

「これが北海道ですよ。大きいでしょう」

特異な形をした北海道をなぞり、あいは最後に、樽川はこの辺りかしらね、と一点を押さえた。里は親指とひと差し指とを尺取虫のように動かして、樽川までの距離を測って絶句している。こんなに遠くまでどうやって行くのか、との里の疑念を察して、あいは穏やかに微笑んだ。

「先生の話では、今回は徳島から大阪まで船、大阪から横浜までを汽車。横浜から函館まで船、函館から札幌までまた汽車。そこまで行けば、樽川までは三里ほどだそうですよ」

全行程で半月ほど、と聞いて里は目を丸くしている。かつてあいたちが銚子からこの徳島まで、二か月近くかけて辿り着いたことを思えば、まさに隔世の感があった。

昔は蝦夷地、と呼ばれた土地。今、夫や息子はどのような光景を見ているのだろう、とあいは地図を撫でつつ思いを馳せるのだった。

それから幾日か経ち、テルを喪った九月十日が巡って来た。

主不在ではあったが神道での一年祭を滞りなく済ませると、あいはひとり、裏庭に佇んだ。周囲を見回せば、テルの片鱗がそこかしこに見受けられる。植物の好きな娘で、季節になれば朝顔や千日草、箒草や葉牡丹などの種を蒔き、育てていた。いずれも一年草だが、中には零れた種が発芽して育っているものもある。

テルの残した片鱗を集めて、育てたらどうだろう。あの子が最期に気にかけていたゲンノショウコも土手からこちらへ移してやろう。あいは思い立ち、裏庭の一角に鍬を入れ始めた。その姿を見て、里や書生たちが替わろうと飛び出して来たが、あいはきっぱりと拒み、ひとり鍬を振るい続ける。

歳も歳、重い鍬を持ち上げると初めのうちは身体がふらついたが、徐々に勘が戻ってくる。郷里の前之内に居た頃は、両親やふたりの姉とともに夜明けから日暮れまで百姓仕事に精を出していたのだ。

前之内を離れて以来四十年、こうして鍬を振るうことから遠ざかっていたけれど、農具の重みや耕された土の色、その放つ匂いまでが懐かしくてならない。テルを喪い、スミを喪って、暗く沈んだままの心はしかし、鍬が入る度に軽くなり、弾むようだった。

あいは鍬を置き、腰を落として、自ら耕した土に手を触れた。

これはテルが遺してくれた贈り物なのかも知れない。もう長くは生きたくない、と願った愚かな母を案じて、立ち直るきっかけをくれたのかも知れない。あいはそう思い、蹲ったまま空を仰いだ。


十月に入り、天が一層高くなった。

陽が落ちてからの虫の音の奏者は数を増やし、長い夜を通して賑やかな音色を奏でる。関家の主夫婦の寝所の窓の外からも、鈴虫や鉦叩き、馬追いなどの鳴き声が響いていた。

「ここを出た時はまだ梅雨だったはずが」

あい手織りの木綿の袷に着替え、ゆったりと寝酒を楽しんでいた寛斎は、盃を持つ手を膝に置いた。

「何時の間にやら秋になっている。さほどに長く、私は家を空けていたのだな」

あいは目もとを和らげて、夫の盃に酒を満たした。

徳島から旅立って三か月、漸く今夕帰宅した寛斎は、旅装を解く間も惜しんで入院患者の診察をし、留守を任せた医師らの話を聞き、最後に書生たちの勉学の進み具合を確かめた。慌ただしく夕餉(ゆうげ)と風呂を終えて、やっと夫婦水入らずの時を迎えたのだった。

「親の口から言うのも何だが、又一は見違えるほど立派になっていたぞ」

あいが最も知りたかった息子に関する詳細を、寛斎は初めて口にした。

樽川は十四年前に開村し、徐々に戸数を増やし、今は近代的な開拓が始まったところだという。片山夫妻とそれに小作人らとともに、又一が実験農場作りに取りかかって二年になる。海沿いの平野部で土壌は砂地ゆえ、比較的開拓し易(やす)いものの、それでも原生林を切り倒し、根を掘り起こして整地する作業は生半可なものではない。

又一名義で貸付を得たのは二十町歩、およそ六万坪。まだ道半(なか)ば、しかし、まるで農と縁のない少年時代を過ごした又一がよくぞここまで、と思うほどに原野は牧草地と農地とに変わっていた。息子が拓いた農場を眼前にした時、寛斎は膝が震えるほどの感慨を覚えた。無論、片山夫妻を始め周囲の支えもあってのことだが、弱冠二十一歳の又一のことが、寛斎は父として誇らしかった。

「夏の北海道の美しさというのは、ほかに喩(たと)えるものがない——その昔、斎藤龍安(りょうあん)がそんなことを文に書いて寄越したが、全くその通りだ。蒼天に緑なす大地、のんびりと草を食む牛馬の姿。目を転じれば、よく耕された畑に収穫の兆しが宿る。これまであちこちで農場や牧場を見てきたが、その何処とも同じではなく、まるで遠い異国のようだ」

あいにも見せたかったぞ、と言い終えると、寛斎は手にした盃をぐっと干した。

どちらかと言えば線の細かった又一が、筋骨隆々とした身体になり、腕の太さも倍近くになっていた、と聞き、あいは双眸を潤ませた。母として、まずは息子が健やかでいてくれることが何よりもありがたかった。

夫の盃に酒を満たすうち、別の心配事が首をもたげる。

「ですが、あの子はまだ札幌農学校の学生で、卒業まで何年も残しているはずです。学業の方は疎かにはなりませんか?」

「それも心配ない。片山夫妻が農場の管理をしっかりしてくれるので、又一も月のうち半分以上は農学校で先生方の指導を受けることができている」

そうですか、とあいは安堵の息をつく。

思えば不思議な廻り合わせだった。中須賀の貧しい百姓の家系に生まれた寛斎とあい。子供たちは両親の食うや食わずの貧しさを知らず、身体の中に脈々と流れる先祖代々の百姓の血は、ふたりの記憶の中にだけ留め置かれるものと思っていた。

だが今、息子の又一が農に携わろうとしている。又一の目指すのは新しい時代の、新しい農だ。又一が、貧しく苦しいばかりの百姓の暮らしを変えてくれる。それを思うと、あいはしみじみと喜びを感じるのだ。

ただひとつ残念なのは、と寛斎は歪に伸ばした手をふっと止めた。

「土壌が砂地、ということは稲作には不向きだということだ。米の取れない百姓ほど惨めなものはないからな」

前之内でも、それにここ徳島でも、稲作に不向きな土地ゆえに百姓は大変な労苦を強いられ、貧しさから逃れることもできない。

それならば、とあいは夫に微笑んでみせた。

「徳島の薩摩芋の、あの甘さ、滋味豊かな味わいは、砂地で育てるからこそ、と聞いています。また、砂地ならば良い牧草も育つのではありませんか？　今は私たちが『八千石の蕪かじり』と揶揄された時代とは違います。昔は禁忌だった牛豚の肉を食すほどですもの、お米に拘る必要はない、と思います」

寛斎は妻の顔をしげしげと暫く眺めていたが、やがて心底楽しそうに声を上げて笑った。

「いやはや、あいは昔と少しも変わらぬな。禍に直面しても挫けず、物事の良い面を見つめて難事を乗り越えてしまうのだ」

そうした気構えに幾度救われたか知れない、と言い添えて、寛斎は再び盃を手に取った。

窓の外では、りーん、りーん、と澄んだ鈴虫の音が際立って響いている。夫婦は暫しその音色に耳を傾けた。立て続けに娘ふたりを喪った底知れぬ悲しみから漸く浮上して、残る人生を生き抜く力が湧くのを感じていた。

台所の柱の八角時計は六時を示している。冬のこの時期、窓の外はまだ真っ暗だ。昔は夜明けが「明け六つ」だったから、朝餉の仕度の折り、辺りは明るかった。定時法が採用されて二十年以上が過ぎても、幼い頃より馴染んだ時刻の感覚は身を去らない。平右衛門ではないが、なかなか馴染めないものだ、とあいは窓ガラスに目を向けた。

外が闇のためガラスが丁度鏡のようになって、そこに老婆の姿が映っている。髪は銀、頬はこけて上体もしなびて見えた。まさか、と自分の頬に右手を添えれば、ガラスの中の老婆も同じ仕草をしている。おやまあ、とあいは嘆息した。齢を重ねてなお潑溂として覇気を失わない夫に比して、この老け方はどうだろうか。寛斎より五つ年下のはずが、下手をすると年上に見えてしまいそうだった。あいはせめて、年子を真似てすっと背筋を伸ばした。

「奥様、お吸い物のお味をみて頂けますか？」

鍋をかき混ぜていた里が、あいを呼んでいる。

渡された手塩皿の中身を吸って、あいは目を細めた。

「良い塩梅だわ、美味しくできていますよ」

あいの返答に、里はほっとした表情を見せた。

関家で用いる醤油と味噌は、梧陵亡き後も変わらずに紀州の濱口家から送られてくるものだが、三年ほど前、急に味が変わったことがあった。

それはごく僅かな変化で、味付けを行った里は気付かず、また、あいを含め同じ食卓を囲んでいた者たちも特段、何とも思わなかった。ただ、寛斎のみが「雑な味がする」と箸を置いた。関家の食物蔵へ行って醤油と味噌を舐め、原料となる塩の変質を確信し、そこから濱口家の異変を察知したのだ。果たして、取るものも取りあえず紀州の濱口家へ駆けつけてみれば、梧陵亡き後、借金が膨れ上がり破たん寸前になっていた。寛斎は債権者と掛け合い、返済計画を作り、また濱口家の財政再建へ向けての具体的かつ詳細な設計図を練り上げた、という経緯があった。

「あの時は、まるで気付かなかったものですから」

当時を思い出したのだろう、しゅんと肩を落とす里に、あいはゆっくりと頭を振る。

「私だって気付かないままでしたからね。うちの先生は特別なんですよ」

生前、濱口梧陵からどれほどの恩義を受けたことだろうか。その報恩も叶わぬまま、梧陵は泉下(せんか)の客となってしまった。あとを引き継いだ孫の濱口慶次はまだ年若く、寛斎はその彼を支えることで、梧陵からの恩義に報いたい、と願っているのだろう。だからこそ、味噌醤油の僅かな味の変化にも鋭敏になれたのだ。

少しでも役に立ちたい、との思いから、寛斎は刻を見つけては塩の研究をし、赤穂(あこう)の塩を慶次に勧め、それがやがてはさらに良い味の味噌と醤油へと結実した。周囲からすれば「何もそこまで」と言われそうだが、寛斎にとってはまだまだ不足なのだ。濱口家の財政再建が叶うまでは死ぬに死ねない――そんな執念のようなものも、あいは夫に感じているのだった。

吸い物の味を巡って、あいと里との間でそんな遣り取りのあった数日後のこと。紀州の濱口家から寛斎に届け物があった。

螺鈿(らでん)細工を施(ほどこ)した箱に納まっていたのは、越中則重(えっちゅうのりしげ)という鎌倉時代の名工の手による短刀だった。家宝に相応しい品だが、寛斎はそれには目もくれず、添えてあった文を貪るようにして読んだ。感じ入った表情で読み終えると、無言のまま、あいにその文を差し出した。

そこには塩の研究に対する感謝とともに、寛斎の進言を受け、主一家と奉公人皆で質実剛健な暮らしを重ね、手堅い商いを続けた結果、何とか債務の返済も滞りなく終えて、財政再建が叶った旨の報告が綴られていた。

「慶次さまは偉い。さすが、濱口梧陵さまのお血筋だ」

寛斎はくぐもった声で言う。

「燕かじりの貧乏人なら倹約は苦痛ではないが、栄華を極めた金持ちが同じことをするのは難しい。それを一丸となって遣り遂げたとは、大したものだ」

もう濱口家は何の心配もない、と寛斎は幾度も両の目を瞬いた。

夫の思いを知るあいは、その両肩に載っていた重い荷が外れたことに安堵する。文を丁寧に畳んで寛斎に戻す時、ふと、もしや濱口梧陵の孫に対する支援は、老齢の夫にとって、節目となる大きな目標だったのではないか、と思った。その目標が三年と待たずに達成されたのだとしたら、あとはどうするのだろう。

夫の来し方を振り返れば、常に雄々しい目標を掲げてそれに邁進する生き方を貫いてきた。そんな寛斎のことだ、また新たな目標を見つけるに違いない。その新たな目標が楽しみでもあり、また不安でもあるあいだった。

「あい、留守を頼む」

明治三十一年（一八九八年）七月初め、旅仕度を整えた寛斎が、あいを振り返った。

二年ぶりに又一の樽川の農場を訪ねるのだ。

「あれから二年、試験農場の開拓がどれほど進んだか、この目で見るのが楽しみだ」

庭の山桃の樹が主の旅立ちを祝福するように、赤黒く熟した実を地面に落としている。寛斎はそれに気付いて、樹の根もとに歩み寄り、軽く身を屈めた。

「又一に届けてやりたいが、山桃の実はすぐに傷むからな」

残念そうに言い置いて、老人とも思われぬ力強い足取りで門を出て行った。

私も一緒に連れていってくださいな。

あいは、夫の後ろ姿を見送りながら、言いたかった台詞をぐっと嚙み下した。

又一が徳島を離れて六年。息子の様子を確かめておきたい。それに夫からの口伝に聞く農場も、この目で見ておきたかった。けれども主が留守中の家を守るのは妻の務め、と考えて言い出せないままだった。

いつか、その緑なす大地を見てみたい。

ゆっくりと山桃の樹に歩み寄り、その幹を撫でながら、そんな日が訪れるかしら、とあいは問いかける。山桃は優しく葉を鳴らすばかりだった。

全国的には凶作で米価が高騰する中で、この年の徳島は近年にない豊作となった。豊かな実りの喜びの中、寛斎は又一のもとから戻った。旅慣れているとはいえ、やはり北海道は遠い。夫の無事に、あいはほっと胸を撫でおろした。

夫の口から息子の近況や開拓地の話を聞くことを何よりも楽しみにしていたのだが、どういうわけか、今回は寛斎の口はとても重い。二年前、熱く息子の仕事ぶりを語ったはずが、今回はあいに問われるまま、辛うじてぽつぽつと答えるばかりなのだ。しかも、話の途中で黙り込んでしまう。

その替わり、刻ができると書斎にこもり、鼓を打つようになった。漆黒に金蒔絵の桜花を散らした胴。仔馬の革を張り、朱房できりりと締めた姿の美しい鼓は、賀代姫逝去のみぎり、謝意とともに斉裕公より下賜されたものだ。亡き君公の形見の品として、長い間、床の間に飾られていた。三月頃から手に取っていたのは知っているが、北海道より戻って以来、放さなくなった。

長い間触れられていなかったにもかかわらず、革に息を吹きかけられ、湿り気を与えられると、鼓はぽんぽんと良い音を響かせる。

畏れ多くて触れられぬ、と夫が以前話していたことを思い返して、あいはじっと考え込んだ。

先生は、何かを迷っておられるのだ。

妻にさえ相談できないことを、鼓を通じて斉裕公に打ち明けておられるのだわ。

そう思い至って、あいは深く息を吐く。

北の地で、一体何があったのだろう。如何(いか)なる困難にも屈することのない先生を、あれほどまでに悩ませる、一体何が。

寝所で布団を並べて休んでいても、寛斎はあいに背を向けたまま自分からは何も語らない。長く連れ添うたはずが、ここへ来て急に夫の心が読めなくなった。

かつて銚子と長崎に分かれて暮らしたこともあったが、遠く離れていても常に心は寄り添いあっていた。今、これほど近くにいても夫の心は彼方(かなた)にあるようで、あいは初めて、強い孤独を感じた。せんないことだが、スミが生きていてくれれば、この気持ちを打ち明けることもできただろうに。そう思うと益々寂寥(せきりょう)を覚えて、あいはそっと掛け布団を引き上げた。

翌、明治三十二年（一八九九年）、寛斎は古稀を迎え、正月四日にはその祝宴が催された。

寛斎とあいは慎ましいものにすることを望んだのだが、蓋を開けてみれば、生三やトメらの家族を始め、離れて暮らす息子たち、医学校時代の教え子や、地元の名士らが祝福に駆け付けて、大盛会となった。あまりに大勢の祝い客に食堂のみでは収まりきれず、続きの庭に洋卓を出しての応対となる。医学界の中心からは外れた蘭方医ではあるが、徳島に於ける町医としての寛斎は誰からも一目も二目も置かれる存在であることが伝わる会となった。

「『人生七十、古来稀なり』の言葉通り、まことにめでたいことです。ご長寿でご壮健で」

大抵の客はそう言ったあと、庭の果樹園や米蔵、食物蔵、増築を続けた母屋などをぐるりと見渡して、こう付け加えるのである。

「これだけの財を成され、おまけに跡を託せる優秀なご子息やお孫さんに恵まれて、何不自由のない老後ですね。いや、実に羨ましい限りです」

そうした祝辞を受ける度、寛斎の機嫌が悪くなるのでは、とあいは内心気が気ではない。

資産を褒められる度に、その言葉の裏に「医療を金儲けの道具にして稼いでいるのではないか」との針を感じてしまうのだ。寛斎をよく知るひとならば、決してそうではない、と理解しているだろう。だが、世の中には、寛斎のこれまでの経歴や苦労を知らず、目に見えるものだけで評価しようとするひとが、あまりに多い。

あいは接客をしながら、寛斎の様子に気を払った。子供たちから贈られた紫色の紬の綿入れを纏った夫は、しかし、淡々と祝辞を受けていた。その姿が何処か虚ろに映って、あいは却って不安になった。

宴が終わり、全ての客が帰ったあと、寛斎は疲れたのか早々に寝所へと引き上げた。里や女中らと手分けして後片付けを済ませ、風呂で疲れを落とし、あいもまた、寝所へと向かった。

襖を開けると、肌を刺す冷気があいを襲う。見れば、庭に面した窓が開け放たれ、寛斎が胡坐をかいて夜空を眺めていた。

昔、同じ姿を見たことがある。そう、あれは銚子の家だ。梧陵から長崎留学の話がもたらされた折り、寛斎は縁側でああして月を眺めていたのだ。あいは懐かしさで胸が一杯になる。

歳月というものは、若い頃には極めてゆっくりと、そして老いたる身には飛ぶように、過ぎてしまう。もうかれこれ四十年ほど昔のことなのに、つい昨日のことのように思われた。

あいは温かな声で、先生、と優しく呼びかけた。

「まだお休みではなかったのですか」

寛斎は妻に静かな眼差しを向ける。傍らへ誘われているように感じ、あいは敷かれた布団の脇をすり抜けて、夫と並んで座った。

天には薄い切り爪の月がかかる。控えめな月影のおかげで、天を埋め尽くすほどの星々の姿が際立って明るい。星明かりの下、夫婦は暫し黙って天を仰いだ。

どれほどの刻、そうしていただろうか。

「あい」

掠れた声で夫が妻を呼んだ。

頼みがある、と言い置いて、寛斎は自ら居住まいを正した。

あいも夫に向き直り、姿勢を整えた。だが、寛斎は逡巡して、なかなか話を切り出さない。先生、と優しく促されて、漸く意を決したのか、妻の目をじっと見た。

「あい、いずれはこの家を出て、生三か周助のもとへ身を寄せてほしい」

家を出て、生三か周助のもとへ……。

夫の台詞を口の中で繰り返して、あいは息を呑む。

「それは、どういう……」

震えまい、と思っても、声が勝手に震えてしまう。

「離縁する、と仰るのでしょうか」

自分の一言が妻をどれほど動揺させているかを目の当たりにして、寛斎は辛そうに視線を逸らせた。

「あいに落ち度があるわけでは一切ない。身勝手は承知の上で、頼むのだ」

わけを、とあいは辛うじて声を絞る。

「わけをお話しください」

確かに、昨秋来、夫婦の間にすれ違いはある。けれども、再来年は金婚式を迎えるふたりなのだ。何故、今さら離縁なのか。あいにはわからなかった。

もしや女のひとが、とあいはふいに思い、思うそばから即座に打ち消した。もしもそんな気配があるならば、誰よりもまず、あい自身が気付くはずだった。およそそうした心の動きに嘘がつけないのがこのひとなのだから。あいは震えながら自身にそう言い聞かせる。

「思うところあって、ゆくゆくはこの家も土地も手放し、身ひとつになって、ただ独り徳島を出るつもりだ」

視線を暗い庭に向けたまま、寛斎は、苦しそうに告げた。

身ひとつになって、ただ独り……。夫のその言葉に、あいは風が変わるのを感じる。離縁は、もしや、あいを解放するための手立てではないのか。夫は、あいが思いも寄らない理由でそう決意したのではないのか。

あいは、畳に両の手をついて、僅かに身を乗り出す。

「その、思うところ、というのをお聞かせくださいませ」

「あい」

寛斎は顔を歪め、それでも妻が心底、理由を聞きたがっているのを察して、迷いながらも、ならば話そう、と唇を解いた。

「私は志を持って医師となり、縁あってこの地に移り住んだ。濱口さまの望まれたような医療の堤にはなれなかったが、医学校を作り、多くの医師も育った。徳島に蘭方医学を根付かせる役割は果たしたと思う」

時は移り、今は蘭方もすっかり時代遅れの学問となった。徳島には、より進んだ医療技術を持った医師や設備の整った病院が次々とできて、もう何の不便もない。

「次は新たな道で世の役に立ちたい、と考えるようになったのだ」

新たな道、とあいは繰り返し、促す眼差しを夫に向ける。

妻の視線をしっかりと受け止めて、寛斎は言った。

「北海道に渡り、開拓に身を投じたい」

あいは、深く息を吸い込んだ。夜の冷気で胸を一杯にして、そっと瞳を閉じる。

心の何処かで、ああやはり、と納得している。初めて聞く夫の決意なのだが、不思議なことに、とうの昔に知っていたように思われる。

「子や孫に囲まれ、何不自由なく穏やかな老後を過ごす。ひとはそれを老いの幸せと言うが、私はそうは思わない。生命のある限り、ひとは自らの本分を精一杯に果たすべきなのだ」

本分、という言葉が夫の口をついて出た途端、あいの脳裡（のうり）に濱口梧陵の姿が蘇（よみがえ）った。

──人たる者の本分は、眼前にあらずして、永遠に在（あ）り
梧陵の声がそのまま耳もとに聞こえて、あいは両の指を組んで強く握り締める。

安逸な老後を送ることは、夫にとっての本分ではない。では、開拓がその本分だと言うのか。

あいは組んだ指に力を込めて考えた。

もしかしたら、と思いつく。

梧陵の厚意を踏み躙り、養父俊輔を失望させてまで仕官の道を選んだことを、夫はずっと悔いていたのかも知れない。自身で決めたこととはいえ、徳島へ移り、廻り合わせで富を得た。それすらも恥じているのか。

梧陵や俊輔がそうであったように、昔から、「私」よりも「公」を重んじるひとだった。世の中から必要とされれば、それに応える寛斎なのだ。老齢を理由に労られるだけでは、生きる意味を見出せないのではなかろうか。

「私はすでに古稀。どれほどのことができるかはわからぬが」

寛斎は、視線を妻から庭へと移した。

「たとえ畳一畳の土地でも良い、この手で豊かな実りをもたらす土壌に変えることができれば、飢えからひとを救える。あとの世代に繋げることもできるだろう。残り少ない人生を賭ける意味がある」

そう、それが夫の見出した己の本分なのだ。

百姓の子として生まれ、貧しさの中で育った。医師を志し、それを存分に叶えた今、また百姓に戻る。土の匂いとともに晩年を過ごすのだ。

その昔、梧陵からの支援を断った際に、こういう風にしか生きられない、と声を絞ったことがあった。実に夫らしい決断だ、とあいは思う。同時に、ほんの一瞬でも下賤なことを考えた自分自身を深く恥じた。

あいは口を噤み、寛斎はそんな妻を暫くじっと見つめてから、口調を改める。

「だが、あいには子供らや孫たちと平穏に暮らしてほしい、と心から願う。この通りだ、私の最後の我儘を許してほしい」

連れ添って四十七年、寛斎は初めて、妻に両の手をついて頭を下げた。

あいは黙って、庭に目をやった。

星影の下、山桃の樹はその輪郭をくっきりと呈している。枝を広げたその樹形に、郷里の山桃の姿が重なった。じっと目を凝らせば、その幹に取り縋って泣く少年の幻が見えるようだ。

祝言をあげた夜、あいは自身がこう祈ったことを思い返す。

――あなたの心に封じ込められている哀しみを、拭い去れますように

寂しさに凍える心を、暖め溶かす光になれますように

あいは、ゆっくりと唇を解く。

「連れていってくださいな。私も一緒に」

妻の言葉に、寛斎は驚いて顔を上げた。

山桃から目を離さずに、あいは夫に告げる。

「きっとお役にたちますよ。田畑仕事は、先生よりも私の方が上手ですからね」

あい、と妻の名を呼ぶと、寛斎は顔を歪める。

その双眸に盛り上がる涙を零すまい、と寛斎は唇を引き結んで耐えた。


維新により新しい時代を迎えたこの国にとって、北海道開拓はひとつの悲願でもあった。だが、そのための政策は迷走し、入植した者への対応も一貫していなかった。そんな中で明治三十年、「北海道国有未開地処分法」という法律が施行される。これは、ひとりあたり百五十万坪を上限として、十年以内に開拓すれば無償で払い下げを受けられる、という画期的な法律だった。この法律の存在が、寛斎の夢を後押しした。

無論、切り拓いた土地を我が物にする気はさらさらない。望む者に分け与え、ひとりでも多くの自作農を育てたい、と願う。中須賀の貧しい百姓として脈々と受け継がれてきた血が、寛斎にそう願わせるのだ。

「この決意が周囲に洩れたなら、猛反対を受けるだろう」

それ故に計画は緻密に、そして秘密裡に行う必要がある、と寛斎は妻に語った。

確かに、とあいは頷く。

老齢の夫婦だけで北海道へ入植を希望している、と周囲が知れば、ふたりして気が違った、と思われるのが関の山。また、子供たちには親への思いがそれぞれにあるだろう。

「トメには泣かれてしまいそうですよ。湿っぽいのは嫌ですし、この年で子供たちに説教されるのはもっと嫌です」

あいが言えば、寛斎は声を上げて笑う。

「あいは、ますます亡くなった養母に似てきた。あの威勢の良い養母が傍に居るようで、何とも心強いことだ」

途方もない方向へ人生の舵を切ろうとしているふたりなのだが、胸のうちには希望の灯が点る。

老齢のふたりに残された時間を、僅かとみるか、充分と捉えるか。

「もしも、私のしようとすることを、天も本分と認めるならば、それだけの時間が与えられるはずだ。中途でこの身が果てるのならば、それもまた運命。悔いはない」

寛斎はあいに、徳島で築いたものを整理し、潤沢な開拓資金を用意するために、ある程度の歳月をかけるつもりだ、と語った。

「濱口さまは生前、子孫のために資産を残すものではない、と話しておられた。親の資産をあてにするようなさもしい心根は持たぬと思うが、いずれにせよ全ての準備が整うまでは、周囲に悟られぬようにせねばなるまい」

　夫の言葉に、妻はしっかりと頷いた。


　二年後の明治三十四年（一九〇一年）、北海道の又一より、斗満(とまむ)原野と上利別(としべつ)、一〇一ヘクタール（約三百六万坪）の貸付許可を得た、と連絡があった。位置的には大雪山(たいせつざん)よりもさらに東側、十勝(とかち)国と呼ばれる辺りにある。

　同封されていた「十勝国牧場設計」と題された卒業論文の下書きを一読した寛斎は、

「機は熟した」

と短く言い、あいにそれを渡した。

　論文の下書きには、斗満原野の地形や自然の要素が牧場に如何に適するかを述べた上で十二年間にわたる詳細な開拓計画が綴(つづ)られていた。決して甘い見通しはなく、損失を見込んでいるところも信頼するに足る、とあいは捉えた。

「我らもいよいよ金婚式を迎えることだし、この辺りで夫婦揃って、一度郷里の前之内へ帰ってみるか」

墓参りもしておきたい、と語る夫の口ぶりに、密かな覚悟が滲んでいる。

その思いを汲み取って、あいはこんな提案をした。

「金婚の記念の品を揃えましょう。先生が今年出版された書物の他に、先生の詠まれた歌を染め抜いた風呂敷などはどうでしょうか。後々まで使えて、嵩張らず負担にならないですから」

姉たちを始め郷里の肉親や親戚とも、おそらくそれが今生の別れになるだろう。ふたりの良い形見になる、との言葉をあいは呑み込む。同じことを思ったのか、寛斎も暫し黙った。

窓の外、雨上がりの庭の緑が美しい。ゲンノショウコの小さな花に雨粒が宿って光を放っている。亡きテルのために作った小さな薬草畑に、夫婦は無言のまま暫く見入った。

梅雨の最中に、夫婦は郷里の前之内へ帰省した。ふたり揃っての帰省は、俊輔の葬儀以来である。

寛斎とあいは真っ先に、関家の在った場所へと出向いた。

俊輔の死から三十年、朽ちるに任せた製錦堂と母屋はすでに土に返り、石垣と、大黒柱と思しきぼろぼろの木柱が横たわるのみである。背丈を超す草木を掻き分けて敷地の中ほどに立つと、寛斎は息を止め、天を仰いだきり動かない。あいは背後から夫に傘を差しかけて、過ぎ去りし日を思い返す。

　年子に機織りを習うために通った日々。寛斎と祝言をあげたのもここだった。草生したこの場所に、かつては確かに家が建ち、ひとが住まい、学んでいた。山桃の葉の風に鳴る音、論語を読み上げる生徒たちの声、年子の機を織る音。もう聞こえるはずのない音が、耳の奥に帰ってくる。

　あい、と寛斎は掠れた声で妻を呼んだ。

「ひとの一生とは、生まれ落ちて死ぬるまで、ただひたすらに一本の道を歩くようなものなのだな。どれほど帰りたい場所があろうとも決して後戻りはできぬ。別れた人と再び出会うこともない。ただ、前を向いて歩くしかないのだ」

　あいは空いた方の手を差し伸べて、夫の手をそっと握った。

　あなたがその道をゆく時、傍らにいつも私が居ます、との思いを込めて夫の手を温かく握る。

　それを察したのだろう、夫もまた、妻の皺だらけの手を握り返した。

前之内村の光景は、昔と少しも変わらない。

幾筋もの銀糸にも似た雨越し、彼方に杉山の常緑が霞んで見える。点在する茅葺の百姓家、田植えも終わり、淡緑の稲が順調に育つ黒々とした田。蓑を纏った人々が、慈雨に濡れながら草引きに追われている。その周囲の畑で柔らかに葉を広げている、あれは藍葉だろうか。

土と水の匂いを胸一杯に吸い込みながら、夫婦は畦を歩く。

「あい、関先生」

常覚寺の門前で、懐かしいひとびとがふたりを呼んで手を振っていた。いずれも頭に雪を頂き、腰の折れ曲がったふた組の男女。ヨシ・覚蔵夫妻、それにもと・豊蔵夫妻であった。

「ヨシ姉さん、もと姉さん」

傘を手放し、老いも忘れて、あいは夢中でふたりに駆け寄った。

「驚いた、あいが婆さまになっているよ」

もとが笑えば、

「私たちはもっとお婆さんなのよ、もと」

と、ヨシがさらに笑う。

あいも笑いながら双眸が潤んでならない。ふたりの姉に、亡くなった祖母の面影が重なる。遥か遠く、記憶の彼方へ追いやられていた祖母の面影が。脈々と続く血の温かさを感じて、あいは姉たちと手を取り合った。

「あい、私らの息子が、あいと関先生に人生を拓いてもらったこと、本当に感謝してるんだよ」

ヨシともとが、まずは口を揃えて礼を言った。

もとの生んだ子をヨシが養子として君塚姓を名乗らせたのだが、その子を寛斎が徳島に呼び寄せて進学させていた。貢という名の青年は、来年、札幌農学校の農芸科へ入学することが決まっている。

「私にとっても大事な甥ですもの、当たり前ですよ」

あいは涙を拭い笑ってみせた。

全員で両家の墓参を済ませたあと、君塚の家で寛斎とあいを囲んで、ささやかに金婚の祝いが催された。

誰も寛斎とあいの胸に秘める決意を知らない。だが、互いの歳を思えば、もしやこれが最期かも、との気持ちは皆が揃って持っていた。だからこそ、宴は和やかで温かくて楽しいものとなった。

「若い頃は、この前之内で百姓として生きるのは辛いばかりだった。否、今だって辛いことの方が多い。維新で年貢から解放されたと思ったら、今度は地租。毟り取られてばかりだものなあ」

酒が口を滑らかにしたのだろう、覚蔵はしみじみと語る。

「けれども、季節が廻れば田に入り稲を育てる、畑で青物を育てる。そういう生き方はひととして何と真っ当なことかと、この頃は殊にそう思う」

覚蔵の妻のヨシを始め、皆が頷く。開け放たれた窓から、風が仄かに湿った土の匂いを運んできた。


深夜、あいは誰かに呼ばれた気がして、ふっと目覚めた。何時の間に雨は止んだか、障子から差し込む月光が思いのほか明るい。半身を起こすと、隣りの布団を見た。夫は軽い鼾をかいて熟睡している。宴の酒が心地よく回ったのだろう。

夫を起こさぬように、あいは布団を離れて部屋を抜け、表へ出た。

雲の切れ間から月が顔を出し、近辺を明るく照らしている。あいは生まれ育った家を目の奥に焼き付けるようにじっくりと眺めた。そしてそのまま、脇道へと出る。誰にも知られずに、会っておきたい相手が居た。

逸る心を抑えて、木立に続くぬかるんだ道を行く。遠い昔に馴染んだ道を歩くうち、老いを忘れて徐々に若返るような心持ちになる。枝分かれする道に、柿の木を見つけた。月下、この辺りの情景も、昔とさほど違ってはいない。木立の中に入り、縫うように歩を進める。天を行く雲の流れは速く、月は時々、雲に隠れて周辺を翳らせた。

逢えるかしら。それとも……。

早鐘を打ち出す胸を押さえて、あいは見当をつけた方角へと進んだ。

雲が途切れて、辺りが青白い光で満たされた時だった。

「あっ」

あいは低く声を洩らす。

山桃の樹が、そこに立っていた。

記憶の中の姿よりも遥かにどっしりと風格を備えた大木に育っている。けれども枝の向きや幹の瘤などは見覚えのあるままだった。熟して落ちた赤黒い実が一面に散らばっている。

立派になって、と独り言を呟いたあと、あいは、

「覚えていますか。私、随分とお婆さんになったでしょう？」

と、呼びかけた。

そして、両腕を伸ばして幹を抱き、身体を預けた。木肌に額を押し付けると、様々な思いが胸に込み上げる。

寛斎が母と見誤って縋った樹。

この前之内で暮らす間も、佐倉順天堂に移ってからも、心の拠り所とした樹。

寛斎と祝言をあげた日の夜、あいはこの樹から夫を託された想いがしたのだ。

「あのひととふたり、北海道へ渡ります。ふたりして原野を拓き、いずれはその土になるつもりです。もう二度とここへ戻ることはないでしょう。あなたの代わりに、あのひとを守ります。私の生命の果てるまで、きっと守り続けます」

あいの告白を、山桃の樹はただ静かに聞いていた。

上総の旅を終え、無事に徳島へ戻ると、今度は生三や周助らの声掛けで、夫婦の金婚式が執り行われることとなった。

「お渡しするのが遅れてしまいました」

北海道に居る又一を除いた家族全員が集まった席で、周助が厚紙に挟んだものを鞄から取り出して、両親に差し出した。

開いてみれば、古稀の記念に一族で撮影した写真が現れた。ほう、と寛斎は相好を崩す。

「私も随分と老けたものだが、しかしまあ、皆よく撮れている」

寛斎から渡された写真を手に取って、本当に、とあいも穏やかに笑った。

写真好きの寛斎はこれまでも機会を作って、家族で写真館に出かけて写真に収まることを好んだ。だが、一族総勢十七人もが関家の庭先に集合して撮影されるのは初めてだった。皆、緊張しているのだろう、幾分固い表情で写っているのが何とも微笑ましい。寛斎は鼓を小脇に抱えて、何処となく浮かない顔をしている。思えばこれを写した夜に、あいは夫から北海道開拓の決意を告げられたのだった。

「そして、これは皆からおふたりに、祝いの品です」

今度は生三が風呂敷の結び目を解き、桐の箱に入ったものを恭しく取り出した。箱の中から、小さな丸窓の付いた黒くて四角い形のものが姿を現した。その正体がわからず、何かしら、とあいは首を傾げた。

「米国製の写真機です。乾板と違って、ロールフィルムという巻き取り式のフィルムが入っていますから、好きな時に好きな場所で写真を撮ることができますよ」

生三の言葉を、周助がさらに補う。

「写し終えれば、東京の家へ写真機ごと送ってください。現像してお渡しします」

そうか、そうか、と寛斎は受け取った写真機を手で撫でて喜んだ。

「では、北海道の雄大な景色を写して、お前たちに見せるとしようか」

「あら、お父様、また旅に出られるのですか？　北海道だなんて、そんな遠くに」

膝に載せた子をあやしていたトメが、心配だわ、と眉を顰める。

「良いじゃないですか、又一兄さんの顔を見に行かれるのだから」

五郎の言葉通り、そこに居る誰もが、寛斎が又一を訪ねることに何ら疑いを持たなかった。

寛斎はあいを見、妻が頷くのを認めると、皆に向き直った。

「物見遊山で行くのではない。ここを引き払い、北海道へ移ることにした」

寛斎の言わんとすることが理解できず、一同は戸惑って顔を見合わせている。それまでの和やかな雰囲気が唐突に削がれた。生三やトメの子供たちは何も知らず、卓上の料理を気にして、そわそわと落ち着かない。

「今、カステラが焼き上がりましたよ。お坊ちゃんにお嬢ちゃんがた、台所で焼き立てを召し上がりませんか」

気を利かせて、里が小さい子供たちをその場から連れて出た。生三の妻トミらもこれに続く。

親子七人になったところで、どういうことでしょうか、と生三がまず口を開いた。

「お父さんは隠居して私の籍へ入られるはずだ。それなのに徳島を引き払われるとは……」

「北海道がお気に召したのならば、別荘を買われれば良いことです」

周助の口から出た「別荘」という言葉は、寛斎を苦々しい表情に変えた。

「この私が別荘など欲しがると思っているのか。私はあいとふたり北海道へ入植し、開拓に余生を捧げる心づもりだ」

一瞬、誰もが息を呑み込んだ。

皆が頭の中で「冗談を言っている」「否、このひとは冗談を言えるひとではない」とそれぞれ問答しているのが表情から読み取れて、あいはふと笑みを洩らした。

「お母様」

トメがあいに縋って、金切り声を上げる。

「開拓だなんて、嘘よね。まさかそのお齢で……。嘘だと言ってください」

「私は認めませんよ」

生三が真っ青になって、両の手を拳に握っている。

「その齢で開拓だなどと、馬鹿げたことを」

「生三兄さんの言う通りだ」

平素は冷静な周助までもが、頬を痙攣させて言い放つ。

「原生林を切り拓いて農場を作るなど、若い又一ならまだしも、お父さんには無理だ。ましてやお母さんまで一緒では、ふたりして死にに行くようなものだ。そんなことを息子として認められるわけがない」

周助の主張に、皆は揃って頷いた。

それまで黙っていた餘作が、首を捻る。

「お父さんは医師ですから、たとえば北海道の無医村で医院を開く、というのならまだしも理解できます。けれど、何故開拓なのですか？」

思えばこの餘作を含め、子供らの大半は真に貧しい暮らしを知らない。また、徳島を幾度か飢饉が襲ったはずが、歳月とともに記憶から遠のいてしまっているのだ。

貧しい中で農に生きる厳しさや喜びを、それを知らぬ者に伝えるのは難しい。

あいは逡巡し、傍らの夫に目をやった。

「お前たちの了解を求めるつもりはない」

寛斎は冷めきった声で宣言する。

「これまでに私が築いた財産は全て開拓資金とする。この屋敷も、また便宜上お前たちの名義としているものも全て返してもらうので、そのつもりでいるように」

皆が言葉を失う中で、寛斎はさっさと席を立ち、部屋を出て行ってしまった。

誰も微動だにしない。五人の子供たちは父親の一徹な性格を嫌というほど知っている。寛斎があぁ言った以上、必ず実行するだろう。静まり返った部屋に、舶来の柱時計の刻を刻む音だけが大きく響いていた。

座卓の料理が手つかずのまま冷めていくのが勿体なく、あいは箸を手に取った。金婚式らしく、潮汁や塩焼きを始め、鯛尽くしの料理が並んでいる。美味しそうに潮汁を啜るあいの姿に、五人の子供たちは信じ難い、との表情を顕にした。

「呑気に飯など食っている場合ですか」

生三が、どん、と大きく食卓を叩く。

「父さんは気でも違ったんですよ。母さんが止めなくてどうするのです」

「脳の病気ではないだろうか。餘作、お前どう思う」

周助に問われて、どうでしょうか、と餘作は考え込んだ。餘作は現在、医学校で学んでいる。

「お前たち、いい加減になさい」

あいは、箸を置いて五人の子供たちを見回した。

「突然思いついたわけでも、気が違ったわけでもありません。先生は何年もかけて、この計画を練り上げられたのですよ」

「貸付許可を受けたことは知っています。私たちも出願に名を連ねましたから。てっきり又一のためとばかり思っていました」

眉間(みけん)に深い皺を寄せ、周助は言い募る。

「何もおふたりが入植されずともひとを使って開拓させれば済むことでしょう。現に開拓事業に乗り出した華族は皆、そうしていますし」

残る四人が一斉に頷くのを見て、あいはやれやれ、と頭(かぶり)を振った。

「もうお止めなさい。入植も財産整理も既に決めたこと。よもやお前たちがそれをあてにするようなさもしい性根(しょうね)を持っているとは思わないけれど、開拓には資金が要るのです」

土地を拓き、牧場や農地を整えるまでに数年、それで収入を得られるようになるまで、さらに数年かかる。現地でひとを雇い入れるだろうし、器具や農具、牛や馬も要る。開拓作業そのものに金がかかる上、その間は貯蓄を切り崩して食いつなぐしかないのだ。

「話にならない」

生三は怒りに任せて立ち上がった。

「餘作を相続人にしたかと思えば、周助に家督を譲ると言い、最後は私の籍に入ると言う。そうやって子供の気持ちを弄(もてあそ)んだ挙句、開拓につぎ込むから全部返せ、と言うのか。まるで話にならない」

そう吐き捨てて、生三は部屋を出ようとした。周助らもこれに倣(なら)うつもりか、黙って立ち上がった。餘作、五郎もこれに従う。最後にトメも躊躇(ためら)いつつ席を立った。

「お待ちなさい」

あいは懸命に声を張る。

「先生も私も、親からもらったものは丈夫な身体だけ。それで充分だった。思いがけずこれほどまでに長生きをさせて頂き、色々な廻り合わせで財を成せました。残る人生で何かこの国の役に立ってみたい。そのためにこそ、これまで築いてきたものを使いたい。そう願う気持ちを、理解できなくても良いから、せめて黙って見守っていてほしいのです。お前たちが自ら額に汗して得たのではない財産に執着するような、そんなさもしい心根だとは思いたくないのです」

五人は動きを止めたまま、母親をじっと見下ろしている。

これほど言ってもわからないのだろうか。あいは小さく吐息をつき、再び箸を取った。すっかり冷めてしまった潮汁を飲み干すと、鯛の刺身に箸を伸ばす。

ぐずぐずと鼻を鳴らしながら、トメが座り直した。

「本来、家督を相続するのはひとりですし、私は他家へ嫁いだ身、財産云々(うんぬん)は関係ありません。ただひたすら、お父様、お母様のことが心配で仕方ないのです。だから私は賛成しません」

溢れ出る涙を拭おうともせずに、トメは箸を取った。塩焼きに手を伸ばし、尾の辺りの身をせせって口に運ぶ。美味しい、とひと言洩らして洟(はな)を啜り上げる娘に、あいは微笑んで手拭いを差し出した。

女ふたりが食事する様子を暫し眺めて、男四人も仕方なく席に戻る。

「私も長子として絶対に反対です。何かあってからでは遅い。何故、先にひと言相談してくださらなかったのか。許し難い思いで一杯だ」

生三が言えば、周助は、そうですとも、と相槌(あいづち)を打つ。

「生三兄さんも私も、すでに家を成し充分な収入を得ています。親の懐をあてになどしません。ただ、北海道はあまりに遠い。遠過ぎます」

「私と五郎は生三兄さんや周助兄さんと違って、まだ学生ですが」

餘作は五郎と眼差しを交わすと、母に向かって続けた。

「勉学を続けさせて頂くだけで充分です。親の決めることに口を挟める立場にないことは重々承知しています」

餘作の言葉に、五郎も大きく頷いている。

「兄さんたち、それに餘作も五郎も、もう良いから食べましょう。今日はせっかくのお祝いだもの」

鼻声でトメは言って、自ら土鍋の鯛飯を捌(さば)き始めた。

「お汁(つゆ)を温かいものと替えましょう」

子供たちを連れ戻った里が、新たな椀を置いて回った。ぎくしゃくした大人たちに構わず、小さな子たちは歓声を上げてご馳走(ちそう)を口に運んでいる。難しい顔をしていた生三が子供のために魚の骨を取り除き、周助は醬油差しを皆に回す。

「お父さんなら、向こうで医師としても活躍しそうだな。そう思わないか、五郎」

「学生で居られるうちに、訪ねてみませんか、餘作兄さん」

餘作と五郎がこそこそと話している。

それぞれに立腹しながら、戸惑いながら、あるいは諦(あきら)めながら、箸を手に食事を始める様子に、あいはほっと胸を撫で下ろした。

思えばこの五人とも、立派に育ったものだ。長男の生三は医師となり、五人の子に恵まれた。三男周助は三井物産の倫敦支店勤務で一児の父。餘作は岡山医学校、五郎は東京の大学でそれぞれ学ぶ。トメは寛斎の弟子に嫁いで四人の子持ちとなった。

寛斎とあい亡き後も関家の血筋が絶えることはない。もしも年子が存命ならば、

「あい、今日までよく頑張りました。残る人生はお前の好きにおし」

と、言ってくれるだろう。そう思った時に初めて、あいの視界は潤んだ。


徳島城跡に薄の銀穂が揺れる秋、眉山が純白の綿帽子を被る冬、新町川に初荷の船が浮かぶ新春。徳島の四季の巡りを慈しむうちに、明治三十五年（一九〇二年）、春爛漫の頃となった。

あいはその日、周囲には黙って万年山へ出かけた。万年山は徳島藩主蜂須賀家の墓所であり、寛斎が仕えた斉裕公もここに眠っている。維新後、顧みられることのない君公の墓に、ただ寛斎だけが足繁く通い、草を引き、掃除していることをあいは知っていた。

君公の墓地までの長い坂を上りながら、周囲を見渡す。少ない数ながら、桜や槙、

松などが枝を広げていた。手を伸ばして木々に触れ、あいは小さく、良かった、と呟いた。

もう二十年以上も前のことだ。藩の財政を補塡するため、という名目で、万年山の木々は一本残らず切り倒され、売り飛ばされてしまった。当時、寛斎はそれを阻止すべく手を尽くしたが、聞き届けられなかった。君公に申し訳がない、と禿山になった墓所に夫がひとり木を植え続けたことも、妻は知っていた。

丁度親指と人差し指とを広げたほどの幅の若木ばかりだが、山桜が蕾を綻ばせている。十日ほど後には徳島を出て北海道に渡るから、徳島で見る桜もこれが最後になる。あいは愛で眺めつつ、君公の墓へと向かった。

ふと、墓地にひとの気配を感じて、目を凝らす。墓石の前に身を伏して祈る老人ひとり。その正体は紛れもない、我が夫、関寛斎だった。

小刻みに震える夫の背を見て、あいは音を立てないように後ずさりする。幸い、風が若木の枝葉を鳴らしていた。離れた場所から、あいは君公の墓石に向かい、手を合わせて深く首を垂れる。子を喪った時、斉裕公の言葉にどれほど慰められたか知れなかった。

長い祈りを終えて顔を上げる。夫はまだ平伏したまま身動きひとつしなかった。

「先生、奥様」

そう呼びかけたきり、里は声が出ない。

港にほど近い沖洲村の旅籠で、寛斎とあいは、里とおそらくは永久の別れを惜しんでいた。既に屋敷はひとの手に委ね、この宿を最後に夫婦は八時の船で北海道へと旅立つのである。

「里、長い間、関の家のため、私たちのために本当によく尽くしてくれました」

関家に勤めて三十八年、齢十三の少女は今、五十一歳。その行く末を案じ、関家の子供たちの誰かのもとへ、とのあいの勧めを、里はきっぱりと断った。郷里の祖谷山で田畑を耕して暮らすのだという。ともに渡道してお世話をしたいのだけれど、やはり生まれ育った徳島を離れがたい。ふたりについて行く代わりに、自身も土と親しんで生きる、と里は決めていた。

「やはり、どなたもお見えではないのですね」

波止場に出て周囲を見回すと、里は落胆の色を隠せない。

身内はおろか、長く診てきた患者らも誰ひとりとして見送る者はなかった。

「当たり前です。送別の行事などは全て、こちらからお断りしたのですから」

あいはにこやかに笑った。

渡道に先立ち、寛斎とあいは母屋を出て、米蔵に莚を敷き、開拓生活の予行を長きに亘って繰り返した。鍋一つ、茶碗二つのみで食事を作って食べ、風呂に入らず、莚に包まって眠る。そんな夫妻の様子に周辺の人々は肝を潰した。やれ気が違っただの、破産しただの、散々な噂が駆け巡り、それまで築いてきた名医の看板は地に落ちた。関家の子や孫たちが如何に肩身の狭い思いをしたか知れない。

「子供たちとは既に別れの挨拶を済ませました。それに患者さんの中にも、旅籠まで別れを惜しみに来てくださるかたも沢山居ました。決して薄情なことはないのよ」

その目が真っ赤になっているのを見て、あいは腕を伸ばし、里の両手を取った。

「里、お前の笑顔に幾度救われたか知れない。できれば笑って送り出して頂戴な」

「あい、そろそろだ」

寛斎に促されて、あいは後ろ髪を引かれつつも乗船した。

甲板に佇むふたりに、里は波止場から精一杯の笑顔で手を振っている。船との距離が広がるにつれ、里の笑顔は泣き顔に変わり、ついには顔を覆って蹲った。

船がゆっくりと左に舵を取り、里の姿が見えなくなっても、あいは船尾に移ってその姿を求めた。

頭上高く阿波の空は麗らかに晴れ、寿ぎの春陽が夫婦に降り注ぐ。

「徳島は実に良いところだった。充分過ぎるほど幸せにしてもらった」

遠ざかる街を顧みて夫はつくづくと呟き、妻は深く頷いた。

関寛斎、七十三歳。

妻あい、六十八歳。

徳島で築いた財産を全て整理しての、新たなふたりだけの旅立ちであった。

四月十四日に徳島を出た寛斎とあいは、船を乗り継ぎ、航路で北海道へと向かい、五月十八日に漸く小樽港、そこから鉄路で札幌に到着した。あいの身体への負担が少ないように、と選んだ船旅だったが、実際は海が荒れに荒れて、船出が遅れたり中止になったりして、予定したよりも遥かに時がかかった。船に慣れていないこともあり、あいは船酔いで随分と苦しみ、下船してからもずっと船酔いの状態が続いて、札幌の停車場に着いてなお地面が揺れて感じられる。

「お父さん、お母さん」

停車場の改札口で、手にした学生帽を大きく振っている青年の姿があった。

「又一」

あいは夫よりも先に、息子に駆け寄った。

夫の古稀の祝いから三年ぶりに会う我が子は、一段と逞しく、また表情も引き締まって見える。白地の上総木綿の着物は、その昔あいが仕立ててやったものだ。古い着物を大事に着て、とあいは早くも瞳が潤んだ。

「あいも年を取って涙もろくなったものよ」

追いついた寛斎が、ほろりと笑った。

その手に重そうな籐の旅行鞄が下げられているのを見て、又一は、持ちましょう、と腕を伸ばす。まずは折り目正しく両親を歓迎する口上を述べると、又一は小柄な母のために少し身を屈め、

「お母さん、お疲れになったでしょう」

と、あいを労った。胸が一杯で声も出ないあいの手から風呂敷を取り上げて、旅行鞄とともに軽々と腕に抱える。

又一に先導されて停車場から通りに出ると、清浄な冷気があいを包んだ。あいは足を止め、鼻から深く息を吸い込む。乾いた土と日なたの匂いがした。

視線を転じれば、これまで目にしたことのないほど幅広の道路が延々と続いて、真っ青な空と繋がっている。両側には天を衝く勢いの街路樹が連なる。左右対称の小判

型の葉が並ぶその樹を見上げて、あいは、

「あれは針槐かしらね。随分と大きいのねえ」

と、嘆息した。

「こちらではあれをアカシアと呼ぶのですよ。もうひと月も経てば白い房状の花を咲かせて、辺り一帯、甘い匂いになりますから、楽しみにしていてください」

花房を天麩羅にして食べると旨いですよ、と又一は言って、白い歯を見せた。

通りに並ぶどっしりと重厚な平屋建ての洋館を見て、もしやと振り返れば、停車場の建物も白壁の洋風建築だった。何もかもが桁外れに大きく、目に見えるもの全てが、徳島とも銚子とも、またあいの知る大阪や東京とも違っている。異国の街に迷い込んだ錯覚を覚える情景だった。

「山鼻の家まで、三十分ほど歩きます」

又一は南の方角を示してみせた。

斗満に入植するに際して、北海道庁のある札幌に仮住まいがあった方が何かと便利だろう、と考えた寛斎が、又一に命じて探させた家が札幌郡山鼻村にあるのだ。

船酔いが続く状態ながら、初めての街はそれさえも忘れさせるほど刺激的で、あいは山鼻へ向かう道すがら、夢中で周囲の景色に見入った。

「このからりとした爽やかな空気は、やはり北の地ならではだな」

寛斎は上機嫌で息を深く吸い、満足そうに頷いている。

あいが石造りの二階建ての洋館に目を留めているのに気付いて、又一はそれが札幌電話交換局だと教えた。

「電話？　札幌にはもう電話があるの？」

あいは驚いて尋ねた。

新聞などで、離れた相手と遣り取りができる電話というものの存在を知ってはいても、徳島にはまだ無い。五年前から既に東京—札幌間で電話線が開通しており、さらには去年、札幌停車場にも自動電話が設置された。小樽までの通話なら料金さえ支払えば誰でも使用できる、と聞いてあいは双眸を見開いた。

順次張り巡らされていく鉄路、電気も電話もある。建物は洋館建てだ。街には人力車が走り、黒詰襟を着ている札幌農学校の生徒や、大きなリボンを頭に飾り、海老茶の袴に洋靴を履いた女学生が軽やかに歩いている。

ここは徳島よりも遥かに都会ではないか。

あいは愕然とし、立ち竦んだ。

母親の心中を察したのだろう、又一は苦い顔で頭を振る。

「この辺りは官庁や銀行、商社や学校が集まっているので特別です。少し行けば景色は全く変わってきます。私の樽川の実験農場もそうですが、札幌周辺の移住者の住まいなど、実に哀れなものですよ」

ましてや、これから入植しようとするところは、と言いかけて又一は口を噤んだ。暫くの間、三人は黙って歩いた。少し肌寒い風が、興奮で火照った身体に心地よい。

「見えてきました。お母さん、あの家です」

又一が指差す方を見れば、柾葺屋根に下見板張りの外壁の、二階建ての慎ましい家だ。障子ではなく、上げ下げのガラス窓が入っており、出窓になっている。傾斜のきつい屋根と合わせて異国の屋敷のようだった。

「見たところ洋館だが、中は畳だ。今夜は久々に手足を伸ばしてゆっくり眠れるぞ、あい」

寛斎は、ほっと安堵の声で妻に告げた。

家の中に入れば、一階に八畳と六畳、もうひとつ六畳の座敷、板敷きの広い台所と手洗い。風呂場は見当たらない。その代わり、南側に思いがけず手頃な庭があった。急な階段をのぼれば、二階には八畳間に窓が四つ。この部屋を又一は寝室として使っているとのこと。

「貢も一度だけ泊まりに来ました」

「まあ、貢も。あの子、元気にしているの？」

あいの問いかけに、又一は、もちろん、と白い歯を覗かせた。

「まわりに秀才が多いので、休みの日も寮にこもって勉学に勤しんでいますよ。ここへは滅多に顔を見せませんが、よく頑張っています」

母の手を取って階段を下りながら、又一は朗らかに説明を続ける。

「徳島の家とは比較にならない倹しい住まいですが、住めば都です。風呂は銭湯を利用してください。札幌だけで二十軒ほどあって、皆、便利に使っています」

室内は掃き掃除は済ませてあるものの、桟に薄く埃が浮いて、ガラスも曇ったままだった。厳しい重労働に耐えて日々を過ごすのだ、そこまで手が回らなくて当然だった。家の中の様子を見て、根は几帳面な又一の苦労が、あいにはかえって身近に感じられた。

その夜は徳島から持ち込んだ麦飯を炊き、若布の味噌汁と、少し贅沢とは思ったが、これだけは札幌で求めた真鰈を煮付けて食卓に並べた。

ありがたい、と又一は両の手を合わせる。

「こうして北海道でお母さんの手料理が口にできるとは、夢のようです」

開墾作業に入れば、まともな食事は口にできないだろう。三人は各々、胸のうちにそうした思いを噛みしめて、箸を取った。

「小樽に着くまで日数がかかり過ぎて、船の中でも気が急いてならなかった。ともかく、一日も早く斗満へ発ちたいものだ」

寛斎が言えば、又一はとんでもない、とばかりに首を横に振る。

「落合までは鉄路で行けるとして、難所の狩勝峠にはまだ雪が残っています。まだひと月以上はここに留まっていてください。それに、長旅に不慣れなお母さんは無論のこと、お父さんにも充分な休息は必要です」

無理は禁物、と息子に釘を刺されて、老父は渋々ながらも納得した様子だった。

食事を終えて一気に旅の疲れが出たのだろう、その夜、寛斎は横になると鼾をかいて寝てしまった。あいも目を閉じるのだが、まだ船に乗っているような揺れを感じて思うように眠りにつけなかった。

ピポヒーリー

ピポヒーリー、ジジ

美しい囀りを耳にして、あいは、ああ、あれは大瑠璃だわ、と夢現に唇を綻ばせた。

夏になると遠くから渡ってくる、宝石を思わせる美しい青い鳥。鳴き終わりを必ず「ジジ」で締める律義者だ。関家の果樹園がお気に入りで、この季節の早朝、よくその姿を目にする。今年も来てくれたのか、と思った途端に目が覚めた。長年見慣れた寝所ではない。あいは、はっと身を起こした。

　夜明けが近いのだろう、ガラス窓の向こうに覗く空は遮るものなく広々と開け、仄かな曙色に染まり始めている。無論、果樹園も庭木もありはしない。

「そうだ、昨日のうちに札幌に着いたのに」

　ひと知れず赤面し、布団を出ようとした時、軽い動悸がして胸を押さえる。暫くじっとしていると、自然におさまった。一晩休んだにもかかわらず、頭の芯が揺れを感じていた。

「あい、どうした」

　並んで敷かれた布団で休んでいた寛斎が、声をかけてきた。

　妻から事情を聞くと、枕もとに置いた鞄を引き寄せ、聴診器を取り出して、丁寧に心音を探る。

「やはり長の船旅が身に応えたのだろう」

　暫く休むように、と夫から命じられて、あいは肩を落とした。

足手まといになるために徳島から渡道したわけではないのに。

そんな妻の気持ちを汲んだのだろう、寛斎は鷹揚に首を振った。

「昨夜、又一も話しておった。斗満原野へ行きたくとも、雪が解けねば私とて無理なのだ。今は諦めて身体を厭い、いざという時のために体力を蓄えようではないか」

無理にも布団に戻されて、あいは諦めて目を閉じる。

確かに夫の言う通りだ。丈夫なだけが自身の取り柄と思っていたが、あいも六十八。無理の利かない齢になったのだ。

昨夜聞いた又一の話によれば、樽川農場でも世話になった片山夫妻のほか、斗満入植を希望する四名とそれに案内人のアイヌの計七名が一足先に斗満原野に入ることになっているのだとか。まずは皆の住む家を作り、こちらが入植するまでの間に、僅かでも開墾を進めておいてくれるのだという。

それならば、この山鼻に居る間は、自分にできることをしっかりしておこう。

決意すると、少しばかり気は軽くなった。

まずはこの街を知り、人々の暮らしを知るところから始めよう、とあいは思った。

翌日から寛斎と又一は山鼻の自宅から樽川農場へ通うようになった。

斗満原野の開拓が軌道に乗るまでは、この樽川の収入が支えになるから、ふたりとも気合が入っている。

札幌農学校時代の伝手か、又一は樽川へ通うのに乗馬用の馬を借り、朝早く寛斎と連れだって出かけ、夜遅くに戻る。ふたりが留守の間、あいは家を隅々まで清掃し、衣類に手を入れ、街に必要な食料を買いに出た。

若い頃は、銚子から前之内まで十二里八町（約四十八キロメートル）の道のりを歩き通すのも苦ではなかったが、今はさすがにそこまでの脚力はない。油断すると背は丸まり、足を引きずって歩いてしまう。六十八、という年齢に負けぬように、あいは年子を思い出して背筋を伸ばし、颯爽と歩くよう努めた。毎日少しずつ、無理のない範囲で辺りを歩き回り、土地勘を身につける。

又一の通った農学校はもとは時計台の近くにあったが、今は場所を移して建築中だと聞いた。どんなところだろう、と鉄路を跨いで北へと足を進めてみれば、大掛かりな洋館を組み上げているのが目に映った。よくよく見れば、同じ敷地のあちこちで建築の真っ最中だった。

もうし、とあいは目の前を通りかかった背広服姿の男に声をかける。

「札幌農学校の新校舎、というのはこちらですか？」

そうですよ、と男は頷いて、誇らしげに洋館を指し示す。

「あれが農学教室、向こうが動植物学教室、昆虫学と、あとはええと、養蚕学教室。今、あそこに建てている最中なのが、農芸化学教室と、図書館です」

図書館以外は何の教室かわからず、あいは戸惑うばかりだ。その男から、学校の敷地が十万坪、校舎は三十八棟になる予定だ、と聞かされて、腰を抜かしそうになった。

あいの様子を見て、男は楽しそうに声を上げて笑った。

「札幌に暮らす者にとっては、札幌農学校は地元の誇りなんですよ」

男は学校に書籍を納める業者だと自らを明かし、あいに何故、農学校に興味があるかと尋ねた。

「甥は今年、農芸科に入学しました。それに息子が昨年、農学校の本科を卒業したのです」

あいの返答を聞いた途端、男は目を剝いた。

「それならご子息は有島武郎君と同じ十九期生だ。十九期生は、農学校創立以来、粒揃いの優等生ばかり、と評判なのですよ」

先が楽しみですねえ、と男は幾度も繰り返して去っていった。

あいは暫く、その場にぼんやりと佇んだ。

前之内では、農学も農芸化学とかいうものも誰も何も知らないが、それでも百姓たちは田に入り苗を植え、畑を耕し作物を育てた。土の作り方、農作物の育て方、水遣りの加減、等々。そうしたものは百姓としての暮らしの中で自然に身につくものだ。

片や、田に入り、泥まみれになる百姓。

片や、洋館建ての学び舎で、農学を学ぶ学生。

両者が同じ「農」に携わるものとは、あいにはどうしても思われない。

もしかすると、又一の言う「農」とあいの考える「農」は、実は別のものなのではないか。手を携えてひとつ道を歩くはずが、息子は全く別の道を行こうとしているのではないか。

悪い方に考え過ぎだわ、とあいは軽く息を吸い、空を仰いだ。澄んだ美しい空だ。

郷里前之内村の百姓は、終日身を粉にして働いても、暮らし向きは少しも楽ではなかった。もしかすると、又一の学んだ学問は、そうした哀しい事態を解消し、豊かな実りを約束する新たな「農」へと導いてくれるものなのかも知れない。

こんな立派な学び舎で、予科を含め九年間も学んだのだ。きっと新しい時代の「農」へと、年寄りふたりを導いていってくれるに違いない。そう考えついて漸く、あいの胸の内に一筋の光が差し込むのだった。

湯上がりの身体に、六月の風が心地よい。

こちらに移って半月、又一に強く勧められ、初めて銭湯へと足を運んだあいである。

実は銭湯、というのは生まれて初めてだった。前之内では盥に湯を張って身体を洗っていたし、銚子以降は贅沢にも内風呂のある生活だった。よもや又一に聞くわけにもいかず、銭湯の利用の仕方がわからずに往生していると、誰彼なく、親切に教えてくれた。

「お婆さん、どちらから？」

そう言いながら、脱衣場の使い方を教えてくれる若い娘が居る。

「徳島ね？　こっちも同じ四国の高知じゃき」

嬉しそうに言って、あいの手を取り湯船へと案内してくれる中年女が居る。

少し前まで山鼻に暮らすのは宮城と福島と青森の出身者が殆どだった、と教わった。その中に旧会津藩士も多く混じる、と聞く。あれこれと思いを巡らせながら木の香のする大きな湯船に肩まで浸かっていると、ずっと引き摺っていた旅の疲れが湯の中へ溶けていくようだった。

この銭湯には、大きなリボンをつけた女学生も居ないし、目を引く洋装の女も居ない。いずれも札幌近隣の土地の開拓にかかわる女性たちばかりなのだろう。二の腕は男のように筋肉がつき、指も節くれ立って随分と太い。

「ああ、極楽、極楽」

あいの横で温もっていた老女が、つくづくと洩らした。目が合うと、老女は照れて微笑んだ。

「節々の痛いのも忘れてしまって……風呂は本当にありがたいこと」

ほんの数年前まで、札幌の風呂屋といえば大きな五右衛門風呂を並べただけの簡素な造りのものだった、という。

「それでも銭を出して風呂に入る、なんて贅沢ができるのは、こちらでは恵まれている証ですからね」

老女の言葉に、洗い場で垢を落としていた中年女が大きく頷いた。

「札幌は年々便利になるし、家からここまで歩いて通える、ということだけで充分に贅沢ですよ。入植が早かった分、恵まれていると思います。これからは入植する場所によって、随分と苦労に差が出てくるでしょうからねえ」

女の話を聞き終えて、あいは、寛斎とあいが入植する予定の斗満のことを尋ねようか、と思いつつも、やはり留まった。

札幌から遥か彼方にある、という一事だけをもってしても、答えは容易に察しがつく。あいの表情がわずかに陰ったのを認めたのだろう、湯船の老女は宥める口調で言った。

「ここでは誰もが、自分よりも苦労しているひとのことを思って愚痴を封じるんですよ。冷害に旱魃、せっかく育てた作物を獣や飛蝗に食い尽くされることもある。熊に食い殺された、なんて話も珍しくありません。それでも開拓の道を選んだ以上、泣いて帰る場所もありませんからね」

もとより、あいもその覚悟だ。頷くあいに、老女は、この齢でこんな苦労をするとは思いませんでした、と言葉とは裏腹に穏やかな笑みを浮かべた。

あいは礼を言って先に風呂を出た。治まったはずの頭の芯の揺れが、またぶり返していた。

湯冷めを案じる季節ではない。風の中のアカシアの香りに誘われて、あいはゆっくりと通りを歩いた。

この辺りは碁盤の目のように街並みが整い、道に迷うこともない。

あいたちが暮らす家は札幌郡山鼻村の北の端に位置するが、村そのものはずっと南へと広がる。練兵場まで足を延ばせば、屯田兵村開設碑が建ち、背中合わせに兵屋が並ぶのを目にすることもできる。その裏手、細い道路を隔てて、屯田兵の開拓した広い畑が続く。又一の話では、昔は、アイヌによって「ユクニクリ」と呼ばれて、鹿の群れが多く見られる場所だったとのこと。今は周辺に、林檎や梨などの果樹が植えられている。あいはまだその実を見ないが、ぐずべり、と呼ばれる果実のなる植物が生垣に使用されている。

原生林をひとの手でここまでの風景にしたことを思い、あいは唇を引き結ぶ。どのような困難があろうとも、残る人生を賭して原野を拓くのだ。そのためにも、一日も早く斗満へ入りたい。あいは強くそう願った。

岡山の餘作から便りが届いたのは、六月半ばのことだった。

常ならば、夫宛ての文を先に読んだりはしないのだが、葉書だったために、つい文面に目が行った。

「まあ」

一読して、あいは胸に葉書を押し当てる。

そこには、医学校の夏休みを利用してそちらへ伺う、弟五郎も同行する旨、短く綴られていた。

徳島を出る時、もう二度と子供らに会うこともない、との覚悟を決めていた。だが、それは決して子供らを二度と顧みない、という意味ではない。

上の三人はすでに家庭を持ち、特段の心配はないが、餘作と五郎はまだ学生。ことに末の五郎は気管が弱く、線が細いのでその健康を絶えず気にしていた。まずは顔を見られることがありがたい、とあいは思った。

「そうですか、餘作兄さんと五郎がこちらへ」

一日の作業を終えて樽川から戻った又一は、父から渡された葉書を読んで、暫く考え込んだ。

何時の間に雨が降り出したのか、屋根を叩く音が聞こえている。又一の思案があまりに長く感じられて、あいは夫と視線を交わした。

「ずっと考えていたことですが」

又一は前置きの上で、こう切り出した。

「狩勝峠の雪も解けた頃ですし、今月中に、私だけひと足先に斗満原野へ入ります。もうひと月も作業をひと任せにしているので、これ以上は遅らせたくないのです。最初に道を作る工程までは私に任せてください」

樹齢何百年の木を伐り倒し、根を掘り起こして、ひとが通れる道を作ることは、寛斎やあいには無理だ。そうした準備が整ってから入植してほしい、と又一は懇願した。

「何を言うか。それでは私は何のためにここへ来たのかわからぬではないか」

憤慨する父親に、息子は冷静に告げる。

「何年もかけての開拓です。最初から無理をすれば潰れてしまいますよ。それよりも準備が整うまでの間、樽川農場をおふたりにお願いしたいのです。樽川の収入が開拓資金になるのですから、とても大事なことだ」

理路整然と説得されて、寛斎はむっつりと黙り込む。又一は宥めるように続けた。

「では、八月に入ればお父さんは餘作兄さんと一緒に、斗満に視察にいらしてください。十日も滞在すれば現状を把握して頂けます。五郎とお母さんは」

又一は一旦言葉を切って、あいをじっと見つめた。

「申し訳ないのですが、その間、山鼻に留まっていてほしいのです」

「又一、それは」

咄嗟に話を遮ろうとする母を、最後まで聞いてください、と息子は強く制した。

「長旅の疲れも取れていない今の状態で、お母さんに斗満までの移動は無理です。同じく体力のない五郎も足手まといになるだけだ」

厳しいことを言いますがこちらも真剣なのです、と又一は硬い口調のまま結んだ。

しかし、すぐに言い過ぎたと思ったのだろう、幾分、表情を和らげる。

「視察の機会を一度逃すだけではないですか。あとになれば嫌というほど斗満に暮らして頂き、盛大に働いて頂けます。まずは体調を回復してください」

あいは助けを求めて夫を見たが、寛斎自身も眉間に皺を寄せ、妻から目を逸らせている。夫も、医師としての立場から、今のあいに体力がないことを見越している様子だった。

忘れていた動悸が戻り、あいはそれを悟られまい、とぎゅっと奥歯を嚙み締めた。半ば押し切られる形で、あいは又一の言い分を呑むしかなかった。


又一は言葉通り、六月の末には単身、斗満原野へと旅立ち、そのひと月後に餘作と五郎とが札幌に到着した。

「おふたりとも、お変わりがなくて何よりです」

医学校卒業まで二年を残す餘作は、旅の疲れも見せずに潑溂としている。

「徳島を出てまだ三か月しか経っておらんのだ。そうそう変わるわけがあるまい」

憮然(ぶぜん)と応える寛斎に、餘作は、

「本当だ、お父さんは少しも変わらない。安心しました」

と、大らかに笑った。

餘作の傍らで、五郎は静かな笑みを浮かべている。少し青ざめて見えて、あいは先ほどから気がかりでならない。

「五郎、疲れているのではないの？　二階で横になりますか？」

あいの隣りで、寛斎はむっつりと腕を組んでいる。五郎は父の気持ちを慮（おもんぱか）ったのだろう、大丈夫です、と頭を振った。

「夏の間は、こちらで少し身体を鍛えようと思います。お世話になります」

五郎は畳に手をついて、両親に頭を下げた。

息子ふたりに手料理を振る舞い、早めに休ませて、あいも寛斎とともに寝室に引き上げた。

「五郎はどうしてまた、あれほど脆弱（ぜいじゃく）なのか」

別に胸を患（わずら）っているわけでもないのに、と寛斎は嘆息した。

「以前は餘作の方が五郎よりもずっと病弱だったはずだ。書物が好きだという理由だけで文学部なんぞへ進んだ辺りから、五郎は全てにおいて弱くなったようだ」

医学の道を選んでいれば、また違っていただろうに、と寛斎は布団に半身を起こしたまま、悔やんでいる。

「先生らしくもない」

あいは丸くなった背中を伸ばして、夫に対峙する。

「子には子の人生がある——周助が医者にならない、とわかった時、先生はそう仰いましたよ。五郎の人生だって同じはずです」

ううむ、と夫は唸り声を洩らした。

「確かにそうだ。私も年を取って頑迷になったのだな」

ええ、とあいはにこやかに告げる。

「お舅さまにそっくりになられました」

「あいは養母にそっくりになった」

寛斎は零し、仕方なさそうに苦笑した。


八月五日は、雲ひとつない晴天となった。

又一の言い付けを守り、父と息子とで斗満へ視察へ行く日である。

「八重蔵さん、ウタさん、どうぞ宜しくお願い申します」

停車場で、あいは片山夫妻に深々とお辞儀をした。餘作と寛斎ふたりきりでは心配だから、と片山夫妻が案内人を買って出てくれて、四人揃って斗満へと出発する運びとなったのである。齢四十九と四十一、労苦を重ねているはずが、それを感じさせない、人柄の良い夫婦だ。

「地図があってもなかなか辿り着けない場所ですから、現地を知っている私らがご案内するのが一番なんですよ」

と、八重蔵が言えば、

「おんなの私でも行けますから、先生も坊っちゃんも大丈夫ですよ」

と、ウタがぽんと胸を叩いてみせた。

これまでも、そしてこれからも、このふたりのお蔭でどれほど心丈夫か知れない。あいは幾度も幾度も礼を繰り返し、その姿が車中に消えるのを見送った。

「お母さん、ご無理をなさらずに」

汽車から身を乗り出すようにして、餘作が叫んでいる。

自分より先に斗満原野へ向かう息子に、あいも精一杯に手を振って応える。

その姿が見えなくなると、あいは改札を出て山鼻の家へと急いだ。五郎が昨夜から熱を出し、床に就いているのだ。

「あら」

玄関を開けると、見知らぬ男物の洋靴が揃えてあった。

もしや、と急いで履き物を脱ぐ。階段を駆け上がって部屋の襖(ふすま)を開けると、病人の枕元に座していた人物が振り返った。

「ああ、やっぱり貢だったのね」

「叔母(おば)様」

あいの甥にあたる、君塚貢だった。齢十八、又一のお下がりの黒の詰襟を着込んでいる。

「あなたが五郎に付いていてくれたのね。助かりました」

病人の額の手拭いが取り換えられているのを見て、あいはほっと安堵の息を吐いた。

ご無沙汰しています、と貢は畳に手をつき、改めて挨拶をする。寛斎とあいがこちらへ移ってから一度顔を見せたきりだった。寛斎に学費を出してもらっているため、寸暇(すんか)を惜しんで勉学に励(はげ)む律義者なのだ。

「昨夜、関先生が寮にお見えになられて、五郎様と叔母様を頼む、と仰いました」

関先生から初めて頼みごとをされて嬉しかった、と頬を染めて、貢は脇に置いた鞄を示した。

「先生がお戻りになられるまで、二十日ほどの間、こちらに置いてください」

郷里前之内から遠く離れたこの北の地で、君塚の血を引く甥を頼れることが、あいには何よりも有り難く、申し出を素直に受けることにした。

札幌は、ここ。大雪山がここで、斗満原野はこの辺り。

畳に広げた北海道の地図を眺めて、あいは考え込んだ。

又一からは一度、どの道筋で行くのかを教わったのだが、哀しいかな、寄る年波でしっかりと頭に入っていない。

「お母さん、随分と懐かしい地図ですね」

五郎が枕から頭を持ち上げて、こちらを見ていた。

「起こしてしまったのね。気分はどうです？」

案じる母親に、五郎は布団の上に座り直して、もう大丈夫です、と答えた。顔色も随分と良くなっている。

「確か、お父さんが徳島藩の侍医だった頃に入手した三枚組の地図ですよね。お母さんは本当に物持ちが良いなあ」

五郎に感心されて、あいはほろりと笑った。

寛斎が家を空けて遠くへ行く度に、この地図を眺めて随分と慰められた。今日では遥かに精巧なものも出回っているのだが、どうしてもこれを手放せない。

「斗満原野の位置がわかれば便利ですよね。正確なことは貢君に聞いた方が良い」

貢君、と五郎は階下へ声を張った。

「関先生から斗満に至るあらかたの経路は伺って居ますが、この地図に直接書き込んでも構わないのですか？」

事情を聞いた貢は、そう確認すると、鉛筆を手に地図の前へ座り込んだ。

「札幌停車場がここです。鉄道はこう伸びていて、終点の落合の停車場はここ。落合から徒歩になります。狩勝峠を越えて、清水。帯広から利別へ抜けて、ここが本別、足寄。そしてこれが目的地の淕別です」

貢は説明しながら地図に地名を書き加えていく。貸付許可を得た部分に斜線を引き、「トマム」と記入して、最後、「淕別」に「リクンベツ」と読み仮名を振った。

「淕別川、という川が流れているのですが、アイヌの言葉で、高い所へ入っていく川、というのが語源になっているそうです」

りくんべつ、とあいは鉛筆をなぞり、声に出して読んだ。美しい響きに、胸の奥がしんと静かになる。

蒼天のもと、澄んだ川が緑の森を抜けて何処までも流れていく――そんな情景が瞼の裏に浮かんだ。

「貢君は詳しいなあ」

感嘆する五郎に、貢は軽く首を振った。

「君塚の家は代々、百姓です。今ある前之内の田畑も先祖が苦労の末に開拓したもの。関先生や又一様の姿が先祖のそれに重なって仕方ありません。農芸科を卒業すれば私も斗満原野開拓に加えて頂こうと思い、常に地図を眺めているのです」

又一の卒業した札幌農学校の予科本科は、指導者を育てるべく学問としての農業を教え、貢の在籍する農芸科は技術者としての農業を教える。貢は、又一の指導のもと、開拓の技術者として入植するつもりなのだという。

あいは慌てて問い返した。

「貢は、当縁（とうぶい）へ入るのではなかったのですか」

君塚一族の中に、十二年前に十勝国当縁に貸付を受けた者がいて、貢はそこに入植するものと、誰もが思い込んでいた。

いいえ、と貢は思いを込めた声で答える。

「私は又一様とともに、斗満へ参ります」

多くは語らなくとも、貧しい前之内の暮らしから寛斎によって進学の機会を与えられ、人生が拓けたことへの感謝の思いと、報恩の決意とが滲んでいた。

あいも五郎も、貢がそこまで考えていることに強く胸を打たれた。

言葉の消えた室内に、置きランプの芯のジリリ、と燃える音だけがやたら大きく響いた。

雨のあとの土は柔らかく、耕しやすい。

土の質を手で確かめ、深さを決めてから鍬を入れる。掘り返された土は黒々として、湿気を含んで仄かな香りを放った。気が付くと、あいは全身に汗をかいていた。

寛斎と餘作が旅立って五日目、そろそろ淕別に到着した頃だろうか。あいは手拭いで額の汗を拭いながら周囲を見回した。今朝までは庭だったところを耕して畑に変えるのだ。ここで自分たちの食べる分だけでも、大根や豆、菜や芋を育てようと思う。

「お母さんは流石ですね」

あいを真似て鍬を使うものの、五郎の方はあまり捗らず、母の成果に感心するばかりだ。

「五郎は鍬を持つのも初めてでしょう？　最初から上手くできるひとは居ませんよ」

そろそろお昼にしましょう、とあいは五郎に提案した。

麦飯の握り飯を、庭に敷いた莚に座って、五郎とふたり並んで食べる。

吹き抜ける風が汗をかいた肌に心地よい。

「私は何をやっても駄目なのです」

握り飯を手にしたまま、五郎が深く溜め息をついた。

「生三兄さんや餘作兄さんのように医学の道にも行かず、周助兄さんのように語学を生かして活躍するわけでもない。又一兄さんのように屈強な精神で開拓に乗り出すこともしない。亡くなった妹のテルでさえ薬学の道で生きるという志を持っていたのに、私は自分が何者なのか、何がしたいのかもわからない。お父さんの期待をことごとく裏切るばかりで、つくづく自分が嫌になる」

肩を落とす末息子に、あいは柔らかな眼差しを向ける。

あいの若い頃には、百姓身分に生まれた女に人生を選ぶ余地はなかった。従って、自分が何者か、何がしたいのか等々、考え迷う隙もなかった。五郎の煩悶は、今ひとつ、あいの胸には染み入らず、かけるべき言葉が見つからない。

叱咤(しった)激励することも、安易な慰めを口にすることもせずに、あいはただ、手にした握り飯を、これもお食べ、と差し出した。

受け取ったものの、五郎はそれを手にしたまま、憂いに沈んだ顔でまた落胆の息を吐く。

あいは先に立ち上がると、再び鍬を手に、土を起こしにかかった。黙々と働く母の姿に暫し見入って、五郎も重い腰を上げる。

「ああ、随分と捗りましたね」

農学校へ用足しに行っていた貢が、腕まくりをして作業に加わった。

ひょいと屈(かが)んで、掘り返された土をぎゅっと握り、掌を開く。固まった土が掌でほろほろと崩れるのを見て、貢は嬉しそうに笑う。

「思ったよりも良い土ですね。堆肥を調達してきますので、それを鋤(す)き込めばさらに良くなりますよ」

「お母さんも貢君も土を触っただけでその良し悪しがわかるのか。大したものだなあ。私には全くわからない」

貢を真似て土を握ると、五郎は嘆息した。

「五郎様は畑仕事は初めてでしょうから、無理もありませんよ」

何でもない声で応えて、貢は楽々と鍬を振るいながら続ける。

「土作りはとても大事なんです。どれほど良い種や苗を植えても、土が良くないと育ちません。手間を惜しまずに土を作ることが、実は最も大切なんです」

貢の言葉に、なるほどなあ、と五郎はしゃがみ込んで土に手を置いた。地中深くにあった土が陽に干されて、心なしか気持ち良さそうに映る。

貢の言葉を胸の中で反芻するうちに、あいはふと、ひとも作物も同じなのだと気付く。

不平不満を封じ、ただ無心に、そして丹念に心の土壌を耕すことで育つ芽もきっとある。五郎にそれを伝えようとして、あいは留まった。

五郎は、じっと土に手を置いたまま、自ら何かを掴もうとするかの如く、沈思していた。


日中は庭の畑の手入れをし、夜はあいの手料理を食しながら話に興じる。食事は大抵、麦飯に間引き菜の味噌汁、それに漬物。貢が釣ってきた魚を煮付けることもあった。手分けして後片付けを終えると、時には置きランプを手もとに引き寄せて、皆で北海道の地図に見入ることもあった。遥かな北の地で、息子と甥、血の繋がりのあるふたりとそうした時間を過ごせることにあいは心から感謝する。

徳島を出る時、もはや今生では会えぬことを覚悟した身。凍てる雪原を夫とふたり歩く決意で渡道したはずが、小春日和の陽だまりに居るような幸せを味わう。

だが、こんなことが続くはずもないのだ。これは束の間の憩いなのだ、とあいは自身に言い聞かせる。

畑仕事の労働と心穏やかな時間とが、あいと五郎を健やかにして、八月も残り七日ほどになった。

「あい、帰ったぞ」

玄関で寛斎の大きな声が響いて、庭で作業していた五郎と貢は競うように迎えに出た。あいは泥だらけの手を漱(すす)ぎ、清潔にしてから玄関へと向かった。

虫に刺された痕(あと)か、幾分腫(は)れあがった顔をした寛斎と餘作とが、満面に笑みを浮かべている。充分な手応えを感じることのできた旅だったのだろう。

「先生、お帰りなさいませ。餘作も、無事で何よりです」

あいは漸(よう)く、晴れやかな声で夫と息子とを迎えた。

「何から話したものか」

銭湯へ行き、小ざっぱりしたところで夕餉の席に着いた寛斎は、餘作と視線を交えて、話の糸口を探した。

「関先生、斗満原野に道は通っていましたか？」

貢が水を向けると、おお、と寛斎は両手を腿(もも)に置いて大きく頷いた。

「片山夫妻と、それに途中から加わったアイヌとともに蝮(まむし)だらけの森を抜け、馬の腹まで沈む湿地を進み、半日も過ぎた頃、いきなり目の前に開けた野原に、東西と南北、二本の道が交差しておった」

草生す野に唐突に現れたのは、幅六、七尺（約二メートル）ほどの茶色の土の道だった。片山夫妻に問えば、アイヌに聞いてください、と楽しげに笑うばかり。

同行のアイヌに、これは何か、と尋ねたところ、関牧場の馬が往来するための道だ、と教えられた。アイヌの口から「関牧場」の名を聞いた時、寛斎は雷に打たれたように感銘を受けたという。

「その道を行けば、切り倒した楢の大木で作った柵が見えた。目を転じれば、遥か彼方に牛馬が群れている。樽川から連れていった四頭の馬が、二十一頭にも増えていたのだ。実に、実に美しく……」

寛斎は、言葉途中で声を出せなくなった。

感極まった父に代わり、餘作が脇から話を続ける。

「大樹の繁る密林は昼なお暗く、野茨に身体を取られてなかなか前へ進めない。熊笹を掻き分ければそこかしこで蝮がとぐろを巻いている。川の水は冷たく、かつ深く、湿地は容赦なく馬を呑み込んでしまう。散々な思いをした果てに見つけた二本の道に、お父さんも私も言葉が出ないほどに感激しました」

樽川から斗満原野まで馬を引き、巨木を倒し、根を掘り起こして道を作り、開拓の基礎を築いてくれたのは、先陣を切った片山夫妻ほか七名。また、ひと月遅れで入った又一の尋常ならざる努力の成果だった。

息子の声に耳を傾けながら、あいは潤み始めた瞳をそっと拭う。目を閉じれば瞼の奥に、十字の道が映るようだった。

大きくひとつ息を吐いて気持ちを整え、寛斎は妻へと向き直った。

「アイヌが『ユックエピラ』――鹿食べる崖――と呼ぶ地に、私は最初の鍬を入れた。遥か彼方に、寄り添う夫婦の姿に似た雌雄の阿寒岳を臨む場所だ」

夜ともなれば、黒天鵞絨に砕いた水晶を散らした如く満天の星が輝くところ、と聞いてあいはまだ見ぬ地を想い、視線を空へと向けた。

母の様子に、餘作は、ただ、と首を振る。

「まだまだ『牧場』と呼べる代物ではありません。熊に裂かれて死ぬ仔馬もいます。畑地の開墾も進んでいない。本格的な開拓はまさにこれからです」

餘作兄さん、と五郎が問いかける。

「一番恐ろしいのは、やはり熊ですか。それとも蝮でしょうか」

「熊や蝮も恐ろしいけれど、一番の敵は蚊や虻、蚋といった類の血を吸う毒虫だな」

餘作は五郎に、腫れ上がった瞼を指し示した。

　未開の土地の毒虫は、初めて味を知った人間の血に恐ろしく執着する。その気配を知るや煙となってひとを覆い、露出する皮膚を容赦なく刺すのだ。そこで、まず顔は目だけを残して木綿を二重に巻き付けた。着物から出た皮膚も同じく木綿を巻いて保護しなければならない。それでもなお纏わりつく虫を焼き払うため、道に焚き火をし、松明を手にした。

　皮膚を覆った姿で伐木をし、熊笹を刈り、野茨を払う。若い餘作ですら悲鳴を上げる重労働を、寛斎は率先してこなした、という。

「それでも、開墾はなかなか捗りません。これからの作業の苦労が忍ばれます」

　餘作の声に老母への気遣いと懸念とが滲むのを感じ取って、あいは柔らかく首を振った。

「もとより覚悟の上です。それよりも、又一や片山さんたちにばかり、大変な思いをさせてしまいました。道もできたことですし、私の体調も戻ったので、一日も早く、淕別に連れて行って頂きとうございます」

　あとの言葉を、あいは夫に向かって言った。だが、寛斎は黙ったまま、麦飯を口に運ぶばかりだ。

餘作は、山鼻の家で二日ほど過ごして疲れを取ったあと、来た時と同じく、五郎と連れ立って札幌停車場から車中におさまった。

見送る両親に、別れ際、五郎は申し出た。

「もしも私にお手伝いできることがあるなら、いつでも呼んでください」

何か心に期することがあるのか、迷いの消えた、引き締まった表情になっていた。

「五郎には東京よりもこちらが合っているかも知れぬな」

寛斎は帰り道、あいに洩らすのだった。


又一が八年前に開拓に着手した樽川農場は、石狩湾にほど近い場所にある。道内では気温差が少なく、比較的穏やかな気候を保っている。開墾の難航する斗満原野と異なり、安定した収穫が見込めるため、淕別の関牧場が軌道に乗るまでは、この樽川農場の実入りが命綱となるのだ。又一に樽川農場を託されて、寛斎とあいは一日も早く淕別へ、との思いを封じ、まずはこちらでの収穫を目指した。

山鼻の家から樽川農場まで直線距離で三里半（約十四キロメートル）。迂回せねばならない場所も多く、実際はもっと遠い。馬を使えば苦もないが、あいには乗ることができない。足を鍛える意味でも、ふたりは毎日、片道三時間半をかけて樽川農場に通った。寛斎の脚力は昔と比べさほど落ちていないが、あいは時折り休憩を挟まねばならない。初めのうちは通うだけであまり労力にならないあいだったが、徐々に身体も馴染み、それまで小作人や手伝いの農夫らに任せきりだった農作業に没頭する日々を過ごした。

北の地の爽やかな夏は駆け足で去り、九月も半ばを過ぎるとナナカマドの葉が赤く燃え始め、それを皮切りに紅葉が始まった。樽川では、徐々に実りの秋を迎える。寛斎とあいは初めての収穫を心から楽しみにしていた。

だが、少しでも長く陽にあてて大きく育てたい、との思いから、収穫時期の読みを誤った。常よりも五日ほど早く、霜が降りたのだ。その上に強風が重なった。平野では海からの風は遮りようがなく、また収穫前の早霜で、農場の作物は粗方(あらかた)やられてしまった。

「何ということか」

一夜のうちに駄目になった葉物を握り締め、寛斎は天を仰いだ。労力が無と化した衝撃で、脱力して座り込んだきり動かない。

これに似た光景は、子供の頃に散々、目にしたことがある。

あいは郷里前之内の凶作の秋を思い返した。絶望し落ち込む父左衛門(さえもん)を、励まし支えた母コトの姿が鮮やかに脳裡に浮かぶ。あいは霜にやられた大根に手をかけて勢いよく引き抜いた。次々に引き抜いて、萎れた葉を束ねていく。

黙々と作業する妻の気配に、寛斎は土気色の顔を向けた。あいは殊更、何でもないように大根を洗い始める。

「売り物にならずとも、私たちの食糧になりますよ。縦にふたつ割りして干す『しばれ大根』というのを作ってみましょう。銭湯でご一緒する皆さんに作り方も簡単だと教わって、一度作ってみたかったのです」

美味しく仕上げますからね、とあいは寛斎を見て口もとを緩めた。

豊穣をもたらす季節のはずが、樽川農場の収穫はごく僅か。そればかりか、淕別の又一から届いた手紙によれば、あちらでも一切の実りがなかった、とあった。

無理もない、それまで原生林だったところを切り拓いたのだ。蚊や虻が初めてひとの血の味を知ったように、野鼠や野兎が作物の味を覚えれば、食い尽くすまで大挙して押し寄せる。何とか守り抜いたところへ霜害と風害に襲われた。それがため、蕎麦、馬鈴薯、大根、黍など植え付けしたものが全滅した。

今年は斗満での越冬には無理があるので、山鼻に居てください、との懇願の文字が辛そうに捩れて見える。息子からの手紙を握り締めて、寛斎はがっくりと肩を落とした。北海道で農に生きることの困難を、改めて思い知らされる。覚悟していたとはいえ、あまりに辛い初年度となった。

「自然が相手ですから思うようには行きませんが、それでも、牛は七頭、馬は五十二頭まで増えたではありませんか。大したものですよ」

あいは常に光を胸に抱き、夫を慰め、勇気づける。

「それに節約は得意ですもの、これから色々と切り詰めて、少しでも多く又一のもとへ開拓資金として送りましょう」

食卓には、麦飯の代わりに黍飯が仄かな湯気を立てている。乾燥させ粗割にした唐黍を混ぜ込んで、炊き上げたものだ。

さあ、食べましょう、とあいは箸を取り、夫に差し出した。

国としては閉鎖的だった江戸幕府から一転、明治政府はアジア進出を志し、朝鮮国への覇権を巡って、まずは清国と戦を行った。日清戦争終結後、今度は、満州を事実上占領していたロシアとの間で徐々に緊張が高まり、寛斎とあいが渡道した年には、日露の関係は悪化の一途を辿っていた。

十一月に入った未明、あいは玄関の戸を遠慮がちに叩く音で目が覚めた。

「誰かしら」

隣りの寛斎を起こさぬように、あいは寝床を離れ、綿入れを羽織りながら玄関へ向かう。

夜の間に凍り付いてしまった引き戸を力任せに開くと、年の頃、十一、二の痩せた少女がいた。仄暗い中でも、彫りの深いくっきりとした目鼻立ちと、特徴のある厚司と呼ばれる着物姿からアイヌの子とわかる。引き結んだ唇と昏い目から、不安と緊張が伝わった。

あいはその子の瞳を覗き込み、優しい声で、どうしたの、と尋ねた。

少女は手に握り締めていたものをあいに差し出そうとして、あっ、と声を洩らした。片方の手を耳の後ろにあてて、一心に何かを聞いている。その姿に、あいもつられて同じ仕草で耳を欹てたが、風の音の他は何も聞こえない。

あいの姿が、ふっと少女の緊張を解いた。

「今夜は雪になる。風が今、教えてくれた」

まあ、と双眸を見張るあいに、少女は、

「関先生に」

と、手にした封書を改めて差し出した。

「ありがとう」

受け取って礼を言うあいに、少女は微かな声で、ピリカフチ、と呟いた。そうしてまだ薄暗い通りを、躓くことも迷うこともなく、風になって走り抜ける。

あまりに不思議な出来事に、少女の姿が見えなくなっても、あいは暫くその場に佇んでいた。我に返って、手にした封書に目を落とすと、裏側、差出人のところに又一の名があった。が、切手などは貼られていない。ひとからひとへと託されたものだと知れた。

「もとは樽川農場、今は斗満の又一のところで働いているアイヌが居るが、その男の娘だろう」

妻子は空知に住んでいるそうだから、と寛斎は言いながら、又一からの文を開いた。一読後、表情が険しくなった夫を、妻は気遣う。あいも読むように、と手渡された手紙を受け取る。目を通して、すっと血の気が引いていくのがわかった。

そこには、志願兵として一年の間、騎兵隊に入営することにした、と短い決意が認めてある。どくんとひとつ、心の臓が大きく跳ね、あいは咄嗟に胸を押さえた。脈が異常に速くなるのが自分でもわかる。

「あい、大丈夫か」

寛斎は妻の肩を抱き、そっと横たえる。

聴診器で妻の心音を丁寧に聞いて、

「心労と過労が重なったのだ。今すぐどうこう、という症状ではないが、用心するに越したことはない。今日はこのまま一日安静にしていなさい」

と、医師の顔で告げた。

あいは息子からの手紙を握り締めたまま、夫に訴える。

「何も好き好んで自分から入営しなくとも良いではありませんか」

「それは女の言い分だ。又一にしたところで、開拓途中の今、淕別を離れるのは身を斬られるようだろう。しかし、男としてまず何よりもこの国を守ることが第一」

寛斎は硬い声で言い、腕を組んで暫し思案にくれた。

又一の不在中、斗満の方は片山夫婦が中心となって守ってくれるだろうが、一年もの間、任せっ放しにするわけにもいかない。

夫の胸中を汲んで、あいは半身を起こした。

「先生、すぐに淕別に参りましょう。又一の留守の間、私たちにもできることがあるはずです」

　このままここで、息子が戦争に取られてしまうかも知れない恐怖と、開拓に加われない無念とで身を焦がすよりは、無理をしてでも淕別へ行きたい、とあいは願う。黙り込んだままの夫の腕を揺さ振り、先生、とあいは懇願を続けた。

　揺さ振られるままになっていた寛斎は、しかし、ゆっくりと妻の手を解いた。

「気持ちはわかるが、今のあいの身体では淕別に辿り着くことも難しい。よしんば着いたところで寝込むことになってしまう」

「そんな……」

　絶句する妻に、寛斎はこう提案した。

「来年早々、五郎をこちらへ呼び寄せよう。あいには五郎とふたりで、樽川農場の方を守ってほしい。五月を待って、私は淕別へ行き、又一の分まで開墾に勤しむことにしよう」

　今は寮で暮らす貢も、ここから農学校へ通わせれば良い、と寛斎は言い添えて、有無を言わさず話を打ち切った。

　渡道して半年。半年も経つのに、斗満原野を見ないままだ。石ひとつ動かすわけでも、草一本引くわけでもない。不安と焦燥とで胸が潰れそうになる。夫が出かけたあと、あいは布団を抜け出した。

庭に作った畑は霜害のあと、地均しされたままだ。その隅に立ち、あいは空を見上げた。朝焼けの名残りの空を、千切れ雲が勢いよく東の方へ流れていく。又一の居る湗別の方角だわ、とあいは首を捩じって雲を目で追った。

先を案じるな。

自ら不安を呼び込むな。

空の色が、雲の姿が、あいを静かに慰めた。

この日、日中は穏やかに晴れた山鼻の空だが、落陽の頃には曇天となり、夜半を過ぎて、地上にちらほらと白い贈り物を落とした。少女の言葉通り、初雪になったのである。

北海道で迎える初めての冬は、あいの想像を遥かに超える厳しさだった。

同じ山鼻の兵屋に比べればしっかりした作りの家のはずが、隙間風は防げない。屋内に置いた水桶の水は凍り、掛け布団の衿は吐く息が白く凍りついて、ばりばりと鳴った。野菜などを台所床下の室に入れずに置いておくと、もれなく凍てて駄目になる。室に入りきらない分は、畑を深く掘り下げ、藁を被せて埋め込んで保存することも覚えた。

ことに難儀したのは雪である。徳島に居た頃と積雪の量がまるで違う。雪になる前、停車場前に並んでいた人力車は、全て姿を消し、乗用そりに替わった。それでも、大通りなど雪かきされた場所はまだ良い。少し奥へ行けば腰まで雪に埋もれなければ前へ進めなかった。足袋と着物の裾は終日濡れて、足もとから風邪を引きそうになる。

「その足もとじゃあ駄目ですよ。深靴に替えて、中に赤ゲットを巻くと良いですよ」

銭湯で顔馴染みになった女たちが、渡道して初めての冬を迎えるあいに、手取り足取り、深靴の編み方や越冬の知恵を授けてくれた。

赤く染めた毛布を赤ゲットと呼び、切って足に巻いたり、二つ折りの角巻にして身に羽織るのだという。深靴の底に、こちらでは「南蛮」と呼ばれる唐辛子を入れておくと暖かい等々、教わったことは全て試してみた。

「なるほど、そうしているのを見れば、あいはすっかり山鼻の嬶だな」

傷みやすい肩や膝の部分にあて布をし、全体に刺し子を施した着物、足もとは刺し足袋に深靴。正方形に切った赤ゲットを二つに折り合わせて肩に羽織ったあいを見て、寛斎はしきりに感心している。

「先生も、綿入れ半纏がお似合いですよ」

紐付きの股引に、昔の手織りの上総木綿で誂えた筒袖、同じく藍縞木綿の綿入れ半纏を身に着けた寛斎に、あいはにこにこと笑顔を向けた。

ともに艶のない真っ白な髪、張りもなくしみだらけの肌、曲がり始めた腰、そして倹しい身形。徳島藩の侍医とその妻だった頃の面影は何処にもない。

だが、あいは言葉にはしないけれど、今の夫の姿をこの上なく愛おしいと思う。そしておそらく、夫もそう思っていることを感じ取っていた。

あい、と寛斎は妻を呼んだ。

何でしょう、とあいは優しく応える。

部屋を見回せば、吊りランプの薄い灯りが質素な暮らしを照らしている。

居間として用いているこの六畳間には、置物台に座卓、小さな整理箪笥のみ。隣りの六畳の寝室には、重ねた行李に鏡台、文机、そして布団がふた組、奥の八畳間には、銚子の頃から愛用している小ぶりの百味箪笥を始め、医療道具一式。財と呼べるのは、それればかりであった。

寛斎は視線を落として、低く問うた。

「悔いてはおらぬのか」

あいは目尻に柔らかく皺を寄せ、

「ひとつだけ悔いております」

と、答えた。

はっと顔を上げた夫の、その筒袖に腕を伸ばして、あいは朗らかに告げた。

「機を徳島へ残して参りました」

姑年子の形見の機を、トメのもとへ置いてきた。今、あの機があれば夫に新たな筒袖を作ることも可能なのに。

妻のそんな想いを察したのだろう、寛斎は、

「お前という女は」

と言ったきり声を失い、替わりにそっと老妻を抱き寄せた。


翌、明治三十六年（一九〇三年）、三月。

徳島ならとうに大滝山の桜便りが届く時季なのだが、山鼻の雪は固く凍え、辺り一面、白一色の風景は変わらない。

春の訪れを今か今かと待ち望む中で、札幌農学校農芸科二年生に進級する貢が、寮を出て山鼻の関家へと越して来た。それから十日と置かず、今度は大学を卒業した五

郎が、旅行鞄ひとつと新聞紙に包んだものとを大事そうに胸に抱えて、東京を引き上げて来た。

「こちらで根付くかどうか、わからないのですが」

五郎が差し出すものを、何かしら、と受け取って、あいは新聞紙を剝(は)がす。

「まあ」

高さ一尺(三十センチメートル)足らずの苗木が現れた。

何の苗木かしら、とあいはその枝を撫ぜ、若い葉を注視する。葉の縁の鋸(のこぎり)状の切れ込みに、見覚えがあった。

「五郎、これはもしや……」

瞠目(どうもく)する妻の脇から苗木を覗き見て、寛斎は、おおっ、と懐かしそうに声を上げる。

「山桃ではないか」

ええ、と五郎は嬉しそうに頷いた。

「おふたりとも、よくおわかりですね。山桃の苗木です」

東京を引き上げるので、前之内の君塚家へ挨拶に行った折り、木立の中で見つけたのだ、という。

「大きな山桃の樹の傍に生えていましたから、実生(みしょう)の苗でしょう」

あの山桃の樹に違いない。

あいと寛斎はそれぞれが樹の正体に気付いて、ただ息を詰めている。

「雄木（おぎ）か雌木（めぎ）かもわかりませんし、この寒い地で果たして根付くのか、育つのかもわからないのですが……。山桃は徳島でもよく目にしましたから、おふたりが懐かしいのでは、と思い立ったのです」

五郎の言葉に、部屋の隅に控えていた貢が、少し考えてから口を開いた。

「山桃について当てはまるかどうかわかりませんが、温暖な土地に自生する樹でも、零下（れいか）十度くらいまでなら耐えられるものもある、と授業で習いました」

山桃は潮風にも耐える強い樹なので、根付く可能性はあるのでは、との貢の言葉に、あいは手の中の苗を、まるで赤子をそうするように抱き留める。

「何よりの……本当に何よりのものですよ」

ありがとう、五郎、とあいは心から礼を言った。

厳寒で凍えた積雪を、春の陽射しがまず南側の斜面からゆっくり、ゆっくりと融かしていく。およそ四か月の間、見ることのなかった茶色の土が、融けた雪の間から覗いた時の喜びを、あいは胸に刻んだ。

前之内、銚子、徳島。かつて暮らしたどの地でも、春を迎える喜びは毎年あった。けれど、これほど切実に、祈る思いで春を待ち焦がれたことはないし、その訪れに心を震わせたこともない。

雪を割って最初に顔を出すのは、蕗の薹と福寿草である。山鼻の関家の庭にも、どこから飛んで来て根付いたのか、福寿草が黄色の可憐な花を咲かせていた。

身を屈めて花を撫でるあいに、貢は、

「アイヌたちはその花を『クナウ・ノンノ』と呼ぶのですよ」

と、教えた。

「クナウ・ノンノ。可愛らしい響きだこと」

クナウ・ノンノ、と繰り返して、あいは、ふと、又一の手紙を届けてくれた少女を想った。初雪を言い当てた少女の姿が、妙に心に残っていた。

昨年の冷害の反動か、四月から五月にかけては寒さが戻ることもなく、心地よい日々が続いた。狩勝峠の雪解けも早まる、と見越して、寛斎は五月の二十日には札幌を発つことに決めた。

「自然が相手とはいえ、もう去年のようなことは繰り返したくない。又一の留守をしっかり守って、少しでも作地面積を増やさねばな」

出発の朝、寛斎は神棚に向かって拍手を打ち、ひとしきり熱心に祈った。それから徐に妻を振り返り、

「あい、決して無理はするな。私の留守中、もしも具合が悪くなった時は、倉次君に診てもらいなさい。私からも、よくよく頼んでおいた」

と、告げた。

倉次とは、佐倉順天堂の門人で医師の倉次謙のことである。倉次は札幌で開業しており、寛斎はこちらで暮らすようになってから幾度となく医院へ足を運んで親交を深めていた。

「五郎、貢、くれぐれもあとを頼んだぞ。樽川農場の方も、これから手がかかるが、ぬかりなくやってくれ」

息子と甥に向けての台詞だったが、ふたりが応えるより早く、あいは、

「先生、大丈夫ですよ。樽川はこちらでしっかり守りますからね」

と、大きく頷いてみせるのだった。

稲作で初めに田起こしをするように、畑作でも、最初にするのは土を起こすことだ。

広い樽川の農地には、小作や雇いの農夫たちがプラウと呼ばれる木製の農具を使い、馬の力を借りて万遍(まんべん)なく土を起こしていく。

馬鈴薯の種芋を選別しながら、あいは時折り手を止めて、土起こしに見とれる。中にひとり、女性のアイヌが男たちに交じってプラウを操っていた。唐黍の花柱に似た長い髪の、いかつい体形の中年女だ。その娘だろうか、少女が馬の手綱(たづな)を引いている。

あら、とあいは呟いた。又一の文を届けてくれた少女だった。

少女もあいを認めて、恥じらった笑顔を向ける。

「あれは今、斗満に行っているアイヌの女房と子供ですよ」

片山夫妻に代わってここの管理を任されている男が、あいに黄ばんだ歯を見せる。

「アイヌは従順で、よく働くので助かります。物知らずで贅沢知らず、芋でもかじらせておけば済むので安上がりですし」

「大した言い種(ぐさ)だこと」

あいは折っていた膝を伸ばして、男に対峙した。

「遠い昔、私も郷里で、あなたの言葉通りの扱いを受けたことがあります。本当に賃金を払わずに芋だけかじらせているのだとしたら、聞き捨てにはできません」

すぐに帳簿を見せなさい、ときつく言われて、男は卑屈な表情で頭を下げて詫びた。

北海道に移って一年、あいには不思議でならないことがある。

入植して開拓にかかわるひとたちは皆、情に厚く、互いに助け合うことを厭わない。それなのに、どういう理由か、先住するアイヌのひとびとを自分たちよりも低く見て、軽んじることに躊躇いがないのだ。土人保護法、という法律まで作って、アイヌの財産に干渉し、固有の風俗習慣を禁じ、有無を言わさず自分たちと同化させようとする。あいにはそれが如何にも理不尽で、腹立たしくてならなかった。


麦類、馬鈴薯に玉葱、人参、南瓜と、春は植え付けの作業が続く。

五郎は度々、気管支炎を起こし、貢は農学校の授業がある。ふたりが欠ける時も、あいはひとりで樽川へと通った。冬の間中、休んでいたこともあり、徒歩での往復が身に応える。若い頃はこんなことはなかったのに、とあいは情けなく思いつつも、何とか頑張って農場通いを続けた。

種芋は浅く植えても深過ぎてもいけない。種芋同士の間隔は広過ぎても狭過ぎてもだめだ。土起こしと違い、植え付けは全て手作業のため、農夫らに教わりながら、あいは終日、身を粉にして働いた。無我夢中で時を過ごして、西の空に夕映えの気配がする頃、漸く作業を終えて農場をあとにする。

海風を受けて暫く歩いていた時、ふいに胸苦しさを覚えて立ち止まる。気のせいであってほしい、と思うものの、動悸は徐々に強くなり、あいは胸を押さえてその場に蹲(うずくま)った。

ひと通りもなく、助けを呼びたくとも声が出ない。朱色に染まる開拓地の中に草葺の粗末な小屋が何軒か並ぶのが見えるものの、あいにはなす術(すべ)がなかった。

その時、軽い足音が背後に聞こえ、あいの背中に小さな手が置かれるのを感じた。

「ピリカフチ」

そう呼びかけられて、霞んだ目を向けると、見覚えのあるアイヌの少女が心配そうにあいの顔を覗き込んでいた。少女の母親が駆け寄り、あいをその広い背中に負う。

小屋に運び込まれて、莚に横たえられ、水を飲まされた。

コタン　コロ　カムイ

イレシュ　カムイ

オリパク　トゥラ　　オリパク　トゥラ

あいの耳に、低い声で流れる歌のようなものが届く。経文(きょうもん)ではない。女は歌いながら、ごつごつした手で、しかし優しくあいの身体を撫で始めた。歌は細く長く続き、やがて激しい動悸が少しずつ遠のいていく。

少し眠ったらしい。とんとん、と懐かしい音を夢現に聞いて、あいはそっと目を開いた。

それは不思議な光景だった。

粗い繊維の経糸を束ねて柱に括り付け、櫛の歯状の筬で幅を定め、綜絖で糸を分けて刀杼で打ち込む。先ほどの母親が布を織っているのだ。アイヌ特有の織物、厚司織りだった。

実際に織るところを見るのは、生まれて初めてのこと。あいは、その手もとを凝視する。

経糸に緯糸を通し、とんとん、と刀杼で整えられた糸は少しずつ織り上がっていく。随分と簡素な造りだが、あいの使っていた地機とよく似た仕組みだった。

室内を見回せば、蓆敷きの土間に囲炉裏がひとつきり。部屋の隅に干し草が積み上げられ、水桶がひとつ、欠けた器が幾つか。入り口と窓は蓆を下ろしただけの粗末な住まいだった。囲炉裏で赤々と燃える火が周囲を照らす。寒々しい部屋に居るのは母娘だけで、少女は先ほどから母の横で布が織り上がるのを熱心に眺めていた。

とんとん、と刀杼を打ち込む渋い音が、しんと静かな中に心地よく響く。

如何なる苦難の時も、女はこうして機を織り、家を守り家族を守るのか。織り手のアイヌが年子やコトたちと重なって、あいの視界は潤んだ。

「関先生の奥様」

女が気付いて、あいに声をかける。

具合を聞かれ、ゆっくりと起き上がると、動悸は去って気分も良くなっていた。

「無理は良くない。送っていきます」

親切に申し出てくれたが、あいは丁寧に辞退した。莚をめくって外へ出ると、まだ西の空に残照がある。

少女に途中まで見送られて別れ際、あいはふと思い出して、少女に問いかけた。

「あなたが私を呼ぶ時の、ピリカフチ……あれはどういう意味なのかしら」

少女はただ、笑顔を向けるばかりだった。

あいは自身を襲った発作について、誰にも話さずに済ませた。

実際、その後は動悸に苦しめられることもなく、体調はすこぶる良いのだ。往復七時間ほどをかけての農場通い、植え付けあとの除草作業、と重労働を重ねても、以前とは違って身体中に気力が漲る。やはり我が身には、代々の百姓の血が流れている、とあいは強く実感した。

六月、畑の馬鈴薯が薄紫の慎ましい花を咲かせ、文字通り一面の花畑となった。強風に弱いから、と控えめに植えつけた唐黍も、あいの上背を軽く超え、穂を出している。

何と美しいことだろうか。

蒼天のもと、緑と薄紫の彩りの中に立つと、老いも忘れ、両の腕を広げて周囲の情景ごと抱き締めたくなる。この先、冷害や凶作など過酷な運命があろうとも、今この瞬間は、天の慈愛を肌身に感じられる。よく覚えておこう、とあいは双眸を開いて辺りを見渡した。

馬鈴薯の花が到来を告げた夏は、一日たりと気の抜けない季節でもある。土壌に肥料をやり、除草し、麦を刈る。大根の種を蒔き、続いて蕎麦の種を蒔く。

忙しく働くうちに、輝ける夏は瞬く間に過ぎて、実りの秋を迎えた。

「お母さん、足に怪我でもされましたか？」

久々に五郎と貢と三人揃って樽川へ出かけ、一日の作業を終えての帰り道、ふいに五郎が立ち止まり、あいの足もとを示した。

「先刻からずっと、引き摺っておられますよ」

そうかも知れない、とあいは頷く。

「このところ、夕方になると足が重くなるの」

体調が良いから、と調子に乗り過ぎたのだろうか。ここ二、三日、どうにも思わしくない。立ち仕事を続けて水気が下がるのか、開墾足袋がきつくなるほど下肢が浮腫んで腫れ上がるのだ。

「お辛そうですね」

さ、負ぶさってください、と貢が言い、あいに背中を向けて腰を落とした。遠慮しても許されず、仕方なくあいはその背に乗る。貢は叔母を軽々と持ち上げて、

「おお、案外重いですね、安心しました」

と、大らかに笑った。

関家の二階へ続く階段は、傾斜が急で蹴上げは高く、踏面は浅い。暮らし始めた当初はさほど気にならなかったが、今のあいには、ここを上り下りするのが辛い。ことに一日の終わりには、下肢が浮腫んで思うように持ちあがらないのだ。

九月も残り二日、という夜。二階の押し入れに物を仕舞って、難儀しながら階段を下りる途中、玄関の引き戸ががらがらと開くのを聞いた。

「今、帰ったぞ」

よく通る大きな声は、待ち侘びた夫のものだ。

途端、ばたばたと大きな足音が重なって、玄関へと向かう。夕餉を終えて居間で寛いでいた五郎と貢が迎えに出たのだ。

あいも早く、と思うものの足が思い通りに動かない。

「お父さん、今年の樽川は豊作ですよ」

「関先生、どうかご安心ください。麦の刈入れも済み、先日、馬鈴薯の収穫を終えました」

ふたりが口々に寛斎に報告し、寛斎もまた、

「斗満でも二年目にして初めて収穫があったぞ。馬は九十頭を超えた」

と、朗らかに応えている。

あい、あい、と寛斎が呼ぶので、あいは階段の途中から、はいここに、と応じた。

「あい、そんなところで一体どうした」

暗い階段を覗き見て、下から夫が呼んでいる。

今、下りますから、と応えて、あいは後ろ向きに一段、一段と慎重に下りて行く。

八畳間から洩れる吊りランプの明かりのもと、寛斎は妻の様子をじっと見守る。その

顔つきが徐々に険しくなった。

「先生、お帰りなさいませ」

少し痩せてみえるが、元気そうな夫の様子に、あいはほっと安堵する。

だが、それには応じず、寛斎は妻の肩をぐっと押さえた。

「あい、そのまま階段に座っていなさい」

寛斎は妻を階段の踏面に腰かけさせると、瞼を捲って様子を見、首の付け根を触った。貢が慌てて石油ランプを用意して、寛斎の手もとを照らす。

五郎に持ってこさせた聴診器を、帯を緩めて妻の胸もとへ差し入れ、熱心に心音を聞く。忽ち、その表情が曇った。

「足を見せなさい」

「それは……」

息子と甥の前で着物の裾をはだけるのを躊躇う妻を叱責し、寛斎はその足もとにしゃがむと妻の下肢を露わにする。

二本の丸太の如き足が現れ、五郎と貢が息を呑むのがわかった。細い身体に比し、両の下肢は極限まで浮腫みきり、静脈が膨れて蚯蚓が這っているように見えた。膝頭の下あたりを、寛斎は指でぐっと押し、凹んだ皮膚が戻らないことを確認すると、立ち上がって妻の肩を摑んだ。

「何時からだ、あい」

「それほど前からではありません」

「倉次には診てもらったのか」

詰問する口調で寛斎は問いを重ね、診察を受けていないことを知ると、唇を引き結んだ。

「とにかく横になりなさい」

寛斎の言葉を聞いて、それまで息を詰めて固まっていた五郎と貢が、手分けして動いた。五郎は急いで隣室に布団を整え、貢はあいを背負ってそこへ運んだ。

調合された薬を飲み、身体を横たえると、あいは不安な思いで夫を見る。

「随分と無理を重ねたのだな、あい」

責める口調ではなく、患者に安心を与える温かな医師の声に変わっていた。

「心の臓がゆっくりと弱り、身体に水が溜まっているのだ。薬を処方したので、少しずつ改善される。安心しなさい」

ただし、暫くは安静が必要だ、と釘を刺されて、あいは両の目を閉じた。

樽川農場では、これから次々に実りの時を迎えるのに、それに立ち会えないのは残念でならない。けれども、この頃、とみに体調に自信がなくなっていたから、夫の診察を受けられてほっとする部分も多かった。

先生、とあいは瞳を閉じたまま夫を呼び、

「先生に診て頂いて、とても安心しました。医師としての先生の存在は、やはり大きいですね。徳島での患者さんがたの気持ちが、よくわかりました」

と、囁(ささや)いた。

寛斎は、気遣うように妻の頰を撫で、

「開拓では思わぬ怪我も多いし、未開の地で病を得れば難儀する。徳島を出る時、これからは農一筋、と思ったが、淕別でも幾つも外科手術を施(ほどこ)す必要があり、よくよく考えて、徳島に置いていた医籍をこちらへ移したのだ」

と、静かな声で語った。

あいの瞼の裏に、濱口梧陵の穏やかな笑顔が浮かぶ。寛斎がこの地で医療の種を蒔こうとしていることを、梧陵ならばきっと喜んでくれる、とあいは思った。

晩秋の陽がガラス越しに部屋に差し込み、畳と布団を温めている。火鉢に置かれた鉄瓶から湯気が立ち、室内を適度に潤していた。

「ほう、これは山桃ですかな」

　あいの診察を終えた倉次は、ガラス窓の傍に置かれた鉢植えに目をやって、懐かしそうにその葉に触れた。

「息子が前之内から苗木を持ち帰ったのだ」

　布団の脇に控えていた寛斎が、平らかな声で告げる。

「何しろこちらの冬の寒さは容赦ないから、どうなるかはわからぬのだが、暫くは鉢植えのまま室内で育てようと思う」

　そうですか、と壮年の医師は頷いた。

「こうして葉も出て育っているのを見ると、存外、越冬できるかも知れませんな」

　処方された薬が効いて、あいはすっと眠りに引き込まれた。倉次医師を送って出たはずの寛斎は玄関で立ち話をしているらしく、ぼそぼそという話し声が洩れてきたが、内容までは聞き取れなかった。

「お母さん、今日は随分と楽そうですね」

　半月ほど経った朝、寝室に様子を見に来た五郎が、安堵したように言う。

「ええ。足の浮腫みも綺麗に引いたのよ。やっぱり先生は名医ねぇ」

　あいは細くなった下肢を撫でながら応えた。

薬の服用と安静、それに塩分の制限とで、症状はぐっと改善された。夫には禁じられているが、そろそろ食事の仕度や洗濯、それに掃除などもしておきたい、と思う。

「ならぬ、決してならぬぞ」

寛斎はきつく命じ、五郎たちと連れ立って樽川農場へと収穫作業に向かった。

もう寝ていることに飽きてしまったわ、とあいは独り言を洩らして、布団から出た。皆が農作業で大変な思いをしているのに、自分だけが楽をすることに決して慣れない。試しにゆっくりと家事をこなしてみたところ、動悸も足の浮腫みも現れなかった。

これなら大丈夫だわ、とあいは確信して、以後、幾度寛斎に叱責されても、無理のない範囲で家の中を美しく整え、家族の口に入る美味しいものを作ることに余念がなかった。

収穫を終えて十一月に入ると、寛斎は樽川へは行かずに、部屋に籠って書き物をするようになった。

「『斗満考』というものだ。北海道にはもともとアイヌ命名の地名があるが、その中でも斗満に纏わるものを記録しておこうと思う。アイヌの名付けには、神への敬虔な祈りと感謝が籠っているから、書き留めておきたい」

たとえばトマムというのは、アイヌの言葉で「水多くして湧き出る所」という意味だ、と寛斎は語る。

「斗満原野に又一たちが拓いた道の脇には、緑の草に覆われ、満々と水を湛える泉があるのだ。縁に膝をついて中を覗いても黒々としていて、丁度、前之内の田を思わせる。だがそこから溢れ出た水は澄んだ小さな流れを作り、辺り一帯を潤している。アイヌに問えば、冬でも凍らぬ泉だそうな」

何とも甘露で美味しい水、と聞いて、あいは憧憬の眼差しを空に向けた。

長く暮らした徳島では井戸水が飲用に適さず、飲み水に苦労したのだ。

「その泉に両手を差し入れて、水を掬って飲んでみたいものです」

来年はきっと連れていってくださいね、とあいは夫に懇願した。

トカチ、アイカップ、と寛斎が認めていくのを見守って、あいは、ふとアイヌの少女のことを思い出した。

「先生、ピリカフチ、というのはどういう意味なのでしょうか」

ピリカ・フチ、と寛斎は言葉を区切って、考え込んだ。

「ピリカは、美しい、という意味だ。ただ上辺の美しさばかりではなく、善良な魂の宿る美しさ、と言えば良いだろうか。フチはおばあさん、という意味だ」

まあ、とあいは唇を綻ばせた。

善良なおばあさん、美しいおばあさん。

少女からそう呼ばれていたことがわかり、思いがけない贈り物をもらったようで、胸がじんわりと温かくなった。

寛斎は筆を置いて、つくづくと言う。

「アイヌへの激しい差別は、こちらに来て初めて知った。蝦夷地と呼ばれた時代から、いや、もっと昔からこの地で生きてきたのはアイヌの方ではないか。国の対応も、入植者の態度も、何と愚かで酷いことか」

入植者という立場は自分も同じだが、できることは何でもして、少しでも良い方向へ改めていきたい、と寛斎は重く語った。

若い日々には寛斎自身、「百姓上がり」「他国者」と揶揄され、「乞食寛斎」「殺生寛斎」などと陰口を叩かれたことがあった。そうした経験を決して忘れず、弱い立場に置かれた者、差別される側の気持ちに心を向ける姿勢を失わない。

このひとは、昔から少しも変わらない。

再び書き物に向かう夫の横顔を、あいはじっと見つめた。

髪だけでなく眉も顎鬚も真っ白になり、目は落ち窪んで、顔には老人特有のしみが幾つも浮いている。だが、その表情の、何と崇高なことか。

ピリカは私ではない。先生のことだ。

あいはそう思って、そっと目を伏せた。

明治三十六年は、志願して入営した又一の不在を何とか補おう、と皆が一丸となった年だった。その結果、関牧場では馬九十五頭、牛十頭、畑地開墾四町歩、牧草地開墾二十町歩の成果を得た。寛斎とあいは、渡道して初めて、晴れやかな気持ちで年を越すことができた。

明治三十七年（一九〇四年）を迎えて、二十六日目の未明。札幌はそれまで経験したことのない異様な寒さに見舞われた。

日付が替わる頃から気温はじりじりと下がり続け、夜明け前には、零下三十六度八分となった。暖かな布団の中に居ても、身を射るほどの凍てが襲う。長く札幌に暮らし、寒さに慣れた者たちでさえ、経験したことのない極寒である。

その朝、身仕度を整えるために布団を出たあいは、あまりの寒さに震え上がった。吐いた息で睫毛や前髪が凍り、耳が千切れそうに痛む。心の臓をじわじわと摑まれるように感じて、あいは慌ててもう一度横になった。

その刹那、心臓が暴れ始めた。動悸などと生易しいものではない。あいはあまりの胸部痛に息ができない。異常な寒さがそれまで小康状態を保っていたあいの心臓を直撃したのだ。

「あい」

寛斎が飛び起きて、妻の様子を確かめる。大声で五郎と貢を呼ぶと、妻の肩に腕をかけて抱き起こし、あいに座ったまま呼吸をするように命じた。

夫に背中を撫でられ、半身を起こしたままなら、何とか呼吸ができる。五郎は倉次医師のもとへ不足の薬を取りに走り、貢は火鉢に火を熾し、湯を沸かして部屋を暖めにかかった。

寛斎の必死の治療が功を奏し、あいは翌朝には危機を脱した。倉次医師も駆けつけて、これを保証した。倉次医師を送って出た寛斎は、しかし、なかなか戻らない。そのことが自身の病状の重さをあいに知らしめる。

あいは首を捩じり、室内の隅に置かれた鉢植えの山桃を見た。葉が変色し、干乾びた姿で枝に絡んでいる。寒さで息絶えていることが一目でわかった。あいはせめて細い幹を撫でようと手を伸ばしたが、今少しのところで届かず、果たせなかった。

十日ほどのち、期間満了で騎兵隊を除隊になった又一が山鼻の両親のもとへ顔を見せた。

「お母さん、随分とご心配をおかけしました」

そう言って詫びる息子に、あいは半身を起こしたまま、無事で何よりですよ、と応えた。

「横にならなくとも良いのですか？」

「この方が呼吸が楽なのよ。それよりも、暫くはこちらで過ごせるの？」

母の問いかけに、息子は首を横に振る。

「この足で斗満に戻ります。先月の大寒波で馬を四十頭も凍死させてしまった、と片山さんから連絡をもらいました。ともかく現状をこの目で見ないと」

又一の声に無念が滲む。寛斎はあいの枕もとで、じっと腕を組んで耐えている。

あいは窓辺に視線を向けた。そこにあったはずの鉢植えは誰かが処分してしまったのだろう、今は何も置かれていなかった。

「淕別のことは私にお任せください。まだ雪も残っていますし、お父さんはもう暫くお母さんの傍に」

「私ならもう大丈夫です」

息子の言葉を遮って、あいは懇願する。

「お前と一緒なら、先生も道中安心です。先生、又一と一緒に淕別へお戻りください」

いや、と寛斎は妻の願いを一蹴した。

「私は私で、こちらに居てすべきことがある。この地域で、望む者に種痘を行う予定だ。また、雪解けまでは診療もしようと思う」

是非そうしてください、と又一も頷いた。

こうして又一は、五郎が淹れたお茶に手も付けず、急いで淕別へと向かった。

寝室の窓の向こうに暖かな陽差しが溢れ、じわじわと積雪を溶かしている。

記録的な極寒のために一層待ち遠しかった春が、漸く訪れた。しかしあいは、床を離れることを許されず、ガラス越しに庭を眺めるばかりだった。床柱にもたれかかり、溶けた雪の間から顔を出すクナウ・ノンノを眺めて、少しばかり慰められる。

元気になったら、とあいは思う。

元気になったら、あの少女の家を訪ねて、厚司織りを教えてもらおう。もう二度とできるまい、と思っていた機織りをここでできるのだ、そう思うと力が湧いてくる。

あいは手にした地図に目を落とした。

いつぞや貢に地名を書き込んでもらったものだ。斗満原野、と斜線を入れた部分を手もとに引き寄せる。

淕別、と書かれた鉛筆の文字が、幾度も幾度も撫でたために掠れてしまっていた。

その掠れた文字に指でそっと触れてみる。

淕別。

高い所へ入っていく、という意味を持つ地。

道の脇には滾々と泉が湧き、一面の緑成す牧草地に、牛馬が群れてのんびりと草を食む。夏には馬鈴薯の花が一面に咲き、秋は玉葱や馬鈴薯が山と積み上げられる。

その情景を思い浮かべると、あいは胸が一杯になった。

元気になったら……。

そう繰り返して、あいはふいに寝間着の襟を掻き合わせた。

元気になれるのだろうか。元気に。

微かな胸痛の予兆に、あいは身を震わせる。

このまま逝きたくない。

斗満原野の熊笹ひとつ刈らず、木の根ひとつ掘り起こさず、遠く離れたこの山鼻で朽ちたくはない。

　せめて一目、淕別をこの目で見て、牧場を渡る風をこの身に受けて、その土に触れてから、とあいは祈った。

　四月、寛斎は山鼻と樽川にて希望者に無料で種痘を行い、大いに感謝された。いずれは斗満でもアイヌに種痘や病気治療を充分に行うつもりだ、と寛斎は妻に意気込みを語った。だが、すべきことを全て終えても、なかなか斗満へ発とうとしない夫に、あいは密かに気を揉んだ。

　山鼻の雪は完全に融けて、周辺の農場ではそろそろ土起こしの準備に取り掛かろうとする季節になっていた。

「先生、もう明日あたり、お発ちにならないと」

「いや、明日は馬について調べたいことがあるのだ」

　翌日にはまた、

「先生、明日はお発ちになられますね？」

「いや、明日は周助から入金があるから、札幌の郵便局へ行かねばならぬ」

といった会話が繰り返される。

あいの心臓は、一日、一日、階段を下りるようにゆっくりと悪化していた。それは脇で見ている者にも、そしてあい自身にもわかっている。寛斎はあいの傍を離れがたく、出立を一日延ばしにするばかりだった。

五月も残り八日、という夜。

五郎も貢も二階へ引き上げ、寛斎も珍しくよく眠っていた。その日のあいは朝から体調が良く、夫も久々に安逸の中で寝入ることができた様子だった。

あいは寝付かれずに、横になったままガラス窓の外を眺めていた。西の空の低い位置、病人を慰めるように弓張りの月の船が浮かぶ。

この分ならば、あの月が満ちるまでは大丈夫だ。でも、その先はどうだろう。再び同じ形になるまで生きていられるだろうか。

あいは軽く頭（かぶり）を振る。それまでこの世に留まっている自信はなかった。

自分亡きあと、夫はどうなるのだろう。

その安らかな寝息を聞きながら、今は亡き年子の言葉を思い返す。

――寛斎はああいう風だから、人から誤解を受け易い。子供たちとだって、これからも色々あるだろう。けれど、あいが居れば大丈夫さ。関寛斎を支えることのできる

のは、この世で唯ひとり。あい、お前だけなんだよ
生三、周助、トメ、餘作、又一、そして五郎。それぞれに確固たる考えを持ち、ひたむきに生きる我が子たちだけれども、ひとである以上、弱さや愚かさを内包していて当たり前なのだ。弱さと弱さ、愚かさと愚かさが合わさることのないように、とあいは念じずにはいられなかった。

風が出てきたのだろう、ガラス窓がかたかたと鳴っている。

あいは風の向こうに、遥かな斗満を想う。

斗満原野をひと目、淕別をひと目だけでも見ておきたいが、その願いが叶うこともない。夫とともに開拓の志を抱き、徳島からこの地に移って二年。斗満の地に鍬を入れることもなく、この世を去らねばならないとしたら、自分の人生は何だったのだろうか。意味のないものではなかったか。

哀しい悔いが、あいの胸をひたひたと満たす。

あいは両の腕を交差させて自身を抱き留め、じっと月を見つめた。

私の一生は意味のないものだったのか。

コタン　コロ　カムイ

イレシュ　カムイ
オリパク　トゥラ　オリパク　トゥラ

月を凝視するあいの耳に、何時か聞いたアイヌの歌声が蘇る。哀切を帯びた祈りの歌が、深い闇に沈んでいくあいの魂を掬い上げた。
声が聞こえる。内なる声が。

――お前はひとりの男を愛し抜いた。
その男を支え、寄り添い、ともに夢を抱いて、生き抜いた。
それ以上に尊いことはない――

年子の声のようでもあり、これまで聞いたことのない声のようにも思われる。
何か大きなものに赦された想いがして、あいは腕を解き、両の掌を合わせる。
――あとは、私にしかできないことをします
あいは内なる声にそう応じた。
夫が寝返りを打つ気配がして、あいは枕から僅かに頭を持ち上げた。

寛斎は、妻が起きていることを悟り、布団を出て膝行（しっこう）する。

「あい、眠れないのか」

室内は仄暗く、窓から差し込む微かな月の光で互いの輪郭が薄く浮き上がっていた。

先生、とあいは静かに呼びかける。

「先生、明日こそお発ち下さい。一日遅れれば、それだけ開墾が遅れます」

いやしかし、と渋る夫に、あいは腕を伸ばした。

薄闇の中、求めるように差し出されたその手を、寛斎はしっかりと握る。

あいは腕を引いて夫を寄せ、低く囁いた。

「私に涬別を見せてください。牛馬の群れる、実り豊かな、涬別の地を見せてくださいな」

それでも迷う寛斎に、あいは重ねた。

「私はもう長くはないのです」

あい、と寛斎は苦しげに呻（うめ）いた。

妻の言い分を否定しようと葛藤（かっとう）しているのが伝わる。仄かな月影の差す部屋で、ふたりは暫く身じろぎもしなかった。

長い逡巡のあと、寛斎は再び妻の手を取って、その冷えた手の甲を我が額に押し当てた。

あい、済まない。

夫が心で詫びる。

いいのです。

妻が心で応える。

先生、とあいは夫を呼んだ。

「もう筆を持つ自信がありません。代わりに先生が私の遺言を書き残してください」

寛斎はぐっと奥歯を嚙み締め、くぐもった声でわかった、と応じた。

文机を枕もとへ移し、置きランプを据えると、紙と筆とを用意する。筆を取った寛斎に、あいは、かねてより考えていたことをゆっくりと伝える。


葬式は決してこの地にて執行すべからず。牧場に於いて卿が死するの時に、一同に牧場に於いて埋めるの際に、同時に執行すべし。

死体は焼きて能く骨を拾い、牧場に送り貯えて、卿が死するの時に同穴に埋め、草木を養い、牛馬の腹を肥やせ。

妻の言葉を書き写す寛斎の筆が、小刻みに震えている。

あいが目を凝らすと、寛斎は嗚咽を嚙み殺していた。

「あのまま、徳島に居れば……。あい、お前をここに連れてさえ来なければ……」

夫の後悔を、あいは静かに、しかし強く打ち消した。

「あのまま徳島に残されたなら、私はあとの一生をただ悔いて過ごさねばなりませんでした。先生と連れ添い、ともに夢に向かい、生きて来られた。そうすることで私は生かされたのです」

寛斎は耐え切れず、妻の肩口に突っ伏した。

あいは夫の頭をそっと抱いた。あいの耳に、あのアイヌの祈りの歌が響く。

「先生、覚えておいてください」

幻の歌に載せて、あいは夫に密やかに告げる。

「あなたが切り倒した木株の痕にも、あなたの鍬が入るその土の中にも、私は居ます。魂は常にあなたとともにあって、あなたの永遠の本分の中で、私は生き続けます」

人たる者の本分は、眼前にあらずして、永遠に在り。

あいの脳裡にも、そして寛斎の脳裡にも、濱口梧陵の姿が映る。あいの織った藍色の上総木綿を身に纏い、満足そうに頷く梧陵の姿が確かにあった。

「永遠に、在り……」

寛斎は顔を上げ、妻の頬を両手で包んだ。

その双眸から溢れた涙が、あいの顔に滴り落ちる。

あいは自らの手を夫の手に重ねて、静かに祈る。

夫の手で切り拓いた原野が、いつの日か、美しい集落になりますように。天災は度々訪れるだろうけれど、しなやかに生き抜く強さを持つ集落となりますように。

まだ見ぬ澾別の安寧と豊穣とを、あいは心から祈った。

翌日、寛斎は妻の気持ちを受け入れ、澾別へと発った。

取り立てて別れの言葉はなく、ただ黙って見つめ合うだけの旅立ちだった。

悔いを残さずに夫を澾別へと送り出したのが功を奏したのか、あいは暫くは奇跡のように持ち直した。五郎と貢と三人での穏やかな暮らしが二十日ほど続いたが、六月十二日の朝、あいを最期の発作が襲った。

その時、あいは手洗いに立って、庭を眺めていた。

畑の茄子の苗は水を与えられ、ぐんと葉を伸ばしている。台所からは牛乳を温める甘い匂いが漂い、貢が朝餉を食べている気配がしていた。五郎は、と振り向けば、六畳の居間で本を読んでいる。

書物に顔を近づけ過ぎているのが気になって、目を痛めぬよう注意しようと思い、あいは五郎、と呼びかけようとした。その時、胸部に激しい痛みが走った。錐で揉み込まれるのに似た耐え難い痛みに声が出ない。あいは胸を押さえたままよろけた。

襖の倒れる激しい音がして、五郎が悲鳴を上げるのを聞いた。

「貢、貢」

貢を呼ぶ、五郎の声が遠くに聞こえる。

「倉次先生を早く」

その声を最後に音は消え、あいは静かに目を閉じた。徐々に光は失われ、それと入れ違うように、瞼の裏に懐かしい情景が広がっていく。

木立越し、点在する茅葺の百姓家や、黒々とした田に腰まで浸かって苗を植えるひとびとの姿があった。低い空を小鯵刺の群飛が過ぎて、皆が一斉に腰を伸ばし天を仰いでいる。

郷里の前之内村だわ、とあいは嬉しさに両の手を合わせた。

皆のもとへ駆け寄ろうと試みるのだが、根でも生えたように足が動かない。もがくうちに霧が立ち込めて辺りを覆ってしまった。

ふと、自身の下肢を見れば、徐々に樹の姿へと変わっているのだ。足から腰、胸、腕へと少しずつ皮膚が木肌へと変わっていく。

ああ、山桃だ。

私は山桃に生まれ変わるのだわ。

あいは喩（たと）えようのない幸福に満たされる。

若い山桃の樹になったあいに、ひとりの少年が取り縋（すが）って泣いていた。

見覚えのある、少年の頃の寛斎だった。

あいは柔らかな枝を伸ばし、切なく泣いている少年をあらゆるものから守るように、ぎゅっと抱き締めた。

単行本あとがき

関寛斎は、徳冨蘆花氏や司馬遼太郎氏を始め多くの作家によって題材とされた実在の人物です。戊辰戦争で極めて人道的な活躍をした経緯もあり、また非常に几帳面で筆まめな性格であったため、彼にまつわる資料は数多く残されています。けれども、その妻、あいに関しては今日に残るものは殆どありません。

手織りの木綿の布地が少し、着物一枚、帯締め、家族写真数葉。現存するものはそれだけです。あとは「婆はわしより偉かった」等の寛斎の言葉が残るのみ。その言葉に着目して、あいの物語を構築しました。

あい亡きあと、寛斎がどのような生涯を送ったかは、ここでは触れません。ただ、あいが病床で夢にまで見た斗満の地は、確かに夫の手で拓かれて、今は足寄郡陸別町となっています。

関寛斎を開拓の祖と仰ぐ陸別町のひとびとの手で、関寛斎資料館が設けられ、貴重な資料が保管、展示されています。この小説を書くにあたり、関寛斎資料館にご協力いただきました。また、関寛斎研究の第一人者であられる斎藤省三氏に監修をお願いし、的確なご助言を賜（たまわ）りました。心から感謝いたします。さらに、東金、銚子、徳島、札幌と取材を重ねる中で、多くのかたからお話を伺い、ご尽力を賜りました。この場を拝借して厚く御礼申し上げます。

あいの死、そして寛斎の死から百年を越える歳月が流れました。

あいが夫に託した遺言は守られ、関寛斎・あい夫妻は今、陸別町を見渡せる小高い丘に一緒に眠っています。

髙田　郁

「あい　永遠に在り」文庫化に寄せて

陸別町にある関寛斎資料館は、今は廃線となった「ふるさと銀河線」陸別駅の駅舎の中にあります。こぢんまりとした室内には、寛斎が実際に使っていた医療器具や記録していたもの、蔵書や生活道具など、貴重な資料が揃っています。

本編であいが夫に遺言を託す場面がありますが、実際に寛斎が書き残したものの中に、その原文を見ることができます。あい自身が残した資料はほとんどありませんが、寛斎にとって妻の存在がどれほど大きかったか、容易に推察できます。

陸別町のお許しを得て、資料館にこもって調べ物をしていた時、寛斎の長崎時代の日記に、次の一文を見つけました。

「廿三日　曇　昨夜アイヲ夢ム」

彼の日記はその多くが医術に関するものでした。だからこそ、日頃は封印されている妻への慕情が溢れ出すようで、私にはそのわずか一行が光って見えました。この時、数多の作家が取り上げてきたものとは違った視点から物語を紡ぎたい、との思いを一層深めました。

執筆中も、さらには今もなお、実在の人物を描く畏怖というものが常にあります。出版の諾否を含め、もしも夫妻がご存命ならば、直接お話を伺うことも、また作品の内容が確かにおふたりの生き方に即したものかどうかお尋ねすることもできたでしょう。けれども没後百年以上が過ぎた今、それも叶いません。本作に関する全ての責を私が負うことで、お許し頂くほかありません。

この作品をきっかけにして、読者の皆様に、もっと関寛斎やあい、それに陸別のことを知りたいと思って頂けたなら、望外の幸せです。

髙田　郁

【主要参考文献】

「長崎在学日記」「家日誌抄」関 寛斎 (陸別町史別巻収録)
「関牧場創業記事」関 寛斎
「めさまし草」関 寛斎
「生きる喜」大久保玄一
「関寛斎」北海道陸別町関寛斎資料館
「関寛斎の人間像」鈴木 勝 千葉日報社出版局
「関寛斎」鈴木要吾
「われ百歳を期す・関寛斎」和巻耿介
(徳島新聞夕刊連載 平成四年九月二十六日より全二五七回)
「関寛斎 蘭方医から開拓の父へ」川崎巳三郎 新日本出版社
「徳島県災異誌」徳島地方気象台
「阿波・徳島食文化史年表」西東秋男
「野のひと 関寛斎」米村晃多郎 春秋社
「角川日本地名大辞典」(北海道) 角川書店

※参考にさせて頂いた文献は多岐にわたるため、その主だったもののみ右に挙げさせて頂きました。

本書は二〇一三年一月に小社より単行本として刊行いたしました。

た 19-13

あい 永遠に在り

著者　髙田 郁

2015年 2月18日第 一 刷発行
2024年12月18日第十六刷発行

発行者　角川春樹

発行所　株式会社 角川春樹事務所
〒102-0074 東京都千代田区九段南2-1-30 イタリア文化会館

電話　03(3263)5247[編集]　03(3263)5881[営業]

印刷・製本　中央精版印刷株式会社

フォーマット・デザイン&シンボルマーク　芦澤泰偉

ISBN978-4-7584-3873-5 C0193

http://www.kadokawaharuki.co.jp/[営業]
fanmail@kadokawaharuki.co.jp[編集]　ご意見・ご感想をお寄せください。